영화가 태어나는 곳에서

영화가 태어나는 곳에서

映画の生まれる場所で

고레에다 히로카즈

是枝裕和 ― 권영주 옮김

비채

주인공의 집을 찾던 중에 본 집. 하얀 벽에 파란색을 쓴 배색이 멋지다

이선 호크와 생루이 섬을 산책

프랑스 가정에서는 기본적으로 개를 풀어놓고 기른다

애견 자크(시바 견)를 데리고 다니는 카트린 드뇌브

"이 장면에서는 피워도 돼?" 하고 꼭 묻는 드뇌브

"난 표범무늬 코트에 표범무늬 신발은 안 신어" 라며 드뇌브 씨가 웃었다

이 작품은 쥘리에트 비노슈를 계기로 찍게 됐다

감독이기도 한 이선이 현장에 있어주어 마음이 아주 든든했다

비노슈와 이선의 딸 역을 연기하는 클레망틴

의상 피팅 때 맨 처음 한 말은
"머리는 자르지 마세요"

마농 클라벨. 장편영화는 첫 출연. 매력적인 허스키한 목소리에 캐스팅을 결정

필름 테스트중의 마농과 비노슈

아나 역의 뤼디빈 사니에에게는 감독이 직접 출연을 의뢰했다

프랑스에서 일곱 살 된 아이는 하루 최대 네 시간만 촬영할 수 있다

차례

프롤로그 　　파리의 어느 추운 날 밤

2022년 11월 30일. 신작 영화 〈브로커〉[1]의 개봉에 맞춰 간 파리에서 오랜만에 카트린 드뇌브 씨[2] 쥘리에트 비노슈 씨[3]와 재회했다. 다수의 인터뷰를 갖고 전날 파리 프리미어 상영을 마친 뒤 마지막으로 맞이한 가장 중요한 이벤트가 카트린 씨와의 식사였다.

그날 밤 카트린 씨가 지정한 4구의 작은 식당에 프로듀서 후쿠마 씨[4], 통역인 레아 씨와 나를 포함해 모두 여섯 명이 모였다. 이 책에도 종종 등장하는 이름들이다. 약속 시간을 삼십 분 넘겨 카트린 씨가 도착했다.

"어머나, 안 먹고 기다린 거야?(바보들이네)"

이게 첫마디였다. 건강이 좋지 않다는 말을 듣고 나서 오랜만에 만나는 것이라 만나기 전까지 조금 불안했는데, 변함없는 태도에 분위기가 단숨에 누그러졌다.

카트린 씨는 자리에 앉자마자 얼굴을 찡그리며 "무슨 음악이 이래? ……진짜 형편없네…… 밤에 이런 음악을 틀다니…… 끌 수 없어?"라고 불평했다(자기가 식당을 정했으면서, 하고 속으로 태클을 걸었지만, 나는 그녀가 자리에 앉은 지 오 분도 안 돼서 웃음이 그치지 않게 됐다).

참고로 여기에 쓰는 카트린 씨의 말은 당연히 모두 옆에 앉은 레아 씨의 통역을 거친 것이다. 그렇기에 어미를 포함해

뉘앙스는 상당 부분 내 상상이 보태져 역시 어딘지 모르게 기키 기린 씨[5] 느낌이 가미됐다는 것을 미리 고백해둔다.

관심없는 듯 메뉴를 보며 대충 주문을 마친 뒤로는 최근 본 영화, 출연한 작품의 촌평(주로 험담)을 논스톱으로 즐겁게 이어갔다. 이것도 영화를 찍었을 때와 똑같았다. '싫다' '재능이 없다'고 판단하면 완성된 작품도 보지 않고 감독도 두 번 다시 만나지 않는다는 말을 종종 했던 터라, 이렇게 개봉한 지 삼 년이 됐어도 저녁식사에 초대해주어 솔직히 안심했다.

2023년 1월 말 코펜하겐의 영화 박물관에서 장기간 개최됐던 내 회고전에 초대를 받아 참가하고 온 것이었는데, 〈파비안느에 관한 진실〉일본 원제: 〈진실〉[6] 상영 뒤 관객과의 대화 시간이 있었다. 거기서 내가 한 이야기는 태반이 카트린 드뇌브라는 배우가 얼마나 스태프와 동료 배우에게 사랑받는 존재인지에 대한 것이었다. 객석에서 여러 차례 웃음이 터져나왔다.

나는 보고 들은 대로 사실을 이야기하는 것뿐인데 어쩐지 즐겨 하는 이야깃거리로 취급받는 것 같다. 말로 옮겨놓으면 내가 재현하는 그녀의 태도와 언동은 '오만방자' '독설'이라는 말로 변환되기 십상이라 실상에서 크게 벗어나기에 위험하다. 그 점도 포함해서 역시 기키 기린 씨를 많이 닮았다.

기린 씨와 카트린 씨는 1943년생 동갑이다. 기린 씨는 1월생이라 얼마 전 80세(살아 계셨다면) 생일을 한 발 먼저 맞이했다. 물론 배우로서 쌓아온 경력도, 인생관도 전혀 딴판이지만, 두 사람에게 공통되는 부분이 있다면 '재미있어하는 능력'

이라고 생각한다. 즐기는 것과는 다르다. 오해의 위험을 무릅쓰고 말하자면, 화를 낼 때도 흉볼 때도 건강이 좋지 않다는 것을 옆에서 누가 설명할 때도 살짝 재미있어하는 부분이 있다.

"고비에 처했을 때 그 사람의 본질이 보이거든"이라는 게 기린 씨의 말인데, 고비에 처한 자기 자신을 객관화해 재미있어하는 면이 두 사람 다 있었다. 이건 쉬운 일이 아니다.

첫머리의 레스토랑으로 돌아가서, 주문한 고기 요리가 나오자 카트린 씨의 표정이 흐려졌다. 생각했던 것과 달랐던 모양이다. "괜찮아, 별로 배고프지 않으니까"라며 잠깐 손만 대고 금세 포크를 내려놓더니 다시 이야기에 집중했다. 쥘리에트 씨가 주문한 생선 요리를 흘끔흘끔 훔쳐보고는 또 수다를 떨다가 또 흘끔 봤다. "맛있어?" 아니나 다를까. 쥘리에트 씨도 '그럴 줄 알았다'는 듯 눈을 크게 뜨며 우리를 보고는 손을 대지 않고 남겨둔 반 토막을 카트린 씨 접시에 덜어주었다. 그걸 카트린 씨는 당연하다는 듯 고맙다는 말도 하지 않고 먹었다. 놀라운 콤비네이션이다.

두 사람은 오랜만에 만나는 것이라고 했는데, 친어머니와 딸, 아니 양어머니와 딸 같은 관계를 다시 체험할 수 있었던 귀중한 시간이었다. 식사를 끝낸 다음 여섯 명이 밖으로 나와 기념 사진을 찍었다.

'아휴 참, 찍으려면 아까 식당 안에서 찍지. 자, 그럼 이만 안녕'이라 하듯 아쉬워하지 않고 쌈박하게 떠나는 것도 기린 씨와의 공통점이다. 순식간에 차를 타고 파리의 밤거리로 사

21

라졌다.

　　내가 경험한 이런저런 일을 내 나름대로 재미있어하며 썼다. 영화 감독이란, 영화 찍기란 힘들지만 재미있는 일이구나, 하고 조금이라도 생각해준다면 좋겠다.

　　　　　　　　　　　　　　2023년 1월 30일
　　　　　　　　　　　　　　고레에다 히로카즈

들어가는 말

　이 글의 단행본 제목인 '이렇게 비 오는 날에'는 전에 내가 쓰던 미완성 각본의 제목이다. 원래는 2003년 말 파르코 극장에서 무대에 올리기 위해 준비했던 것이다. 그때 어렵게 부탁해 파르코 극장의 무대 뒤며 미타니 고키 씨[7]의 연기 연습을 견학했는데, 애석하게도 상연은 실현되지 못했다.

　〈이렇게 비 오는 날에〉는 인생의 말년을 맞이한 노년의 여배우 이야기로, 무대는 상연 전과 상연 후의 분장실이 전부다.
　"이렇게 비 오는 날에 연극을 보러 오는 사람이 있으려나……" 하고 주인공이 분장하며 중얼거리는 대사에서 제목을 따왔다.
　연출가는 TV 출신, 함께 무대에 서는 것은 아이돌 탤런트. 그래도 그녀는 이제 그 어린애의 인기를 업지 않으면 객석을 채우지 못한다. 그것을 본인도 안다. 알기에 오랜 세월 곁에서 시중을 들어온 매니저에게 화풀이를 한다.
　상연하는 작품은 레이먼드 카버의 〈대성당〉[8]이다. 테마는 동성 간의 우정. 하지만 친구가 한 명도 없는 노년의 여배우는 이야기를 도통 모르겠다. 여느 때 같으면 공연이 시작되고 일주일 뒤면 그녀의 연기에 대해 꼼꼼하게 조언해주는 편지가 오는데, 이번에는 왜 그런지 아직 기별이 없다. 그 사실에도 신경이 예민해져 있었다. 편지를 보내는 사람은 누군가? 혹시 예전에 함께 일했던 감독? 아니면 옛날에 사귀었던 배우? 결국 공연 마지막 날까지 편지는 오지 않았다. 무대를 마친 뒤 분장실에 앉아 있는데 한 노부인이 나타난다. 편지를 보내던 사람은 물품 보관소에서 일하던 노부인의 남편이었다. 여배우의 팬인 노부인이 남편과 함께 무대를 보고 남편이 편지를 대필해준 것이라고 한다. 남편은 공연이 시작되기 전날 숨을 거두었다.

여기서 여자들 간의 우정이 싹튼다.

아, 공연일이 하루만 더 있었다면. 좀 더 잘 연기할 수 있을 텐데…… 두 사람은 함께 극장을 나서 비가 눈으로 바뀌는 거리로 사라진다…….

그런 이야기였다.

머릿속에 있던 이미지로는 여배우 역이 와카오 아야코[9], 물품 보관소 직원의 아내가 기린 씨였다.

그로부터 십오 년이 지나 이 시나리오는 제목도 무대도 캐스트도 바뀌어 새로 태어나게 되었다. 이 책은 출산에 이르기까지의 과정을 기록한 일부다.

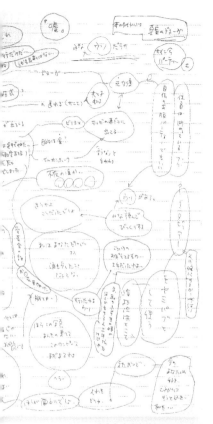

비행기 안에서 처음으로 쓴 메모

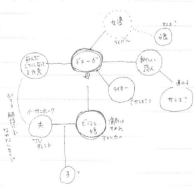

정리된 인물구상도

주

1 〈브로커〉
〈브로커〉 2022년, 한국. 감독, 각본 고레에다 히로카즈. 출연 송강호, 강동원, 배두나, 이지은. 베이비박스에서 만난 사람들의 예상치 못한 여행을 그린 작품으로, 제75회 칸 국제영화제에서 2관왕(최우수 남자 연기자상, 송강호, 에큐메니컬상)에 올랐다.

2 카트린 드뇌브 씨
카트린 드뇌브(1943-). 배우. 프랑스 파리 출생. 10대 때부터 영화에 출연, 〈악덕의 번영〉(1962)으로 주목을 모으고 뮤지컬 영화 〈쉘부르의 우산〉(1964)으로 세계적 인기를 얻음. 다른 대표작은 〈로슈포르의 연인들〉 〈세브린〉 〈트리스타나〉 〈인도차이나〉 〈방돔 광장〉 〈어둠 속의 댄서〉 등 다수.

3 쥘리에트 비노슈 씨
쥘리에트 비노슈(1964-). 배우. 프랑스 파리 출생. 〈랑데뷰〉(1985)로 주목을 모아 레오스 카락스 감독의 〈나쁜 피〉 〈퐁네프의 연인들〉로 스타의 지위를 확립. 다른 대표작은 〈세 가지 색: 블루〉 〈잉글리쉬 페이션트〉 〈쇼콜라〉 〈사랑을 카피하다〉 등. 세계 3대 영화제에서 여우주연상을 수상.

4 프로듀서 후쿠마 씨
후쿠마 미유키. 프로듀서. 도쿄 대학 대학원을 수료한 뒤 TVMAN UNION에 입사. 2014년 고레에다 감독이 이끄는 영상 제작자 집단 '분부쿠'에 창설 당시부터 참가. 주로 해외 프로젝트, 기획 개발, 프로듀스에 종사. 2005년 이래로 고레에다 작품에 계속적으로 관여해왔다. 그 밖에 니시카와 미와 감독 〈유레루〉, 나카무라 유코 감독 〈첫 기억, 스기모토 히로시〉, 프랑스 현대 미술가 피에르 위그 〈Human Mask〉, 옴니버스 합작 영화 〈10년: 일본〉 등도 담당.

5 기키 기린 씨
기키 기린(1943-2018). 배우. 일본 도쿄 출생. 1960년대부터 유키 지호라는 예명으로 활동을 시작, 1964년에 고정으로 출연한 TV드라마 〈일곱 명의 손주〉로 주목을 모았다. 1966년 〈신사를 조심하세요〉로 영화에 첫 출연. 1977년 예명을 기키 기린으로 변경. 강렬한 인상을 남기는 개성파로 TV드라마, 영화뿐 아니라 CM에서도 활약. 주된 영화 출연작으로 〈속續 주정뱅이 박사〉 〈악어와 앵무새와 물개〉 〈한오치〉 〈오다기리 조의 도쿄 타워〉 〈내 어머니의 연대기〉 〈앙: 단팥 인생 이야기〉 등 다수. 고레에다 감독 작품으로는 〈걸어도 걸어도〉 〈그렇게 아버지가 된다〉 〈바닷마을 다이어리〉 〈태풍이 지나가고〉 〈어느 가족〉 등 다수에 출연.

6 〈파비안느에 관한 진실〉
〈파비안느에 관한 진실〉 2019년, 프랑스/일본. 감독, 각본 고레에다 히로카즈. 출연 카트린 드뇌브, 쥘리에트 비노슈, 이선 호크. 어머니와 딸 사이에 감춰진 진실을 둘러싼 이야기. 제76회 베네치아 국제영화제에서 일본인 감독 작품 최초로 개막작으로 상영됐다.

7 미타니 고키 씨
미타니 고키(1961-). 각본가, 연출가, 배우, 영화감독. 일본 도쿄 출생. 대학 재학중인 1983년에 극단 '도쿄 선샤인 보이스' 결성. 극단은 1994년 공

연 이래 충전 기간에 들어감. 각본가로 다수의 TV
드라마를 집필. TV드라마 〈임금님의 레스토랑〉
〈후루하타 닌자부로〉, 희곡 〈12인의 상냥한 일본
인〉 〈오케피!(오케스트라 피트)〉, 영화(감독) 〈웰컴
미스터 맥도널드(원제: 라디오의 시간)〉 〈THE 우초
텐 호텔〉 〈기요스 회의〉 등 대표작 다수. 다방면으
로 활약을 이어가고 있다.

8 레이먼드 카버의 《대성당》

레이먼드 카버(1938-1988). 소설가, 시인. 미국 오
레건 주 출생. 큰 사건은 일어나지 않지만 깊은 여
운을 남기는 단편소설을 발표. 일본에서는 무라카
미 하루키가 거의 모든 작품을 번역, 소개한 공이
크다. 《대성당》은 미국에서 1983년에 출간된 단
편집. 일본어판은 《대성당(무라카미 하루키 번역 라
이브러리)》 등이 있다.

9 와카오 아야코

와카오 아야코(1933-). 배우. 일본 도쿄 출생. 데뷔
작은 〈죽음의 거리를 벗어나〉(1952). 〈십대의 성
전(性典)〉을 비롯한 '성전 영화'로 인기 스타의 대
열에. 미조구치 겐지, 오즈 야스지로, 이치카와 곤,
가와시마 유조, 마스무라 야스조 등 명장 감독 밑
에서 본격 배우로 성장했다. 대표작은 〈적선 지
대〉 〈도련님〉 〈정숙한 짐승〉 〈미친 노인의 일기〉
〈만〉 〈하나오카 세이슈의 아내〉 등 다수.

2018/8/23

입원중인 기린 씨의 용태가 좋지 않다기에 영화 〈진실〉의 제작 준비를 중단하고 귀국. 기내에서 쓴 편지를 기린 씨 댁 우편함에 넣었다. 1박만 하고 다시 파리로. 21시 30분에 샤를드골 공항에 도착. 메일을 확인하니, 파리를 떠나 있었던 이틀 사이에 카트린 씨가 연기할 주인공 노배우의 자택으로 섭외중이던 집에서 촬영을 거절해 로케이션 헌팅[10]을 다시 해야겠다는 연락이 와 있었다. 3월에 로케이션 헌팅중 찾아갔을 때, 안마당에 면한 원형 테라스 같은 공간에 첫눈에 반해 그곳에서 오프닝 장면을 찍을 셈으로 지난주 시나리오 최종고를 완성한 참이었다. 크랭크인[11]이 예정된 10월 4일까지 칠 주 남은 시점에 촬영의 70퍼센트 가까이를 하게 될 집을 못 쓰게 됐다는 것은 '당치도 않은' 위기다.

그 전해인 2017년 9월에 시작했으니 크랭크인을 앞두고 일 년도 더 전부터 시나리오 헌팅[12]을 겸해 파리 교외의 집을 둘러보고 다녔다. 내가 처음 생각했던 이미지는 〈선셋 대로〉[13]에서 글로리아 스완슨[14]이 연기하는 왕년의 거물 여배우 노마 데즈먼드[15]가 살던 저택이었다.

파리 교외까지 범위를 넓혀 몇몇 후보를 추렸는데, 카트린 씨에게 제안하니 "거기는 파리가 아니잖아"라며 단칼에 쳤

첫눈에 반한 테라스

다. "난 파리를 떠나고 싶지 않아"라고.

"이 주인공이 파리를 떠나서 그런 시골에서 살겠어? 아직 은퇴하지 않고 영화에도 출연하고 있는데"라고 그럴싸한 이유를 대는데 설득력은 있었다. 도저히 "그냥 이동하기 귀찮아서 그러는 건 아니고요?" 하고 물을 수 있는 분위기가 아니었다. "그렇게 먼 데까지 가려면 아침엔 길이 막히니까 한 시간 이상 걸리는데, 난 오전중엔 못 움직이니까 그럼 1시 넘어서 도착하게 돼."

그렇게 우기고 나오는데 억지로 밀어붙일 용기는 없었다. 혹시 일이 그렇게 됐다가는 아무래도 나날이 일조 시간이 짧아지는 늦가을의 파리에서 낮 장면을 촬영하는 것은 불가능하다. 생각을 바꿔야겠다. 문제는 카트린 씨가 생각하는 파리의 범위가 심하게 좁다는 사실이었다. "촬영소는 파리 에피네로 정했습니다." "오래된 촬영소네. 나도 거기서 몇 작품 찍었는데 거기는 파리가 아니야."

그녀가 생각하는 파리는 자신이 살고 있는 6구의 자택에서 애견 자크(시바 견)를 데리고 산책 갈 수 있는 반경 50미터 정도가 아닐까 싶은데, 도무지 그런 좁은 지역 내에서 두 달 가까이 영화 촬영에 집을 내줄 수 있는 큰 저택을 지금부터 찾아낼 성싶지 않다.

'이제 어쩌나?'

짐이 나오기를 기다리는데 야야코 씨[16]에게서 메일이

왔다.

　　기린 씨는 말을 하지 못해 필담으로 말을 주고받은 모양
인데, 내가 병실로 찾아온 꿈을 꾸었다고 한다. 그런데 병문안
을 왔다기보다 드뇌브 씨와 기린 씨 장면의 로케이션으로 병원
을 쓸 수 없을지 알아보러 온 듯, 병실에 들어오더니 소파에 누
워 잠이 들었다고 한다. 직접 만나지는 못했지만 그렇게 꿈속에
서 만났으니 역시 무리해서 귀국하기를 잘한 것 같다. 내가 우
편함에 넣어둔 편지는 기린 씨의 부탁으로 야야코 씨가 머리맡
에서 읽어주었다. 기린 씨에게 보낸 작별 편지를 가족분이 보게
된 게 송구했지만, 한편으로 그런 두 사람의 모습을 상상하니
살짝 눈물이 났다.

　　호텔로 돌아와 목욕. 오랜만에 욕조에 몸을 담갔다가 나
와서 차게 식혀둔 레모네이드를 마셨다. 맥주였다면 폼이 날 텐
데. 호텔에서 걸어서 일 분 거리에 있는 BIO 슈퍼[17]에서 샀다.
맛있다. 내일 많이 사놓자. 이날 밤 시즌1의 결말이 너무 흐지
부지해서 마음에 걸렸던 〈프리즌 브레이크[18] 2〉의 1화를 봤다.
이번 영화에서 이선 호크[19]는 탈옥을 다룬 미국 TV드라마의
'굴 파기 스탠' 역으로 뒤늦게 인기를 얻기 시작한 배우라는 설
정. 좀 더 깊이 파고들 필요가 있는 역이다.

　　5월 칸 영화제[20] 참가를 마친 뒤(최고의 결과였다) 바로 귀
국하지 않고 뉴욕으로 날아갔다. 이선 호크를 직접 만나 출연

교섭을 하기 위해서다. 에이전트를 중간에 끼면 심지어 그가 이 영화에, 이 배역에 긍정적인지 아닌지도 알 수 없다. 처음에 미국 배우를 부르는 것을 내키지 않아했던 프로듀서 뮈리엘[21]은 "정말 그 사람이어야 해요? 유럽 배우면 안 되는 거예요?" 하고 자꾸만 물었다. 경비 등을 생각하면 프로듀서 입장에서는 타당한 말이겠지만 그냥 넘겼다.

"영국이면 주인공 파비안느(카트린)가 업신여기기 어렵잖아요. 게다가 그렇게 가까우면 결혼식 이래로 오랜만에 만난다는 설정이 설득력이 없어요."

그렇게 밀어붙인 이상, 이번 미국행으로 어떻게든 긍정적인 대답을 받아 돌아오고 싶었다.

*

2018/5/21

약속 시간보다 조금 늦게 이선 호크가 레스토랑에 도착했다. 일어나 악수.

"죄송합니다. 애들한테 저녁을 먹이고 재우고 오느라고 좀 늦었어요. 그리고 축하드립니다. 이 타이밍에 오퍼는 거절하기 어렵네요……."

이때, 내내 실감이 나지 않던 황금종려상[22]의 무게 같은 것을 처음으로 느꼈다.

　　저녁을 먹고 왔다는 이선은 굴을 곁들여 위스키를 마시며 '비포' 시리즈[23]와 〈보이후드〉[24]의 촬영 에피소드를 즐겁게 이야기해주었다. 아직 정식으로 수락한 것은 아니지만 가을에 친한 감독과 작은 영화를 찍을 예정이고, 12월에는 무대가 있다. 친한 감독의 영화를 무대 뒤로 미룰 수 있는지 물어보겠다고 '긍정적'인 대답을 얻어내는 데는 성공했다. 이선의 휴대전화가 울렸다. "애들이 깼는데 못 잔다고 해요. 그만 가볼게요." 그는 그런 말을 남기고 나갔다. 멋진 밤이었다.

　　며칠 뒤 정식으로 출연 의뢰를 수락하겠다는 연락이 파리로 왔다. 작품의 '세계'에서 단번에 안개가 걷혔다.

8/24

　　아침 8시 기상. 9시에 세탁물을 내놓고, 투숙중인 호텔 메종 브레게의 1층 레스토랑에서 아침식사. 오늘 먹은 오믈렛은 맛있었다. 만드는 사람이 바뀌었나? 10시 30분, 같은 장소에서 이번에 음악을 부탁할 알렉세이 아이기[25] 씨와 미팅. 소녀가 동물원에 우연히 발을 들여놓은 것 같은 떠들썩한 느낌을 원한다. 공간이 축복받은 듯한 곡을. 그런 이야기를 했다.

　　오늘은 20시 30분부터 쥘리에트 비노슈 씨와 미팅이 있다. 준비를 위해 오후에 하네케[26]의 〈히든〉[27]과 키에슬로프스키[28]의 〈세 가지 색: 블루〉[29]를 다시 봤다.

밤. 비노슈 씨 집으로.

〈블루〉는 크랭크인 전에 음악이 모두 완성되어 촬영 현장에서 음악을 들으며 연기하고 촬영했다. 수영장에서 헤엄치며 물속에서 상반신을 내미는 순간 머릿속에서 음악이 들리는데 그 장면에서도 그랬느냐고 묻자 그렇다고. 작곡가로서 악보를 든다든지 음표를 눈으로 좇는 동작이나 자세는 이떻게?

"사운드트랙[30]을 담당한 작곡가를 찾아가서 취재했다."

그녀가 안고 있는 슬픔에 관해서는?

"슬픔은 생각하지 않는다. 상실감을 여기(가슴)에 품는 느낌. 이 년 전 남편을 잃은 여자에게 대본을 읽어봐달라고 부탁했다."

마지막 장면. 음악을 들으며 눈물 한 줄기를 흘린다. 그 뒤 살짝 미소 짓는데 대본에 뭐라 쓰여 있었는지 기억나나?

"그 장면은 우는 게 허락된 유일한 장면이었다."

"웃는 테이크[31]도 찍자는 것은 내 제안이었다."

"캐릭터의 감정과 내 감정이 이어져 있으면 울 수 있다……." "배우는 자기가 연기하는 캐릭터를 다양한 측면에서 분석해야 한다." "메소드도 때와 장소에 따라서는 유효한 접근법이라고 생각한다."

"뤼미르라는 사람은 인간으로서 속에서 무엇을 필요[need]로 하나?"

"사랑? 부? 본심, 명분, 환경…… 무엇이 이야기를 진행

시키는지 생각한다."

사람이 표면적으로 무엇을 원하고[want] 실제로는 무엇을 필요[need]로 하는지, 두 가지를 구분해서 생각하는 게 연기할 때 아주 중요하다고 했다. 이건 연출에도 매우 도움이 될 사고방식이다.

일반적인 질문도 몇 개 했다.

"고등학교 때 타냐 바라쇼바라는 연기 선생님을 만나 신체의 중요성을 배웠다."

"프랑스의 여배우는 머리로 생각을 너무 많이 한다."

좋아하는 여배우 셋을 말해달라는 질문에는, 프랑스에서는 시몬 시뇨레[32], 카트린 드뇌브, 잔 모로[33], 프랑스 외에서는 안나 마냐니[34], 지나 롤랜스[35], 리브 울만[36]. 뤼미르라는 캐릭터가 이번 영화에서 맡는 역할에 관해…….

"드뇌브 씨를 담을 접시를 함께 만들어달라"고 말했다.

두 사람은 어째선지 지금까지 한 번도 함께 영화에 출연한 적이 없었다. 자선 행사 같은 데에서 동석한 적은 있는 것 같은데 같이 연기해본 적이 없다.

프랑스 영화 관계자에게 넌지시 확인하니 공연 불가는 아닌 듯했다(그런 조합이 몇 있는 모양이다). 어째서 실현되지 않았느냐고 묻자 "힘들어서 그런 거 아니겠어요?" "프랑스 사람이라면 그런 발상을 아예 안 해요"라며 웃었다.

*

이 작품의 출발점은 몇 개가 있는데, 그중에서도 중요한 것은 2011년 2월 코 페스타^{일본 국제 콘텐츠 페스티벌}라는 이벤트에서 비노슈 씨를 일본으로 초청했을 때 세 시간 반에 이르는 인터뷰를 맡은 것이었다. 그날 저녁은 아자부의 메밀 요릿집에서 식사하고 이튿날부터 교토 여행에 동행했다.

그때 비노슈 씨가 인사치레가 아니게(아마도) '작품을 함께하고 싶다'라고 했다. 그녀는 교토에서 찍고 싶은 원작 소설이 있었던 듯한데, (나는) 기왕이면 프랑스에서 프랑스 스태프, 캐스트와 해보고 싶다는 마음이 강했다.

그로부터 사 년 구 개월이 지난 2015년 10월 25일.
비행기를 타고 날아가다가 아이디어를 얻을 때가 많은데, 이때도 파리에서 도쿄로 돌아오는 비행기 안에서 착상을 얻었다. 노트에는 이렇게 쓰여 있다.

노년의 여배우가 쓴 자서전 발표를 둘러싼 이야기.
자서전이 거짓말투성이…… 딸과 전남편, 축하하러 모인 사람들 이야기.
라이벌 여배우의 딸을 찾아내……
파티에 초대……

〈이렇게 비 오는 날에〉의 변형이지만······.

이때 노트에는
어머니는 드뇌브
딸은 비노슈(연극을 그만두고 미국으로)
TV 연기자 남편은 이선 호크
이렇게 세 사람의 이름이 적혀 있다.
제목은 〈진실의 ○○○(카트린)〉. 출판되는 자서전 제목이
곧 영화 제목이라는 아이디어.

2016년 5월 20일, 〈태풍이 지나가고〉로 칸 영화제에 참
가 중에 비노슈 씨와 미팅. 2018년 여름부터 가을에 걸쳐 파리
에서 촬영하기로. 드디어 본격적으로 시동.

2015년 4월에 이냐리투 감독[37]의 〈버드맨〉[38]이라는, 과
거 히어로를 연기했던 노배우가 레이먼드 카버의 〈사랑을 말할
때 우리가 이야기하는 것〉을 무대에 올린다는 설정의 영화가
공개됐다. 남자와 여자라는 차이는 있어도 이 상황에서(설령 아
이디어는 이쪽이 먼저였다 해도) 카버를 그대로 쓸 수는 없을 것 같았
다. 맨 처음 해결하고 넘어가야 할 과제다.

2017/9/3

〈세 번째 살인〉[39]을 들고 베네치아 영화제[40]로. 나리타 공항으로 향하는 나리타 익스프레스 차내. 삼 주 뒤로 다가온 드뇌브 씨와의 미팅을 위해 베네치아, 토론토, 산세바스티안으로 이어지는 여행중 내내 드뇌브, 그리고 여배우를 고찰. 미팅 뒤 시나리오 초고를 집필하게 된다.

기내에서 〈로슈포르의 연인들〉[41]과 〈파리지엔〉[42]을 봄.
마침 직전에 로제 바딤[43]의 책을 읽은 터라 재미있었다.
'프랑스 영화계는 잔 모로나 시몬 시뇨레만큼 육감적이지 않고 브리지트[44]만큼 공격적이지 않으면서 관능적인 외모의 새 얼굴을 찾고 있었다. 마침 한 자리가 비어 있었다.'
그는 드뇌브의 등장을 그렇게 평가했다.

드뇌브 씨는 아끼는 감독을 셋 들라고 하면 뭐라고 대답할까. 역시 드미[45], 부뉴엘[46], 트뤼포[47]려나.

9/4

베네치아 영화제 참가. 후쿠야마 씨[48], 야쿠쇼 씨[49], 스즈[50]와 함께.

〈환상의 빛〉[51] 이래니까 이십이 년 만. 칸과는 달리 좋은 뜻으로나 나쁜 뜻으로나 느긋하다. 잠을 못 잔 기자와 카메라맨이 살벌한 분위기를 자아내지 않는 것만으로도 조금 안심된다.

영화제도 레드카펫에 높낮이 차가 없이 일상적이라는 데에서도 '철학'이 단적으로 드러난다.

호텔 로비에서 기타노 다케시 씨[52]에게 인사. 흰 셔츠가 잘 어울린다. 도쿄 스포츠 영화대상 시상식에서 뵐 때도 늘 느끼는 건데, TV에서 보는 비트 다케시 씨와는 달리 정말 조용하고 영화를 대하는 태도가 진지해 감동하게 된다.

호텔 입구 밖에 다케시 씨 사진을 들고 모여 있는 다수의 팬을 보고 다케시 씨의 인기가 얼마나 대단한지 새삼 실감했다. 로비의 분위기는 이십이 년 전과 똑같았다. 뒷문을 통해 모래사장에 나가면 바로 바다. 옛날 기억이 단번에 되살아났다.

취재와 상영 틈틈이 호텔 방에서 드뇌브 출연작 DVD 감상.

〈미시시피의 인어〉[53]

트뤼포의 마지막 인터뷰에서 트뤼포 자신이 J. P. 벨몽도[54]는 미스캐스트였다고 시인하는데, 내 생각도 그렇다.

트뤼포의 드뇌브 평.

'그녀는 카메라를 등지고 멀어져가는 장면에서 가장 중요한 대사를 깔끔하게 치는 게 가능하다.'

트뤼포가 드뇌브를 차가운 악녀로 그리려 했다는 것은

이십이 년 전과 똑같은 로비

기억해둘 점.

〈만우절〉[55]

드뇌브는 가끔 깜짝 놀라게 아름답지만 이 역에 별로 흥미가 있었던 것 같지는 않다.

드뇌브 연구(?)를 잠시 중단하고 〈액터스 스튜디오 인터뷰〉[56]를 봄.

폴 뉴먼[57] '나는 재능이 없다. 내 장점은 끈기뿐이다. 베티 데이비스[58]는 "나약한 인간에게 늙는다는 것은 무리"라고 말했다. 나도 지금 나이와 싸우는 중이다.'

이스트우드[59]가 체홉[60]의 '심리적 제스처'[61]를 인용하며 연기에 대해 '몸 어딘가에 심리적인 중심(심)을 만들어라'라고 이야기하는 게 흥미롭다.

〈마지막 지하철〉[62]

좌우지간 작품이 훌륭.

〈사라진 여자〉라는 연극을 상연하는 배우들.

전쟁중.

그런 절박한 설정을 〈진실〉에 추가할지 말지?

지하실에 있는 남편에게 들킬 것인가, 들키지 않을 것인가! 라든지.

지상의 아내와 남자 사이에 연애 감정이 싹트는 것을 남편이 목소리만으로 알아차린다든지……. 그런 묘사가 있어도 좋지 않았을까…….

〈남자는 괴로워〉[63]

역시 마스트로이안니[64]와는 찰떡 궁합.

대차고 현실적이며 귀여운 여자.

〈키네마준보〉[65] 1992년 8월 15일 호에 실린 〈인도차이나〉[66]에 관한 드뇌브의 말.

'이 시나리오에는 쓰여 있는 것 못지않게 **쓰여 있지 않은 것**이 풍부했다.'

석방된 딸이 돌아오지 못한다, 죽었다는 말을 들었을 때 보인 '슬픈 뒷모습'이 훌륭하다.

〈세브린〉[67]

이 작품도 〈인도차이나〉도 〈마지막 지하철〉도 드뇌브는 '두 방향 사이에서 갈등하는 여자'를 연기한다.

〈킹스 앤 퀸〉[68]

드뇌브의 등장은 많지 않지만 작품 자체는 백오십 분 동안 전혀 지루하지 않다.

시나리오의 아이디어가 떠올랐다(단편적으로).

마법을 쓸 수 있다면 어머니와의 관계를 개선하고 싶다
고 생각하는 딸.

마법을 쓸 수 있다면 더 나은 연기를 하고 싶다.

그런 생각밖에 없는 어머니.

〈크리스마스 이야기〉[69]

눈이 아름답게 내린다.

마당의 불꽃놀이 장면에서 노부부의 뒷모습이 훌륭.

〈방돔 광장〉[70] 니콜 가르시아

"찬장에 과일 병조림이 있어."

찬장 문을 연다.

"나탈리는? (찬장 문은) 그 옆."

대화 사이에 다른 화제를 집어넣는다. 중요한 이야기와
아무래도 상관없는 이야기를 교차시키는, 무코다 구니코[71] 식
의 테크닉이 도처에 보인다. 알지는 못하겠지만······.

9/26

토론토, 산세바스티안 영화제를 돌고 파리로 돌아옴. 오
늘부터 이틀간 주인공 집 찾기.

첫 번째 집. 모라는 이름의 동네. 치즈가 유명하다고.

단풍은 9월과 10월. 11월이면 나뭇잎이 다 떨어지고 없다. 파리에는 일본처럼 아름다운 단풍이 없다. 금세 시든다. 특히 현재 파리의 가로수는 이상한 병이 들어 잎이 갈색으로 변색되는 모양이다.

집은 근사한데 이렇게까지 멀면 저녁 먹으러 파리까지 갈까 싶다.

두 번째 집. 파리와 노르망디 중간쯤.

17세기 초에 지은 옛날 병원 건물.

바람과 빛이 통과. 나라면 여기 살겠다.

부르주아에 가톨릭인 집이 주변에 많다.

은둔하는 느낌이 너무 강한가.

옆집에 사는 흑인 할머니가 음식을 들고 카트린의 집에 놀러 온다는 아이디어가 떠올랐으나 '사는 지역이 다르니까 사실적이지 않다'라고 퇴짜맞았다. 역시 여기 사는 건 포기하자.

프랑스는 일본에 비해 훨씬 이민에 관대한 데다 나 같은 외국인이 영화를 찍을 때도 지원금을 주는 제도가 있다. 다시 말해 세금을 자국민의, 좁은 의미에서의 '국익'을 위해 쓰는 게 아니라 영화라는 문화의 이익을 위해 쓴다는, 올바른 '명분'이랄지 '철학'이 제작자를 뒷받침해준다.

그런데 실제로 살아보면 민족이며 인종에 따라 거주하는 지역이 꽤 뚜렷하게 나뉘는 데다 직업도 제한되는 등 '계급

사회'의 흔적이 강하게 느껴지기도 한다.

　　로케이션 헌팅에서 마음에 걸리는 것. 리오넬이라는 담당 스태프가 로케이션 헌팅 전문이라고 할지, 촬영할 때는 현장에 오지 않는다. 다시 말해 프리프로덕션[72]에 국한되는 스태프로, 이 부분은 일본과 시스템이 다르다. 가령 로케이션 헌팅이 끝나 다 함께 차를 마실 때 그 사람은 동석하지 않으며, 프로듀서도 막연히 '외부' 사람으로 대한다. 스태프를 안과 밖으로 명확히 구분한다. 내가 일본에서 영화를 만들 때 조감독과는 별도로 감독 조수라는 존재를 곁에 두고 촬영 진행과는 상관없이 자유롭게 의견을 말하도록 한다. 이번에도 그런 입장의 스태프가 있으면 좋겠다고 제안했건만 아무리 설명해도 필요성을 이해해주지 않는다.

　　'그런 경험 없는 사람의 의견을 왜 듣는지?' '그 사람은 어떤 입장, 권리로 메인 스태프의 미팅에 참가하는지?' 아닌 게 아니라 일본에서도 처음에 '저 사람은 뭔데?'라는 말을 들은 적은 있지만, 이렇게까지 완강한 거부반응에 부딪힌 적은 없었다. 이 '안과 밖' '위와 아래'를 엄격하게 구별하려는 태도, 분위기가 영 불편하다. 이게 나라 차원의 영화 제작을 둘러싼 환경이며 사고방식의 차이에 기인하는 건지, 단순히 프로듀서의 사람됨 때문인지…… 솔직히 잘 모르겠다. 프로듀서인 후쿠마도 여러 차례 설명해준 덕에 어렵사리 받아들여지기는 했지만, 로케이션 헌팅은 차에 자리가 없다는 이유로 동행 허가가 나지 않았다.

로케이션 헌팅으로 찾아가는 단독주택에는 대개 개가 있는데, 물론 사슬로 묶여 있지 않고 자유롭게 돌아다닌다. 마당은 똥투성이. 그리고 예외 없이 냄새가 난다. 목욕한 지 몇 달은 됐을 것이다.

개라기보다는 엉킨 털뭉치가 달려와 얼굴을 핥고 발치를 맴돈다.

하지만 그러고 보면 개 냄새가 전혀 나지 않는 일본의 개들이 오히려 예외라고 생각하는 편이 나을 것이다.

9/28

카트린 씨 인터뷰.

드디어 소원을 이루었다.

몇 번 만날 기회는 있었지만 정식으로 이야기하는 것은 이번이 처음이다.

벌써 팔 년쯤 됐는데, 〈걸어도 걸어도〉[73] 홍보차 파리에 갔을 때 카트린 씨가 만나고 싶어한다는 연락을 받았다. 호텔 로비에서 기다리고 있으려니 약속 시간 지나서 '방금 일어나

이 집은 다소 너무 남성적이려나…

Neauphle-le-Château에 있는 집
옅은 파랑의 배색이 좋다. 옛날 병원 건물

세면대가 회전한다

이런 디테일은 중요

자유를 누리는 개들

샤워중'이라고 연락이 오더니 이어서 '몸이 좀 안 좋은 듯'이라
고 약속을 취소했다. 그 뒤 잠깐 인사하는 정도의 면회(?)가 한
번 있었다(호텔 로비는 금연이라 만난 시간의 절반은 밖에서 담배를 피웠다는
인상).

　　칸의 〈바닷마을 다이어리〉[74] 상영에 와주었을 때는 상영
이 끝난 뒤 손키스를 날려주었다. 나는 이때 직접 만나지는 못
했지만, 레스토랑에서 아야세 하루카 씨[75]가 식사를 하는데 우
연히 카트린 씨가 다른 테이블에 있었던 듯 아야세 씨에게 "모
든 여배우가 그 자리에 서는 경험을 할 수 있는 건 아니야. 당신
은 참 운이 좋네"라 말했다는 이야기를 나중에 아야세 씨에게
들었다. 그해 4월에도 실은 '진실의 카트린'이란 제목으로 시나
리오에서 두 단계 전쯤 되는 롱 플롯을 보내고 파리에서 만나
기로 약속했는데, 약속 시간에 크게 지각한 데다 플롯을 읽지
않은 듯해서 별로 알맹이 있는 이야기를 할 수 없었다. 하지만
'잘될지도……' 하는 막연한 느낌은 서로 받았다. 그 밖에는 카
트린 씨가 프랑스 영화제[76]를 위해 그해 6월에 일본에 왔을 때,
단장인데도 리셉션에서 기분이 좋지 않은 듯한 분위기라 이야
기할 기회가 별로 없었다. 이번 롱 인터뷰도 정말 실현될 것인
지, 약속 시간에 그녀가 나타날 것인지 도통 알 수 없는 상황이
었다.

　　집 근처 호텔에 나타난 카트린 씨는 우선 담배를 피울
수 있는 장소를 찾아 로비 안쪽 테라스로 이동해 인터뷰 중 내
내 담배를 물고 있었다. 담배를 많이 피운다고 들었는데 아니었

다. 완전히 줄담배를 피웠다.

고레에다 연기를 처음 한 건 언제였고 어떤 역이었는지요?

드뇌브 아마 여덟아홉 살쯤이었을 거야. 가톨릭계 학교를 다녔는데 당시엔 목요일이 휴일이라 학교 가는 대신 가톨릭 교리를 가르치는 다른 학교에 가야 했거든. 거기서 종교적인 것 말고도 다양한 걸 배울 수 있었어. 작은 무대에 참가했을 때 미국의 소녀 같은 1880년대풍 의상을 입었는데. 작은 모자에 긴 드레스. 그땐 무대에 서서 연기하는 게 아니라 노래를 하는 거였어. 물론 의상을 입은 건 좋았지만 긴장해서 좋은 경험이 아니었던 게 기억나. 난 고등학교 때까지 가톨릭 학교에 다녔는데 특별활동 같은 느낌으로 목요일에 다양한 걸 배울 수 있었지.

고레에다 네 자매라 배우가 되기 전부터 지역에서 유명했다고 들었는데요.

드뇌브 그렇지만 우리 어머니는 친구나 낯선 사람이 '딸들이 참 예쁘네요'라고 할 때마다 '어린애한테 외모를 칭찬하는 말을 하면 안 돼요'라고 했어. 외모는 타고난 거지 본인이 노력해서 얻은 게 아니니까 칭찬할 필요가 없다고 전부터 말했거든. 나도 그런 생각을 이어받아서, 아이가 둘 있지만 '아이가 예쁘네요'란 말을 들을 때마다 그런 말을 하면 안 된다고 했어. 그런데 내 딸은 제 아이를 귀엽다고 막 칭찬을 해대면서 내가 자기를 칭찬해주지 않았다고 비꼬지 뭐야(웃음).

그러고 보니까 요새 영화는 하나같이 너무 긴 것 같거든. 대개 십오 분 정도 잘라도 되지 않아?

고로에다　큰일났다. 저도 종종 듣는 말인데요(웃음).

드뇌브　그렇지만 감독님 영화를 보고 그런 느낌을 받은 적은 없어.

두 시간짜리 영화를 보다 보면 마지막 십오 분은 지루해. 반면에 세 시간짜리 영화를 보는데도 전혀 지루하지 않았던 적도 있고. 터키 영화 〈윈터 슬립〉[77]을 봤을 때도 그랬는데.

고레에다　잠깐 당신 작품 이야기를 할까 하는데요, 지금까지 연기하신 중에 가장 마음에 든 역은 무엇인지요?

드뇌브　부뉴엘의 〈트리스타나〉[78], 그리고 테시네[79] 감독의, 다니엘 오퇴유[80]의 누나를 연기하는 〈내가 좋아하는 계절〉[81]. 형제자매 관계를 그린 작품은 따지고 보면 별로 많지 않으니까. 누나 동생 관계를 연기하는 게 재미있어서 그래서 기억나.

고레에다 〈트리스티나〉는요?

드뇌브 〈트리스티나〉는 소녀에서 여자로 성장하는 과정을 그리는 영화라, 오랜 기간에 걸쳐 한 역을 끝까지 연기하는 게 재미있었어. 또 부뉘엘의 작품은 대사가 많지만 하나하나가 중요하다든지, 가벼운 말이라도 비꼬는 투라든지 우스꽝스러운 투라든지 그런 톤이 재미있었고.

고레에다 함께 일한 감독 중에서 당신의 배우 인생에 영향을 줬다고 생각하는 사람을 셋 든다면 누굴까요?

드뇌브 드미, 트뤼포, 테시네.

고레에다 알겠습니다. 각각의 매력을 말씀해주시겠습니까?

드뇌브 자크 드미는, 내가 당시 젊었던 것도 있지만 연출이 어떤 건지 전혀 모르는 백지 상태에서 드미가 트래블링[82] 기법을 쓴다든지 카메라워크가 정교하다든지 까다로운 컷을 찍는 등 어딘지 모르게 발레가 생각나는 게 재미있었어. 드미를 만나지 않았으면 도중에 여배우 일을 그만뒀을지도 몰라. 당시 계속할지 말지 고민하던 시기였는데 그 사람을 만나면서 마음을 정한 거지. 트뤼포랑 테시네는 여자를 좋아하고 여배우를 좋아하는 감독이거든. 모든 감독은 물론 여배우를 바라보지만 더 깊이 바라봐줘. 그 두 사람하고는 대화도 많이 나눴고 작품이 끝난 다음에도 같이 영화를 보러 간다든지 강한 신뢰 관계를 맺었으니까, 그러니까 그 두 사람.

고레에다 트뤼포가 인터뷰에서 드뇌브 씨에 대해서 '그녀는 카메라를 등지고 멀어져가는 장면에서 가장 중요한 대사를 깔끔하게 치는 게 가능하다'라고 했는데, 어떻게 생각하시는지요?

드뇌브 (웃음). 맨 먼저 생각나는 건 여배우랑 감독은 신뢰 관계가 아주 중요하다는 거야. 카메라 앞에서만이 아니라 화면 밖으로 나온 뒤로도 신뢰를 받고 자기도 신뢰하지 않으면 자유롭게 움직이지 못해. 카메라 앞에서 자유롭게 움직이려면 강한 신뢰가 있어야 하지.

고레에다 좀 더 이야기를 해도 될까요?

드뇌브 그럼.

고레에다 저와 같은 세대인 프랑수아 오종[83]이나 아르노 데플레생[84]하고도 같이 일을 하셨는데, 두 사람의 매력은 뭐라고 생각하시는지요?
여러 번 작품을 같이 하셨을 정도니까 드뇌브 씨도 높이 평가하는 감독이라고 생각합니다만.

드뇌브 오종과 데플레생은 정말 대조적인 감독이야. 오종은 비아냥거린다든지 캐릭터에게 몹쓸 짓을 하기도 하지. 그렇지만 가장 큰 차이는, 오종은 본인이 촬영 감독을 맡는다는 점이야. 그 사람은 모니터로 보는 게 아니라 카메라 뒤에 서서 자기가 보는 게 카메라에 찍히는 거니까 여배우 입장에서 신뢰가 간다 하는 게 있는 거지. 오종은 굳이 따지자면 내성적인 느낌이라 겉으로 감정을 드러내지 않는 타입. 반면에 데플레생은 굉장한 발언을 하거든. 데플레생의 시나리오는 묘사가 아주 상세하고 문장이 많아. 그 사람 시나리오에서는 여러 등장인물이 다 같이 힘을 합해 공동으로 작품을 만든다는 의식이 강하고 내가 여배우로서 역을 파악한다 하는 게 별로 없어. 다 같이 하나의 작품을 만든다는 의식이 강한 거야. 오종은 반대로 남배우, 여배우, 일대일의 관계가 많고. 그런 부분이 다르지.

고레에다 전 〈크리스마스 이야기〉를 좋아하는데, 데플레생은 캐스트를 모아놓고 다 같이 동작을 곁들여서 연습하고 그러는지요? 촬영 전에.

드뇌브 〈로얄 테넌바움〉[85]이란 작품이 있는데 알아? 감독이 웨스 앤더슨[86]인데. 그 작품도 각 배우가 대등한 역을 연기하는 군중극인데, 데플레생은 우리 모두한테 그 영화를 보라고 했어. 〈크리스마스 이야기〉도, 웨스 앤더슨의 작품도, 어딘지 모르게 잔인한 느낌이 든다는 공통점이 있어. 〈크리스마스 이야기〉를 말하면 맨 먼저 이야기가 나오는 게, 영화에서 어머니가 아들한테 '난 널 안 좋아해'라고 말하는데 그런 대사는 영화에선 흔치 않으니까 그런 점에서도 흥미로운 작품이 아니었을까 싶네.

고레에다 일본 사람한테나 프랑스 사람한테나 드뇌브 씨는 여배우 이상으로 프랑스 영화의 아이콘이랄지, 큰 의미를 짊어지고 있다고 생각하는데요. 본인한테 그런 의식이 있는지는 알 수 없습니다만(웃음). 매릴린 먼로[87]나 잉그리드 버그먼[88]처럼 여배우란 틀을 넘는 프랑스 영화의 상징이란 이미지가 일본에선 강하고, 프랑스에서도 그렇지 않을까 싶습니다만, 거기에 대해 본인은 어떻게 생각하시는지요?

드뇌브 그건 내가 아주 오래전부터 여배우로 활약하고 있어서 그럴 거야. 딱히 영광일 것도 없고 싫을 것도 없어. 여배우는 대체로 경력을 쌓고 나이를 먹을수록 출연할 수 있는 작품이 줄어드는 경향이 있는데, 난 운 좋게도 독창적인 작품에 참가해달란 청을 받고 다양한 작품에 출연할 수 있었던 영향도 있었을지 몰라.

고레에다 이 작품도 그런 영화가 되면 좋겠는데요……(웃음).

드뇌브 그건 확신해. 감독님 작품을 많이 봤는데 거기에 참가하면 좋은 경험이 될 거라고 생각하거든. 나 말고 다른 캐스트도 정하는 거잖아? 다른 출연자는 물망에 오른 사람이 있어?

고레에다 지금은 딸 역으로 비노슈를 정하고 주위를 어떻게 확대, 보강할지 생각하는 단계라 정해진 건 없군요.

드뇌브 다른 배우들 이름은 거론할 수 없죠?

고레에다 아직 이름을 거론할 수 있는 사람이 없어서요. 비노슈의 남편으로 생각하는 미국 배우는 이선 호크가 첫째 후보인데요.

드뇌브 나도 아주 좋아해. 그 사람도 시네필[89]이지. 〈보이후드〉가 정말 좋았는데. 감독이 누구였더라?

고레에다 리처드 링클레이터[90]입니다.

드뇌브 그 사람은 참 용감했어. 그런 작품을 찍다니. 인생 자체에 대한 신뢰가 없으면 그렇게 십 년을 들여 영화를 만들지 못할 거야. 주연인 퍼트리샤 아켓[91]도 여배우로서 십 년에 걸처 여러 차례 촬영했으니 말이야, 자기가 쇠퇴해가는 십 년간을 허락했다는 점에서도 정말 용감했어.

고레에다 여배우로서 프랑스 영화사 안에서 자신을 볼 때 누구 유전자를 가장 많이 물려받았다고 생각하십니까? 누구 딸이라고 생각하시는지?

드뇌브 다니엘 다리외[92].

고레에다 다니엘 다리외…… 아, 네, 알겠습니다. 반대로 자신의 유전자가 젊은 세대의 여배우 중 누군가…… 비슷하다 싶은 분이 있다면 누구인지요?

드뇌브 실은 영국이나 미국, 오스트레일리아 여배우를 좋아하거든. 케이트 윈즐릿[93]이라든지.

고레에다 어떤 점이?

드뇌브 그 사람의 에너지랑 생명력이 좋아. 또 나오미 와츠[94]는 〈21그램〉[95]을 보고 아주 좋아하게 됐고.

고레에다 잔 모로는 드뇌브 씨한테 어떤 존재인지요?

드뇌브 독립 작품을 가장 잘 상징하는 여배우가 아닐까 싶네. 그 사람이 활약했던 시대는 정말이지 그 사람이 가장 잘 상징하지 않았을까.

고레에다 드뇌브 씨가 히치콕[96]과 영화를 찍는 기획이 있었는데 히치콕이 세상을 떠나면서 실현되지 못했다는 이야기를 듣고 무척 아쉬웠는데요. 보고 싶었을 것 같은데, 히치콕 영화에선 어느 역을 가장 좋아하시는지요?

드뇌브 히치콕 작품 중에 숀 코너리[97]가 나오는 게 있는데 거기 나도 끼고 싶었어. (메모: 1964년에 개봉된 〈마니〉[98])

드뇌브 고레에다 감독님은 언어를 이해하지 못한다는 것에 대해, 가령 프랑스어를 예로 들자면, 프랑스어를 음악처럼 파악하는 거야?

고레에다 그렇죠. 리듬이라든지 어감, 여백으로.

드뇌브 트뤼포는 모니터를 보지 않고 그냥 소리만 듣고서 그 장면을 다시 찍을지를 결정하곤 했거든. 나도 모니터 체크는 안 하지만 가끔 음향 감독한테 가서 그 장면의 음성을 다시 들어보겠다고 할 때가 있어.

고레에다   언어의 장벽을 어떻게 넘느냐 하는 게 이번 작품에서 가장 큰 과제라고 생각하고 저도 불안이 없는 건 아닙니다. 하지만 지금까지 한국 여배우라든지 타이완 카메라맨과 함께 일하면서 말은 통하지 않지만 찍고 싶은 세계관은 공유할 수 있었고 '방금 그거 의외로 좋았지!' 하는 공통 인식을 가질 수 있는 순간이 여러 번 있었거든요. 그러니 지향하는 바를 공유할 수 있다면 문제없지 않을까 저 자신은 기대하고 있습니다.

드뇌브   나도 정말로 말의 리듬, 멜로디란 게 있다고 생각해.

고레에다   어떤 연주를 할 건지 공통 인식을 가지는 게 가능하면 문제없다고 생각합니다.

드뇌브   쥘리에트 씨도 아마 그럴 것 같은데, 나나 쥘리에트 씨나 함께 어떤 작품을 만든다기보다 감독이 손을 잡고 이끄는 대로 따라가고 싶어.

촬영이 시작되고 나서 들었는데, 프랑스 영화 시나리오에는 여기서 일어선다든지 눈을 내리깐다든지, 배우에 대한 상세한 동작 지시가 적혀 있다고 한다.
내 시나리오에는 그런 묘사가 별로 많지 않고 현장에서 배우가 움직이는 모습을 보며 '아, 그렇군……' 하고 발견해나가는 형태라, 배우 입장에서는 내 시나리오만 봐서는 어떻게 연기해야 할지 잘 알 수 없었던 모양이다.

드뇌브　손주는 몇 살쯤으로 설정되고?

고레에다　아까도 말씀드렸지만 산타클로스를 믿는지 아닌지 그 경계 정도로 생각하고 있습니다. 열 살쯤 되는 아이와 그보다 좀 더 위인 아이, 이렇게 둘로 할까 하는데요.

드뇌브　프랑스에선 일곱 살쯤 되면 믿지 않게 돼(웃음).

고레에다　그럼 좀 더 어리게 만들까요(웃음). 시나리오엔 없지만 드뇌브 씨가 젊었을 때 마법사를 연기한 적이 있다고 할까 하거든요. 그래서 손주가 왔을 때 같이 옛날 영화를 보다가 '할머니가 마법을 쓸 줄 아네!'라고 생각할 나이로 하려고 합니다.

드뇌브　자크 드미의 〈당나귀 공주〉[99] 때문에 '병아리를 꺼낼 수 있어요?'란 말을 아직도 자주 듣는다니까(웃음).

고레에다　그건 이미 갖다 썼답니다(웃음).

드뇌브　손주가 열네 살인데 시골을 아주 좋아하고 동물도 좋아해서 곧잘 둘이 시골에 가.

난 시바 견을 기르는데. 마메시바. 데려올 걸 그랬네. 지금 차에서 기다리고 있거든. 하지만 손주 개랑 우리 개가 사이가 나빠서 맨날 싸우지 뭐야.

고레에다   개를 키우는 설정으로 할까 하는데 괜찮으신지요?

드뇌브   괜찮아.

고레에다   시바 견이 유행인가요?

드뇌브   내가 기르기 시작했을 땐 그렇게 많지 않았어. 얘가 재미있는 게, 시골에 가면 넓은 장소를 빙빙 돌면서 활발하게 노는데 아파트로 돌아오면 고양이처럼 잠만 내내 자지 뭐야. 뤼키니^Fabrice Luchini도 내 개를 보고 홀딱 반해서 자기도 시바 견을 기르나봐.

프로듀서   드뇌브 씨라면 남편 역으로 누굴 추천하시겠습니까?

드뇌브   ……어려운 질문이네(웃음). 당장 떠오르는 사람이 없는데. 〈크리스마스 이야기〉의 남편이 참 좋았는데 지금은 세상을 떠났고.

고레에다   그분은 저도 생각했었습니다. 단골 레스토랑의 셰프나 그런 건 어떨까 했는데 고인이 됐으니 아쉽더군요.

드뇌브　삼 년 전에 죽었지.

고레에다　훌륭한 배우셨습니다. (메모: 장폴 루시용^{Jean-Paul Roussillon}
1931-2009)

드뇌브　그 사람은 영화보다 무대 연기를 더 많이 했어. 식사
는 이탈리아 음식과 일본 음식 중에 어느 쪽이 좋아?

고레에다　둘 다 좋은데요.

드뇌브　일본 음식은 일본에서도 먹을 수 있으니까 피자 어때?

고레에다　좋습니다.

드뇌브　피자가 아주 맛있고 피자 말고도 샐러드나 뭐나 많
아요.

　인터뷰가 끝나자 드뇌브 씨는 호텔 맞은편 건물에 사는
외손주와 길가에서 잠깐 이야기를 나눈 뒤, 우리 스태프에게 근
처 이탈리아 레스토랑을 소개해주고는 차에서 기다리던 애견

자크와 산책을 갔다.

인터뷰를 무사히 마치고 힘이 빠지는 것과 동시에, 역시 드뇌브 씨 입에서 드미, 트뤼포 같은 이름이 나오는 것을 직접 듣는다는 게 얼마나 귀중한 체험인지 새삼 실감했다.

큰 고비를 하나 넘겼다.
시나리오 아이디어가 몇 개 떠올랐다.

개구리와 이름이 같은 전남편(쥘리에트 아버지)이 있다.
"난 저 개보다도 (자서전에 등장하는) 페이지가 적군"이라고 전남편이 한탄한다.

시나리오 개고 완성. 아직 55점쯤이려나. 크랭크인까지 아직 일 년 있으니까. 천천히, 차분하게. 프로듀서 뮈리엘에게서 감상이 도착.
'카트린과 이자벨(후에 마농으로 변경)의 애드리브 연기 시퀀스가 카트린의 쥘리에트에 대한 "고백"을 야기하는 것으로 보임. 그다지 상세하게 쓰여 있지 않은데 사실은 매우 중요한 장면이 아닌지?'
'저녁식사 후 카트린과 이선의 장면. 영어로 바꿔 이야기하는 게 부자연스럽게 느껴짐. 이선을 무시해 일부러 프랑스어로 계속 이야기하지 않을지?'

그건 그렇겠다. 이선은 언어의 이해를 초월해 카트린의 비애를 느끼는 것이다. 오히려 말을 알 수 있으면 안 된다.

'모녀가 화해하는 클라이맥스, 용서와 진실의 아름다운 순간이어야 하는데 금세 신랄한 빈정거림에 묻혀버린다.'

이건 거꾸로 이래야 한다. '감동'과 '화해'는 어머니의 여배우로서의 잔인함에 의해 뒤집히는 것으로 끝내고 싶다. 아이디어를 더 생각해보자.

여기서 일단 프랑스 기획을 접어두고 10월은 〈어느 가족〉일본 원제: 좀도둑 가족의 시나리오 집필에 전념.

11월부터 다시 프랑스 기획으로 돌아올 예정.

11/10

레이먼드 카버의 〈대성당〉을 대신할 극중극으로 켄 리우[100]의 〈내 어머니의 기억〉[101]이라는 SF가 좋지 않을까 하는 아이디어가 떠오름. 여명 이 년을 선고받은 어머니가 딸의 성장을 지켜보기 위해 우주로 떠나 칠 년에 한 번 딸을 찾아온다는 이야기. 겉모습으로는 딸만 나이를 먹어 늙어간다.

당장 저작권 관계를 확인해달라고 부탁.

전체 구성을 생각.

카트린의 캐릭터를 어떻게 파고들 것인가…… 고립감이
부족한가?
　배우로서, 어머니로서, 할머니로서, 여자로서…….
　그 모두에서 역풍을 맞고 마지막의 축제에서 반전시킨다.

　'배우는 세련됨과 싸워야 한다.
　얼마 동안 이 일을 하다 보면 누구나 세련되게 된다.
　배우는 지식과 싸워야 한다.
　왜냐하면 한번 뭔가를 잃고 나면 개방적이고 창의적이
되기 쉽지 않기 때문이다.'
　　《존 카사베티스[102]의 말들》에서

　〈하루의 끝〉[103]
　배우들의 양로원을 무대로 펼쳐지는 이야기. 예전에 영
화를 좋아하는 어머니와 함께 본 기억이 되살아났다.
　〈미스터 아서〉[104]
　〈오프닝 나이트〉[105]
　〈선셋 대로〉
　〈클라우즈 오브 실스마리아〉[106]

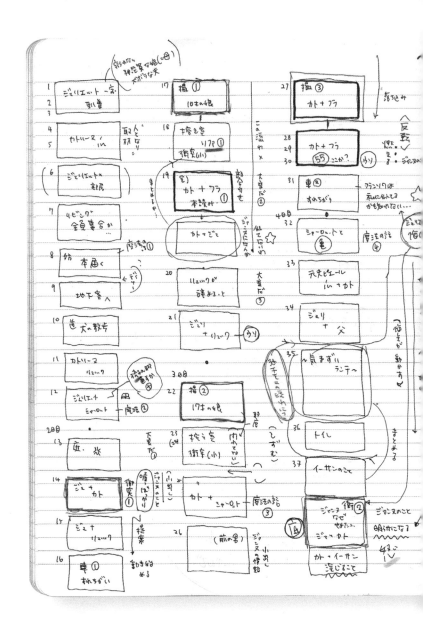

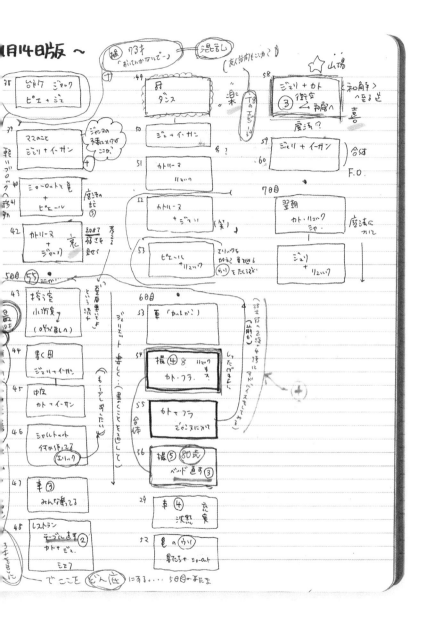

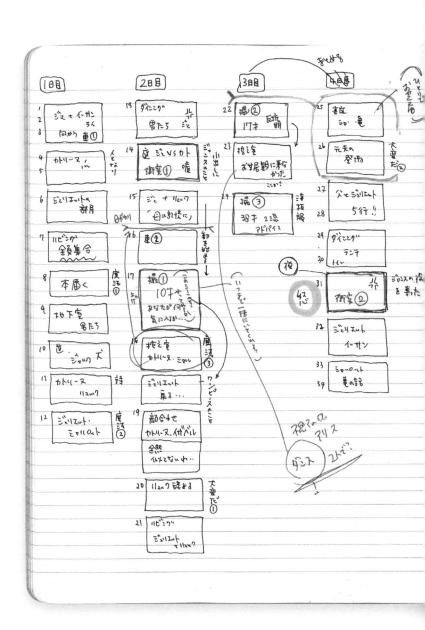

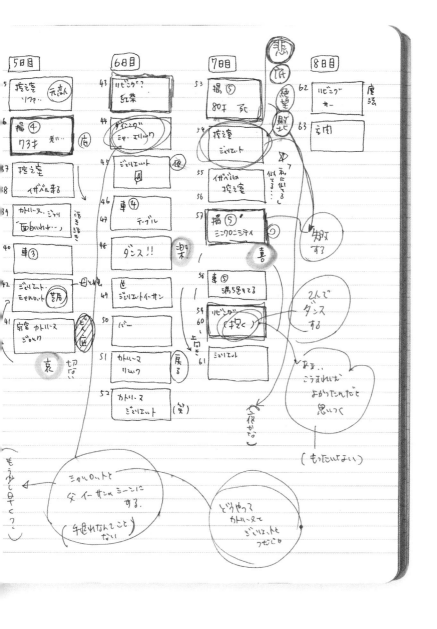

I I / 20

전체 재구성.

사흘째와 나흘째를 하나로 합침. 모녀의 충돌은 전반, 사흘째 밤에.

희노애락의 감정을 배치.

11월 29일. 어쨌거나 '11월 말까지'라는 약속대로 시나리오 초고를 완성. A4로 65장. 장면 수 63. 카트린 씨 인터뷰를 반영. 9월에 로케이션 헌팅중에 갔던 옛날 병원 건물을 바탕으로 와인 창고의 지하실 장면 등을 수정. 라이벌의 딸과 공연한다는 설정을, 혈연관계는 없지만 '재래'라고 이야기되는 신인 여배우로 변경. 또한 지금은 이미 죽고 없는 이를 둘러싼 이야기. 죽어서 더는 나이를 먹지 않는 예전 친구이자 (유일한) 라이벌, 그리고 나이를 먹어 노쇠를 외면할 수 없는 주인공의 대비. 이게 어머니와 딸의 대립에 입체적으로 얽힌다.

켄 리우의 〈내 어머니의 기억〉은 이럭저럭 허가를 받을 수 있을 것 같다고. 안심했다.

2018/1/15

초고에 대한 뮈리엘의 감상 도착. 무척 참고가 된다. 평소 대화할 때와는 달리 매우 이성적이고 건설적. 감독에 가까운 프로듀서 타입인 것 같다.

지적을 참고해 카트린 씨에게 쥘리에트, 이자벨, 잔(후에 사라로 변경)의 역할을 한 번 더 생각해보자.

意欲的でスケールの大きい作品。

この映画の演出は、俳優たちへの（仕草や目の動きといった）演技指導と、シンプルでありながらもシークエンスごとに呼応するように構築された対話によるところが大きい。
（懸念事項としては、シナリオの内容に対する出演者たちの反応や、フランス人俳優を日本語で演出する難しさがある）

注意点

英語のセリフは全体の30％以下に抑え、大部分はフランス語にすること。一般的な観客のためになるべく字幕を避けること。

1. 脚本（の良い点）と主題について

脚本の作劇は、「カトリーヌとジュリエット」「イザベルとカトリーヌ」「ジュリエットとシャルロット」「カトリーヌとシャルロット」といった複数の女性カップルが互いを自らの鏡像とすることにより構築されていると感じた。鏡像関係のような構図は、シークエンスからシークエンスへと観客を自然に移行させる役割を果たし、最後の結末（カトリーヌとジュリエットの関係の和解）に至るまで、情緒的で笑える（と言うよりユーモアのある）場面や、過去の思い出とノスタルジーを交えた場面とともに、作劇を展開、進めさせる役割も果たしている。

この鏡像関係の構図は、なによりもまず嘘と欺瞞がベースにある。嘘をついているのは誰か？誰しもが自分自身の役を演じる女優であるのか？

これは嘘と老いについての映画。そして、周りに対して自分をどんな風に見せるかについての映画。自分がなりたいと選んだ人物像に実際になれるのか？ 私たちは親との関係性によって作り上げられたものなのか？

中心人物はカトリーヌだが、それ以外の女性登場人物（ジュリエット、ジャンヌ、イザベル、シャルロット）も、デフォルメ度合いの差はあれ、ある意味カトリーヌの人物像のひとつであると言える。

カトリーヌの娘であるジュリエットは、母の才能に押しつぶされ、宙ぶらりんな人生を送ってしまった女性。

カトリーヌの親友でありライバルのジャンヌは、若くしてこの世を去ったことにより伝説として生き続けている。

ジャンヌの「コピー」とも言えるイザベルは、カトリーヌにとって危険な存在（ネガティブな鏡）。

カトリーヌの真の子孫（女優的な DNA を受け継ぐ真の子孫）であるシャルロット。

これらすべての女性登場人物たちは、嫉妬や対抗心、敬愛といった、それぞれに異なるカトリーヌとの関係性を通して、カトリーヌを前進させ、観客に向けて少しずつカトリーヌのことを明らかにしてくれる。

男性の登場人物たちはみんな衛星的に見える。存在感がない男、人生に失敗した（…）などなど。

この感じは、50年代のアメリカ映画（もちろん『真実のカトリーヌ』は（…）

2. 会話・セリフについて

多くのセリフにユーモアがある。カト（…）セリフを口にしている様子が容易に想（…）トのセリフに関しては少しイメージ（…）るトーンのように思えた。詳しくは（…）

全体的に、セリフ・会話をもっと練る（…）バージョンに関しては）あまり熟考（…）中劇のセリフについては特にそういう（…）（言い回しが似ていたり、同じことを（…）

3. 人物像について

カトリーヌ

皮肉屋なのに魅惑的、感情的なのに冷（…）捻れで痛ましい感じや意地の悪さを（…）あるかもしれない。

もう少し掘り下げて言うならば、カト（…）う役割を演じることに凝り固まり過ぎ（…）感じてしまい、彼女に対してあまり興（…）

シナリオの 3/4 あたりまで待ってよう（…）りも以前に彼女の「弱身を見せる」必（…）

ジュリエット

ジュリエットとは何者か？売れない女（…）性？自分として生きづらさを感じてい（…）ヌはジュリエットにとって牧歌の浮き（…）ではまだはっきりと分からない。彼女（…）うな存在でしかない印象を与えてしま（…）

뮈리엘에게 받은 감상

り周辺に従属するよう）な役回りに
直を高める男、都合よく役に立つ男

こったか?』のような悲喜劇
いが）を想起させる。

がいかにも言いそうなセリフ（その
える。それに比べると、ジュリエッ
ト（彼女の人物像とはちょっと異な
を参照）。

感じられ、（少なくともフランス語
セリフもいくつか見受けられた。劇
て、繰り返されるセリフもあった
ていたなど）。

神話的・・・まさに女王様。時折、
くつかあり、この点は見直す必要が

"わがままな年寄りの大女優"とい
じが悪い。そのせいで観客が距離を
なってしまう。

の感情が動く瞬間が訪れる。それよ

や衣装に気を使わないタイプの女
に押しつぶされていたのか?ジャン
ったのか?これらの点が現在の脚本
ジュリエットは母親のコピーのよ

ジャンヌ

ジャンヌとは何者か?カトリーヌとは全く違うタイプの女優だったのか?カトリーヌの親友、それともライバルだったのか?エキセントリックで狂気じみていたのか、それとも純粋で無邪気（イノセント）だったのか?

イザベル

ジャンヌと見た目がそっくりだが、内面は似ていない（精神面がそっくりという人は存在しない）。無邪気なフリをして実はカトリーヌを手のひらで転がしている・・・というぐらい、カトリーヌよりも強く、"うわて"であるキャラクターであるべき。（個人的な意見だが、イザベル役にはジャンヌ・モローのイメージは全くなく、フランス映画界の伝説的女優であるロミー・シュナイダーを思い浮かべた）

シャルロット

図らずも自然とこのストーリーの主軸になっている。彼女こそカトリーヌが自身の魂を受け渡す人物であり、したがって映画の中で大変重要な役割を担っている。シャルロットはすべてを許容し、若さを象徴する存在。そして、カトリーヌの（道徳的な意味での）真の相続者、DNAを受け継ぐものである。

男性登場人物

イーサン

たいした才能のない弱々しい男で、軽蔑されている人物像に見える。ただし、ジュリエットとベッドを共にしないことが明らかになるシーンは興味深く好奇心をくすぐる。

エリック

ストーリーの中で居場所がなく、影の薄い息子。特に何もしなければ、何かを伝えることもしない。母と娘の破壊的で容赦ない関係性から自分を守ることに徹している。

リュック（マネージャー）

重要人物。最終的にこの映画の中で一番良いところを持って行く。カトリーヌに対して内気な恋人のようでもあり、一心に擁護する騎士のようでもある。いくつかのシーンでは、マネージャーというよりもコンサルタントや忠実な友人という風に思わせる。

---

4. シナリオの弱点

*人物の心理描写（心の動き）がはっきりと分かりすぎる時がある。

*二人の人物間の鏡像関係（嘘）の構造をさらに強化し、もう少し練る必要がある。

*いくつかのシーンはひとつの会話や目的を果たすためだけに存在しているように思われる。（例：レストランでの家族の会食シーンはあまり重要なことをもたらさないし、シェフと息子セリフも老いについて語る繰り返しの会話でしかないように感じる）

*劇中劇や撮影のシーンが、ストーリーの中にまだしっかりと組み込まれていない。

3/10

〈어느 가족〉 편집을 일단락하고 파리로.
촬영은 아주 만족스러웠다. 분명 좋은 작품이 될 것이다.

3/11

9시. 비노슈 씨와 이선(후보)의 딸 역 오디션.
클레망틴이 인상에 남는다.
자신감 있는 타입. 옆에서 보면 코가 이선 호크를 약간
닮았다.

오후에는 카트린이 연기할 파비안느의 옛 라이벌의 재
래라고 이야기되는 신인 여배우 역 오디션.

클레망틴

3/13-14

집 로케이션 헌팅.
에르브빌 ORGEXL
SAINT-LEGER-EN-YVELINES

3/14

프랑스 배급사 르 팍트[108]의 장 씨, 해외 배급사 와일드 번치[109]의 뱅상 씨와 식사.

뱅상과 함께 일한 첫 작품은 〈디스턴스〉[110]. 그 뒤 멀어졌다가 〈진짜로 일어날지도 몰라 기적〉[111] 때부터 내내 한 팀으로 일하고 있다. 장도 마찬가지로 〈진짜로 일어날지도 몰라 기적〉 이후로 계속 프랑스 내에서의 배급을 맡고 있다. 신뢰할 수 있는 파트너를 찾아내 파트너십을 오래 이어가는 게 국내외를 막론하고 감독에게 가장 중요한 할 일이라고 생각한다. 이번에도 두 사람은 일찌감치 이 프랑스 기획에 관심을 갖고 제작 팀에 합류해주었다.

그건 그래도 평소에 이렇게 만날 때면 뱅상은 대개 취해 있고 장은 어디서든 제일 큰 소리로 웃는다.

프랑스 배급사 르 팍트의 장 씨와 해외 배급사 와일드번치의 뱅상 씨

첫눈에 반한 저택

시나리오를 읽고 난 뒤 뱅상의 감상은 "변호사를 선임해 두는 게 좋겠어"였다.

반농담이기는 하지만 시나리오 속 에피소드가 카트린 자신의 인생과 꽤 겹치니까 소송당할 때를 대비해서라고 했다.

3/15

15시 30분부터 드뇌브 씨와 두 번째 미팅. 오늘은 개 여러 마리를 데리고 호텔에 등장. 시나리오 제1고는 읽어준 모양이다.

"집은 파리가 아니면 곤란한데"가 첫 마디였다.

이선 호크의 캐스팅이 암초에 부딪쳤다고 알림.

"딱 맞을 것 같았는데…… 비고 모텐슨[112]도 좋을 것 같고……"라고 아쉬운 듯 대답.

그런 이야기를 하다가 곁에서 프로듀서 후쿠마가 적고 있던 메모를 들여다보더니 "글씨가 참 작네"라면서 펜을 집었다.

"이거 어디 거야? MUJI[113]? 몇 밀리짜리?"

이야기가 점점 딴 데로 빠져 돌아올 줄 모른다.

"같이 사는 남자가 젊은 편이 희망이 있고 좋은데."

"쥘리에트의 오빠는 왜 뺀 거야?"

원래는 일하지 않고 어머니 집에 얹혀사는 오빠가 하나 등장했는데, 신통치 않은 남자가 너무 많기에 한 명을 뺐다고 설명.

촬영감독 후보로 〈크리스마스 이야기〉의 에리크 고티에[114]를 생각중이라고 말하자 "그 사람은 인간으로서도 훌륭하지. 데플레생이 미국에서 찍은 영화도 촬영을 고티에 씨가 맡았던가?"라고.

"내 역에 대한 묘사에서 어딘지 모르게 1950년대 여배우 냄새가 나. 가령 잔 모로라든지."

"현대 영화업계엔 없지. 이건 예를 들면 〈선셋 대로〉 같은 시대."

"좀 더 현대성, 현실미가 있으면 좋겠는데."

"감정이 너무 미국적인 것 같기도 하고."

"이선하고 샤를로트의 관계는 아주 좋았어."

"프로듀서랑 자고 배역을 빼앗았다는 에피소드도 재미있고."

"〈셰이프 오브 워터〉[115] 봤어? 음악이 참 좋던데."

"그렇지만 미국 TV 시리즈에 나오는 배우를 이렇게 웃음거리로 삼으려나?"

"비노슈의 신작 봤어? 그 사람 연기는 근사한데 의상이 영 아니지 뭐야."

"거기 나오는 남자들이 좀 너무 불쌍하지 않아?"

그렇게 말하며 웃었다.

화제와 함께 쉴 새 없이 변화하는 표정과 말이 대단히 매력적인 동시에, 한곳에 머무는 것을 견딜 수 없다는 것처럼 항상 움직여 다닌다는 인상.

(뱅상이 우려했던 점. 나도 실은 약간 걱정이었는데 드뇌브 씨가 "나랑은 전혀 달라"라고 해서 안심했다.)

3/17

촬영감독 에리크 고티에와 처음 자리를 마련.

이번 촬영을 부탁할 수 있게 됐다.

작년에는 지아장커[116]의 신작 영화를 위해 중국에서 육 개월을 보냈다고.

"매일 아침 대본 대신 메모를 나눠주는 게 다라서 대체 어떤 식으로 이야기가 진행될지 아무도 모르는 스릴 넘치는 여행이었죠"라고 함.

바우테르 살리스[117]와 〈모터사이클 다이어리〉[118]도 찍었으니 이런 국제 공동 제작에 유연하게 대응해줄 것 같다.

이자벨 역 오디션.

마농 클라벨 씨[119]로 결정. 스태프가 만장일치로 선택

했다.

개인적으로는 목소리로 정했다. 매력적인 허스키보이스. 병실에서 늙은 딸과 창가에 나란히 서서 안마당에 핀 꽃을 바라보는 연기를 부탁. 그녀가 움직인 순간 회의실이 병실로, 벽이 창가로 바뀌는 듯했다. 캐릭터 이름도 이자벨에서 배우의 본명인 마농으로 변경.

3/19

밤부터 파리에 눈이 흩날리기 시작.

비노슈 씨 집에서 미팅.

여유 있는 시간 속에서 '연기한다는 것'에 관한 이야기를 들었다.

"(나는) 테이크를 거듭하는 게 중요하다. 그래야 어느 게 제일 좋은지 스스로 알 수 있다."

"키에슬로프스키는 한 번으로 끝내는 타입. 리허설은 여러 번 하지만 본촬영은 한 번뿐이다. 허우 씨[120]도 그랬다."

"배우는 새로이 생명을 만들어내는 직업. 그게 아마추어와의 차이점이다."

"지금은 연기하고 있다는 게 눈에 보여도 상관없는 시대."

호텔 로비에 애견 두 마리와 등장한 드뇌브

에리크 고티에 씨와 함께

마농 클라벨 . 콩세르바투아르에서 연극을 공부중

비노슈 씨에게 중요한 감독 셋을 들자면?

"앙드레 테시네."

"앤서니 밍겔라[121]."

"존 부어먼[122]."

"테시네는 나를 믿어줬다."

"키에슬로프스키는 작품과는 달리 현장에서 아주 명랑하다."

"피카소가 '배운 것을 잊어버려라. 그러면 자유를 되찾을 수 있다'라고 했다. 자유는 되찾는 것이다."

그렇군. 거기 이미 있는 것은 '자유'가 아니라는 말이다.

"고등학교 연극부에서 '연기하기를 그만둬라'라는 말을 계속 들었다. '하지' 말고 '돼라'라고."

"공부하기를 겁내서 있는 모습 그대로 임하려고 하는 사람이 많은데, 무서운 곳에 가서 일단 틀 속에 들어가보는 게 중요하다. 위험을 무릅쓰지 않으면 내내 수영장 밖에 앉아 있을 뿐이다."

오늘 비노슈 씨와 연기에 관해 나눈 대화는 많은 것을 시사해주는, 깊이 있는 것이었다.

밤. 근처 이탈리아 음식점으로 자리를 옮겨 식사. 비노슈 씨가 인스타그램에 올린다고 해서 기념사진.

실내가 어두워 얼굴이 보이지 않기에 둘이서 조명의 각

도를 바꿈. 그나저나 이쪽 레스토랑은 왜 그렇게 어두운 걸까. 음식도, 마주 앉은 상대방의 얼굴도 잘 보이지 않는다.

3/20

19일은 〈세 번째 살인〉 파리 개봉.

20일은 종일 언론사 취재. 그 뒤 일단 일본으로 돌아와 〈어느 가족〉 완성에 집중.

5/18

칸 영화제 도중에 파리로 이동. 스태프 미팅.

촬영은 팔 주간. 10월 10일 크랭크인 예정. 토일은 쉬고 두 달. '필름으로 촬영하고 싶다'고 알리자 뮈리엘의 얼굴이 흐려짐. 이선 호크가 출연하더라도 10월 중순이나 될 듯하다는 정보. 조감독 니콜라 씨를 만남. 매우 온화해 보인다. 트란 안 훙[123] 감독의 작품에, 데뷔작인 〈그린 파파야 향기〉[124] 때부터 내내 참가하고 있다고. 트란의 현장은 여간 힘든 게 아니라고 하니까 그걸 경험했다면 괜찮지 않을까 멋대로 안심함.

후일 트란에게서 메일이. '니콜라가 신작에 참여한다고 들었는데 아주 훌륭한 사람이니까 안심하고 현장을 맡길 수 있어요. 행운을 빕니다'라고.

스태프와 시나리오에 대해 의견 교환.

"샤를로트가 부모와 같은 침대에서 잔다고 되어 있는데, 이 애는 무슨 정신적 문제라도 있는지?"

아니, 일본에서 이 또래 아이는 아직 어머니와 함께 자는 경우가 많은데…….

"프랑스에서는 여섯 살이면 이미 다른 방에서 혼자 잔다."

그렇군. 가족이 오순도순 모여 자는 게 행복한 가족의 상징이 아니라는 말인가.

파비안느의 스케줄을 관리하는 뤼크는 그 집에 방이 없다.

주인공이 자는 침실을 현관이 있는 1층에 둘지, 계단을 올라간 2층으로 설정하는 게 자연스러울지 스태프 사이에서도 의견이 갈렸다.

다들 자기 의견을 말할 때 '나는……'이 아니라 '프랑스 사람은……'이란 말로 시작한다. 자기를 전체로 확장해서 이야기하는 이 경향은 뭘까. 오해의 소지가 있으니 안 하면 좋겠다.

촬영소 후보는 셋.

에피네.

브리.

뤼크 베송[125]이 세운 초현대적인 스튜디오.

이렇게 셋을 사전 답사해서 정합시다.

6/21

〈어느 가족〉의 프로모션도 일단락되어 요코하마 프랑스 영화제로.

대기실에서 프랑수아 오종 감독과 재회.

최근 작품인 〈프란츠〉[126]에서 〈라 마르세예즈〉[127]를 부르는 장면이 멋졌다고 감상을 이야기함. 내셔널리즘의 열광을 냉소적으로 바라보는 감독의 눈.

애초에 오 년 전 역시 프랑스 영화제로 일본을 찾은 오종 감독이 '프랑스에 당신 팬이 정말 많다. 프랑스에서 영화를 찍어도 꼭 성공할 것이다'라고 치켜세우는 바람에 넘어간 탓도 있어, '소원이 이뤄져' 가을에 파리에서 크랭크인을 하게 됐다고 보고.

'드뇌브는 그래봬도 작품을 위해 애쓰는 타입의 배우니까 아무것도 걱정할 필요가 없다' 하고 슬슬 들기 시작했던 불안을 꿰뚫어본 것처럼 격려해주었다.

22일, 23일에 마쓰오카 마유 씨[128], 조 가이리[129] 군과 상하이 영화제에 참가한 뒤 파리로. 기내에서 오디션에서 만날 배우들이 출연한 작품의 DVD를 봄. 트뤼포의 〈이웃집 여인〉[130]. 출판사 남자를 연기한 로제 판홀은 전남편 피에르 후보. 샤브롤[131]의 〈사기〉[132]에서 이용당하는 남자. 트럼펫을 연주한다는 게 마음에 드는 재키 베로이에[133]. 이쪽은 레스토랑 주인이려나.

호텔에서 지내게 되겠지만 기본적으로 이제부터 육 개월간은 거점을 파리로 옮겨 촬영 준비를 본격적으로 시작한다. 크랭크인까지 백 일 남짓. 카운트다운이 시작된다. 26일 샤를로트 역 오디션.

클레망틴은 장기로 플루트를 연주했는데 얼마나 못 하는지 오히려 귀여웠다. 결정. 다만 처음 설정의 왕따를 당해 학교에 가지 않는 아이는 아니라는 인상. 그 부분은 바꾸자.

26일, 알랭 리볼^{Alain Libolt} 씨를 뤼크로 결정. 출연작인 로메르[134]의 〈가을 이야기〉[135] 등에 관해 이야기.

전날 예행 연습을 거쳐 CNC[136] 지원금 심사. CNC에서는 연 4회 신청할 기회가 있다는데, 감독이 직접 가서 영화의 취지라든지 왜 프랑스에서 찍고 싶은지, 어떻게 만들고 싶은지 등을 자신의 말로 프레젠테이션해야 한다. 심사는 공무원이 아니라 영화 프로듀서며 감독, 출판계 사람 등이 맡는다고.

역시 서로 얼굴을 보고 하는 편이 낫거니와 통과되든 안 되든 이유를 알고 싶다.

이날 파리로 와준 이선 호크와 미팅. 드디어 실현되는구나 싶어 정말 기쁘다. 다만 공항에 스태프가 마중 나가지 않아서 이선이 자력으로 호텔까지 왔다. 어쩌 미안하다. 일단 샤워부터 하고 잠깐 쉬도록 함.

프로듀서 뮈리엘의 3B(트루아베) [137] 사무실 근처 이탈리아 음식점에서 피자를 먹으며 이선과 잡담.

"〈죽은 시인의 사회〉[138]에서 눈 오는 장면은 원래는 욕실이었는데 눈이 오기에 직전에 변경했다."

"난 처음에 자살하는 청년 역이었다. 감독이 오디션에서 나를 보고 역을 바꿨다."

"〈파리, 텍사스〉[139]의 아역 배우는 훌륭했다."

이선이 입은 셔츠 등 쪽에 텍사스 주 깃발의 디자인이.

"딸애가 크리스마스에 선물해준 것"이라고 기쁜 듯 말함.

이선의 출연이 결정됐다는 것을 알고 드뇌브가 무척 기뻐했다고 전했다.

"딸애에게 자랑해야겠다. 배우가 되고 싶어한다"라고.

"프랑스 영화 중에서는 자크 드미 영화를 좋아한다. 마침 비행기에서 〈로슈포르의 연인들〉을 하길래 보면서 왔다."

"〈롤라〉는 열아홉 살 때 봤다. 그게 맨 처음 본 프랑스 영화였을 것이다."

식사가 끝난 뒤, 눈앞에 앉아 있던 프로듀서 후쿠마에게 "덧니가 매력적인데요"라며 윙크와 함께 손키스, 후쿠마 씨는 쑥스러워하면서도 기뻐 보였다.

"지금은 다들 덧니를 교정하니까요. 딸애도 교정했는데……"라고 조금 아쉬운 듯 말함.

"나도 에이전트가 치아 교정을 하라는 걸 계속 거절하고 있답니다."

카트린의 남편 자크 역 캐스팅에 관해 캐스팅 디렉터 크리스와 미팅. "벨기에 출신 배우면 벨기에 정부에서 지원금을 받을 수 있으니까 뮈리엘은 되도록 그래 달라고 하는데, 그에 구애받지 않고 정하려고요"라고.

6/29

프로듀서 마틸드[140]가 소개해준, 물만두가 맛있는 집에서 점심. 물만두가 아주 맛있었다. 물만두는 일주일에 하루만 하고 내일부터는 군만두를 낸다고 한다. 식후에 이선, 스태프와 함께 파리 산책.

　　노트르담 대성당 곁을 지나 생루이 섬으로.

　　여기서 파리에서 가장 맛있다는 젤라토를 사 산책하며 먹음. 이선과 기념사진을 찍었다.

　　14시 반, 트루아베.

　　이선과 클레망틴의 첫 대면.

　　이선이 스태프룸에 있던 기타를 들고 나와 클레망틴과 즉흥 연주. 이선은 정말 어린아이를 대하는 데에 능하다.

　　그 뒤 물건 사기 게임.

　　아빠(이선)와 함께 지정된 물건을 사 오기.

　　사 올 물건은,

　　—빨갛고 둥근 것.

　　—파랗고 네모난 것.

　　예산은 20유로. 클레망틴은 신나서 나감.

　　무척 즐거운 시간을 보냈다.

　　19시, 마농이 콩세르바투아르 학생들과 함께 출연하는 연극을 보러 감. 어머니도 극장에 와 계시기에 인사.

　　말을 모르니 되레 몸짓이나 목소리의 느낌을 명확히 알 겠다.

불로뉴 숲 근처 놀이공원에 비노슈 씨, 이선, 클레망틴 집합.

오늘은 종일 여기서 논다.

비노슈 씨가 클레망틴에게 자외선 차단제를 발라줌. 셋이 보트를 타고 클레망틴은 트램펄린. 셋이 과녁 맞히기.

총을 겨누는 이선의 모습이 역시 이목을 끈다. 그 자체로 영화의 한 장면 같다.

다 같이 점심. 스태프룸에서 가볍게 뒷풀이를 했을 때 스태프가 정육점에서 사온 생햄이 워낙 맛있었던 터라 이날도 부탁. 소풍용 매트를 깔고 접시를 늘어놓음. 크랭크인 전에 이런 시간을 가질 수 있어 다행이었다.

이 나라의 햄과 치즈는 역시 일본과는 비교도 안 되게 맛있다. 이런 말을 하면 혼날 것 같지만 뒤집어 말하면 햄과 치즈 말고는 정말 맛이 없다.

일상적으로 먹는 고기와 생선, 그리고 야채의 요리법이나 조미법은 일본이 압도적으로 다양하다. 게다가 일본 음식 붐이라면서 거리의 초밥집에 있는 것이라곤 기본적으로 연어와 롤 초밥. 다들 좋아하면서 먹는데 그게 초밥이라고 생각하지 말았으면 좋겠다. 또 지금 라멘 붐도 도래해서 여러 가게가 진출했는데, 다섯 군데 정도 다녀봤지만 역시 영 맛없다. 게다가 가격은 2천 엔. 그게 라멘이라고 생각하지 말았으면 좋겠다. 일본에 온 감독 조수 마티외가 라멘집 '오레류 소금 라멘'에 빠져 날마다 먹다시피 하면서 "이게 파리에 있었으면 정말 매일 다닐걸요"라고 말했다. 솔직히 나도 그럴 것 같다.

17시, 의상 디자인을 맡은 파스칼린 샤반[Pascaline Chavanne] 씨와 첫 대면.

시나리오를 읽고 얻은 의상 아이디어와 색의 이미지를 이야기해줌. 매우 명쾌한 비전을 가지고 있었다.

밤, 호텔에서 〈청춘 스케치〉[141]를 봄. 오랜만.

이선 호크 때문에 본 건데 위노나 라이더[142]가 빼어나게 귀엽다. 1980년대 일본의 트렌디 드라마와 그에 출연했던 여배우는 다들 이 위노나를 따라한 거겠지.

7/2-3

로케이션 헌팅. 역시 파비안느의 집은 몽파르나스 근처 생자크 거리[143]에 있는 집이 가장 이미지에 가깝다.

7/4

17시, 사니에 씨[144]와 미팅.

사니에 씨는 나를 친근하게 '고레'라고 부른다.

프랑스 영화제로 일본에 왔을 때 인사한 이래로 내 신작이 개봉될 때면 늘 와줘서 얼마나 고마운지 모른다.

이번에도 〈세 번째 살인〉 상영에 와주었을 때 붙잡아 직접 출연을 의뢰했더니 흔쾌히 수락했다.

(나중에 크리스에게 혼났지만).

7/6

자크 역 오디션.

19시부터 잡지 〈영화 히호〉[145]의 마치야마 씨[146]와 〈어느 가족〉에 관해 스카이프 대담.

〈비포 미드나이트〉의 차 안 장면. 뒷좌석에서 잠자던 아이와 이선이 말을 주고받는 부분에 관해 질문을 받았는데, 얼마 전에 점심을 함께하며 바로 그 이야기를 했던 터라 자세히 대답할 수 있었다.

밤, 다르덴 형제[147]의 〈자전거 탄 소년〉[148]과 〈언노운 걸〉[149]을 봄. 〈언노운 걸〉은 일본어 제목이 별로 일본 개봉명은 〈저녁 8시의 방문객〉. 다르덴 같지 않다. 그냥 〈방문객〉이라고 하지.

11시 반, 배송 스튜디오 견학. 근사하다.

16시 반, 음향을 담당할 장피에르 뒤레 씨[150]와 미팅.

다르덴 형제 영화의 음향 감독.

키가 190센티도 넘을 것 같다. 눈매가 부드러움. 온화함. 현장은 대체로 두 명이서 움직인다고. 현장에 있어주면 분명 모두가 안심할 수 있는 사람이다.

밤. 첫눈에 반한 파비안느의 집에서 혼자 숙박. 밤의 열차 소리, 아침의 새들이 지저귀는 소리를 기억.

혼자 시나리오를 들고 집 안을 이동하며 대사를 말해봤다. 그러면 말이 넓이와 거리감 면에서 이 공간에 얼마만큼 어울리는지 또는 안 어울리는지 알 수 있다. 누가 보면 섬뜩하다고 생각할지 모르지만 이건 중요한 과정이다.

밤. 〈클랜〉[151]이라는 아르헨티나 영화를 봄.

트위터에서 이 영화가 〈어느 가족〉의 오리지널이다, 〈어느 가족〉이 이 영화를 표절했다 하는 비판을 받고 있기에 혹시나 해서. 범죄(이 영화의 경우 돈 많은 사람의 유괴)를 가족이 작당하고 한다는 점 말고는 공통점이 전혀 없건만, 어디를 어떻게 비교했기에 오리지널이라는 말이 나오는 건지……

〈어느 가족〉의 마지막 장면에 관해서도…….

인터넷의 '시네필'이라는 이름의 프로그램에서, 유리가 마지막에 베란다에서 뛰어내리는데 그건 쇼타가 귤을 들고 뛰어내린 행위의 반복이라고 해설했다. 아닌 게 아니라 '누군가'의 이름을 부르려고 숨을 들이쉬기 위해 몸을 젖히기는 한다. 하지만 그 선반 높이에서 뛰어내릴 수 있을 리도 없거니와 누군가를 발견하고 알아차린 시선을 명쾌하게 잡고 있었건만.

뭐, 예전에 〈원더풀 라이프〉에 대해, 어느 학자가 기억에 관한 저서에서 주인공이 옛 애인과의 시간(기억)을 택해 천국으로 갔다는 명백한 오독(사실 끝까지 안 본 게 아닐까 싶었다)을 전제로 영화를 비판한 적이 있다. 아무리 그래도 이건 너무한다 싶어 출판사에 편지를 보냈는데 아무 소식이 없었다. 거기에 비하면 이 정도 오독은 귀엽다고 봐야 할까.

7/8

숙박 이틀째.
트뤼포 작품들.
〈아메리카의 밤〉[152]
여자에게 차이고 창녀를 사러 가려는 레오를 트뤼포가 달랜다.
"나나 자네 같은 사람한테 행복은 일(영화) 속에만 있어."
이건 역시 르누아르[Jean Renoir]의 〈황금마차〉 마지막 장면에서 "네 행복은 무대 위에만 있다"라는 말에 이은 "쓸쓸한가?"라는 물음에 안나 마냐니가 "약간"이라고 중얼거린 것과 호응하는 걸까.

〈화씨 451〉[153]

영화를 본 다음 이 영화의 촬영 일지《아메리카의 밤, 〈화씨 451〉 촬영 일지》[154]를 다시 읽음. 배우와 스태프에 대한 험담이 대부분이라 웃게 된다. 이 영화는 분명히 실패한다는 예언까지 감독 본인이 한다.

다만 연기한다는 것에 관해 재미있는 말이 몇 개 있다. '장갑과 마찬가지. 장갑은 열 명 중 아홉의 여성에게 어울리듯이, 연기한다는 것은 여성의 천성이다. 장갑이 어울리는 남자는 열 명 중 한 명.'

7/10

시간을 들여 시나리오 미팅.
내일부터 개고에 들어가는데, 첫날은 살짝 힘을 빼고…….
숨을 내쉬어…… 모아두고 있다.
또는 담아두고 있다…….
그래서 찰랑찰랑하게 담가…… 가득 차기를 기다리는.

〈욕망이라는 이름의 전차〉[155]
시나리오를 써야 하는데 도피.

리 스트라스버그[156]는 '감정의 기억'.
스텔라 애들러[157]는 '상황을 상상해라'.
연기의 기본에 무엇을 두는지? 다양한 생각이 있어 재미
있다.
샤브롤의 〈도살자〉[158]
역시 몇 번을 봐도 훌륭하다.

7/13

호텔 1층의 레스토랑에서 11시부터 음악을 부탁할 아이
기 씨와 미팅.
12시부터 미술을 담당하는 리통 씨가 추천해준 피자집
으로. 가게 바깥까지 손님이 차고 넘친다. 겨우 서른 남짓 된 아
르바이트 청년이 피자를 굽는 것 같은데 어떻게 이렇게 맛있는
걸까. 파리에서 먹은 중 제일 맛있는 피자였다. 치즈는 이탈리
아에서 직접 수입한다고.

밤, 시나리오 개고 시작. 주인공 이름을 파비안느로 결정. 드뇌브 씨가 자신의 미들네임으로 하자고 제안. 비노슈 씨는 배역의 이름을 어머니(드뇌브)가 정해주면 좋겠다고 해서 '뤼미르'로 결정. 이선의 배역 이름은 행크로 정함.

행크는 머릿속에서 움직이기 시작했다.

남은 건 뤼미르려나…….

7/16

로케이션 헌팅.

딸 가족이 도착하는 곳은 오를리 공항[159]으로 결정.

낮. 오늘도 리통의 추천을 받아 몽파르나스에 있는 크레이프 가게, 플루가스텔[160]에.

디저트로 먹은, 가염 버터와 설탕의 심플한 조합에 수제 휘핑크림을 올린 크레이프가 지금까지 파리에서, 아니 지금까지 살면서 먹은 중 최고로 맛있었다.

리통의 음식에 대한 센스를 미술보다 먼저 신뢰(죄송해요).

축구 월드컵은 프랑스가 우승. 호텔 방에 있어도 거리의 환성이 땅울림처럼 들려온다. 밤에는 나가지 않는 게 나을 거라고 해서 되레 구경하러 근처 슈퍼에. 웃통을 벗은 남자들이 다들 위스키며 맥주를 들고 계산대에 줄 서 있었다. 길에 주차된 차 지붕에 올라선 사람들도 있다. 이런 '축제'를 그 틈에 껴서 즐긴 적이 한 번도 없는지라…… 늘 바깥에서 관찰하고 마는데…… 그건 그것대로 즐겁다.

7/19

20시, 사니에 씨와 저녁.
LA TABLE D'AKI.
일본인 셰프가 하는 인기 프랑스 음식점.
이게 참, 메뉴가 전부 생선 코스인데 섬세하고 전혀 물리지 않는 요리가 훌륭했다.

7/20

파비안느의 현재 남편 역은 크리스티앙 크라에[161]로 결정. 곰 아저씨 같다. 애교 있는 얼굴과 체형.
캐스팅 디렉터 크리스와 프로듀서 뮈리엘이 사사건건 대립. 뮈리엘은 이 역에 벨기에 배우를 써서 어떻게든 벨기에서 지원금을 받기를 원한다. 크리스는 그런 것과는 상관없이 좋은 배우를 데려와 감독에게 소개하기를 원한다. 양쪽 다 이해는

되지만 감독으로서 어느 쪽에 마음이 가는지는 말하나마나.

7/21

오디션 및 여러 회의와 병행해서 내가 지낼 호텔 답사. 로케이션 현장에서 가까운 몽파르나스의 호텔 에글롱.

예전에 루이스 부뉴엘 감독이 늘 이곳에 묵었다고 에리크에게 들었던 터라. 촬영이 시작되면 지금 있는 호텔 메종 브레게에서 옮기기로.

잠정 시나리오 비슷한 것은 완성됐다. 아직 '비슷한 것' 수준에 그치지만.

뤼미르가 너무 수동적이지 않나? 하는 지적은 이해 못할 것도 없지만…… 너무 능동적인 것은 원하지 않는다. 스스로 움직이는 부분이 어디 한 곳만 있으면 된다.

이선이 연기할 행크가 파비안느의 촬영을 구경하러 간다는 묘사를 추가.

니콜라가 창백해져 "스케줄이 빠듯한데……"라고 했지만 역시 배우로 설정한 이상 내내 집에서 기다리고 있는 것도 이상하다.

도쿄에서 보내준 《바닷마을 다이어리》 최종화 〈다녀오

겠습니다〉를 읽음.

"여기가 우리 집이니까"라는 스즈의 말.

보금자리가 생겼으니 언제든지 돌아올 수 있다.

그러니까 멀리 떠날 수 있다. 어디든 갈 수 있다.

요시다 아키미 씨[162]에게 '고맙습니다' '고생 많으셨습니다' 하고 메일.

이제 곧 프랑스는 바캉스 시즌이 시작되는 터라 그때까지 막바지 작업.

호텔에서 〈죽은 자들의 삶〉[163].

곁에 없는 죽은 이를 둘러싼 사람들의 이야기.

〈나의 성생활: 나는 어떻게 싸우는가〉[164]

데플레생과 에리크의 콤비 작품.

〈나의 성생활〉에 마리옹 코티야르[165]가 출연한 것을 이제야 깨달음.

7/23

11시. 에리크와 호텔에서 미팅.

잠정 시나리오(비슷한 것), 전보다 좋아졌다고 칭찬. 리듬도 매끄러워졌다고.

내 작업은 이 시나리오에서 악보를 만드는 것.

표 6-8페이지. 장면 구성을 표로 나타낸다.

거기서 앵글, 조명 설계로 나아간다.

어제 본 데플레생 이야기를 함.

데플레생은 베리만[166]을 좋아해서 줌을 선호한다. 당신 작품은 아마 줌이 거의 없는 것 같은데…… 이번에도 그 스타일을 유지할 건지? 지금 정하지 않아도 되니까 생각해둘 것.

카메라는 아리플렉스[167], 렌즈는 라이카[168]를 쓸 생각.

요새는 필름의 구멍 네 개를 다 쓰지 않고 셋 또는 둘만 써서 촬영하는 경우가 많다. 촬영 뒤 블로업[blow up] 한다.

그편이 필름의 질감을 유지하면서 너무 맑지 않은 그림을 얻을 수 있다. 필름 테스트를 해보고 정하자.

이안[169]은 '핸드헬드는 연출이 느껴져서 싫다'.

아사야스[170]는 '핸드헬드 쪽이 연출이 느껴지지 않는다'.

그렇게 말하자 에리크가 씩 웃었다. 진실은 하나가 아니다.

16시, 조감독 니콜라와 미팅.

10월 5일, 공항 장면에서 크랭크인. 이선 호크는 11월 16일 파리 아웃.

그때까지는 시나리오 순서대로 찍지 못할 부분도 나올 텐데 이해해주면 좋겠다.

클레망틴은 하루 최대 네 시간 촬영에 카트린은 오전은 불가.

상당히 빡빡한 조건인데 일단 받아들인 다음 다시 생각해보기로.

7/24

오전 9시 반. 의상을 담당하는 파스칼린 씨와 미팅.

뤼미르와 행크는 도착해서 샤워를 하고 옷을 갈아입나?
예상 밖의 전개로 오래 머물게 되어 옷이 모자라게 되나? 사러 가나? 유니클로? GAP? 옷의 이미지라기보다 몇 벌 필요한지, 언제 뭘로 갈아입는지 하는 구체적인 이야기. 시나리오 수정에도 반영할 수 있는 유용한 논의였다.

7/29-30

〈어느 가족〉 프로모션 때문에 서울로.

8/5

파리로 돌아옴.
스태프는 아직 바캉스중.
⟨W의 비극⟩[171]
⟨침묵의 살인⟩[172] 시드니 루멧
⟨스칼렛 거리⟩[173]
⟨여인의 초상⟩[174]
⟨롤라⟩[175]
아주 좋아하는 영화. 낭트[176] 시가지가 아름답다.
⟨몽파르나스의 연인⟩[177]
아누크 에메[178]가 훌륭했다.
⟨영향 아래 있는 여자⟩[179]

8/10

시나리오 최종고를 위한 수정 시작.
　이야기에 등장하는 배우들 각각의 연기의 근간을 생각,
분류해봄.
　너무 도식적이지 않게 만들 수 있으면 좋겠는데.
　파비안느 : "나는 나. 배우는 존재감이잖아? 메소드(감정
의 기억) 같은 건 믿을 수 없어."

사라와 마농 : 상상력. 눈에 보이지 않는 것을 보여준다. 과거도 미래도. (스텔라 애들러)

행크 : 관찰(파비안느는 '자네 연기는 그냥 흉내 내기'라고 비판)

미국의 연기 지도자 마이스너는 '배우들이 서로 적확하게 반응하는 것으로 상대방의 연기에 공헌한다'라고.

바꿔 말하면 미조구치 겐지가 말하는 '반사'[180]다. 지금의 나에게 가장 납득할 수 있는 사고방식. '메소드'는 아무래도 대화가 자기 과거를 향하게 마련이라 연기가 자기완결적으로 보인다.

파비안느가 마농을 통해 사라와 대면함으로써 여기에 이른다는 게 흐름으로 멋진데…….

8/27

10시, 프로듀서 뮈리엘과 집 문제로 긴급 미팅.

거주자 쪽에서 사용료를 올려달라 한다고.

지난 목요일 미팅에서 이미 다 정했을 텐데 이번 주 목요일에 또 새로운 조건을 제시해왔다.

우리에게 돈이 있다고 생각해 계속 조건을 바꿔서 말한다. 못 믿겠다. 이 집만으로 예상했던 미술 예산을 초과할 것 같으니 다른 물건들 중에 다시 찾아야겠다.

이 집에서 촬영하더라도 샤를로트 방으로 예정했던 방은 쓰지 말고 대신 세트에서 촬영해서 되도록 비율을 줄여야겠다, 라고.

하는 수 없으니 그건 받아들이겠지만, 어디까지나 그 집이 첫째 후보니까 끈기 있게 협상해달라고 전함.

걸어다니면서 대사를 쓴 터라 이미 그 공간에 들어맞는 시나리오가 돼 있으니까.

뮈리엘에게서 최종고에 대한 감상.

'또 행크의 촬영 장면이 늘었다'고 쓴소리.

'종반이 아주 좋았다'

'파비안느의 약한 면, 여린 부분도 표현됨'

'어머니와 딸에게 초점을 맞춰 이해하기 쉬워졌다'

'"불로뉴 숲"은 매춘부의 이미지니까 조심할 것'

'사라라는 이름은 유대계. 그 부분을 의식해서 쓸 것'

시나리오에 대한 뮈리엘의 지적은 매우 구체적이고 적확. 다소 과하게 연출에 간섭하나 싶은 우려는 남지만 크게 도움이 됐다.

〈롤라 몽테스〉[181]

〈비우〉[182] 다니엘 다리외

강한 의지가 매력.

《샌퍼드 마이스너의 연기론》[183] 다 읽음.

재미있었다.

'연기는 이야기하는 게 아니다. 타인을 사용해 인생을
사는 것이다.'

'시간이 흐르면 과거의 의미는 달라진다. 그게 내가《감
정의 기억》을 싫어하는 이유 중 하나다.'

맞는 말이다. 기억이란 고정화된 화석 같은 게 아니라
보다 동적인 것이라고 생각한다. 회상이라는 행위에 의해 동적
으로 그때그때 솟아나는 게 기억이다.
나도 메소드라는 방법은 과거를 지나치게 정적으로 파
악한다는 생각에 동의한다.
뤼미르는 마이스너의 이런 생각을 발견한다고 할지, 그
경지에 도달하는 걸 테지. 분명.

8/30

28일, 11시 반에 호텔을 출발, 새 집 찾기.
빌다브레에서 녹색을 아름답게 쓴 집을 발견. 파리 중심
부에서 다소 먼데 괜찮을까. 이 공간에서 내일 시나리오 수정
작업을 해보자.

29일 새벽 4시까지 시나리오 수정. 좋은 아이디어를 많이 얻음.

어제오늘, 위기 상황인데도, 아니면 위기 상황이라 그런지, 화가 나 있어서 그런지, 시차에 적응해서 그런지, 잠이 부족한데도 머리가 아주 잘 돌아간다.

내일모레 미국에 가니까 오늘과 내일 할 수 있는 데까지 해두자.

로케이션 헌팅 이동중 차 안에서도 아이디어가 떠오름.

결국 늘 이동중에 아이디어를 얻는다. 흔들리는 차 안에서 메모하려니 힘들었다.

극중극에서 "엄마 딸로 태어나서 다행이에요"라고 에이미 역의 파비안느가 말하는 것은 '상냥한 거짓말'이다.

어머니는 딸에게 '상냥한 거짓말'을 하고 나서 비로소 그 사실을 깨닫는다. 홀로 대본을 읽으며 머리를 끌어올려본다든지.

그러면서 내일 그 장면을 다시 연기해보고 싶다고 생각한다. 픽션과 현실이 파비안느 안에서 교차해 '진실'에 다다른다……

이러면 제목에 들어 있는 '진실'이라는 말의 의미가 중층적으로 작용한다고 할지, 시니컬한 느낌을 함유하게 된다. 영화를 다 보고 난 뒤.

디테일은 일단 그렇다 치고 이것으로 파비안느의 착지점은 윤곽이 잡힌 것 같은데?

단편적이었던 점들이 모두 유기적으로 연결됐다.

오늘이 '그날'이었나…….

8/31

시나리오 수정이 순조로웠던 덕에 개운한 기분으로 미국 텔루라이드 영화제[184]로 출발.

기내에서 수정 작업 계속.

행크가 예전에 알코올의존자였다는 설정으로 변경. 이선에게 편지.

그 때문에 처음에 어머니를 만나러 왔을 때 동행하지 못했다. 그에 대해 가책을 느끼고 있다.

이선과 이야기했을 때,

'행크에게 약점이나 결점이 있으면 연기하기 쉽겠다.'

'내가 굳이 뉴욕에서 파리까지 오는 이유는 뭔지?'

이 두 질문에 어떻게 대답해야 하나 고민이었는데 어느 정도 명확해지지 않았을지.

자크를 따라서 간 시장에서 행크가 아프리카 목각 인형을 산다.

인형이 실은 행크의 아버지를 닮았다, 그의 연기는 교도소에 갔다 온 아버지의 흉내라는 복선. 좋은 아이디어.

10 로케이션 헌팅

스튜디오 밖에서 촬영하는 경우 사전에 감독의 이미지 및 장면에 필요한 조건에 맞는 장소를 찾는 것.

11 크랭크인

영화 촬영을 시작하기 위한 준비가 전부 완료되어 촬영을 개시하는 것.

12 시나리오 헌팅

시나리오를 쓰기 전에 무대가 될 장소를 찾아가 밑조사, 취재를 하는 것. 이미지를 잡고 그곳의 실제 상황을 파악하기 위해 한다.

13 〈선셋 대로〉

〈선셋 대로〉 1950년, 미국. 감독 빌리 와일더. 출연 글로리아 스완슨, 윌리엄 홀든. 무대는 대스타의 저택이 늘어선 할리우드 선셋 대로. 과거의 영화를 잊지 못하는 왕년의 대배우 노마 데즈먼드와 야심을 불태우는 무명 각본가 조 길리스. 우연한 만남이 가져오는 비극을 그린다.

14 글로리아 스완슨

글로리아 스완슨(1897-1983). 배우. 미국 시카고 출생. 1915년에 영화 데뷔, 무성영화 시대를 대표하는 대스타. 영화계를 은퇴했다가 〈선셋 대로〉로 복귀. 스완슨 자신의 경력과 겹치는 노마 역으로 골든글로브상 여우주연상(드라마 부문)을 수상.

15 노마 데즈먼드

〈선셋 대로〉의 주인공. 무성영화 시대에 유명했던 대배우. 지금은 잊힌 존재이지만 마음만 먹으면 일선으로 복귀할 수 있다는 망상에 사로잡혀 있다. 노마가 사는 대저택은 호화롭지만 황폐할 대로 황폐한 상태라 그녀의 시중을 드는 늙은 하인을 포함해 시간이 과거에서 멈춘 듯한 인상을 준다.

16 야야코 씨

우치다 야야코(1976-). 수필가, 배우, 가수. 일본 도쿄 출생. 아버지는 우치다 유야(뮤지션, 배우), 어머니는 기키 기린. 남편은 배우 모토키 마사히로. 영화 데뷔작은 〈리틀 신밧드, 작은 모험자들〉. 〈오다기리 조의 도쿄 타워〉〈내 어머니의 연대기〉에서 기키 기린 씨가 맡은 역의 젊은 시절을 연기했다.

17 BIO 슈퍼

Bio c'Bon(비오세봉). 프랑스 파리에서 시작된 유기농 슈퍼마켓. 유럽에 1천 점 이상이 있다. 일본 1호점은 2016년에 문을 연 아자부주반 점.

18 〈프리즌 브레이크〉

2005년부터 방영되어 세계적인 인기를 자랑하는 FOX 제작의 TV드라마 시리즈. '누명을 쓰고 사형을 선고받은 형을 구하기 위해 동생이 탈옥을 계획하는 시즌 1로 시작해 시즌 5까지 제작됐다. 일본에서도 〈24 TWENTY FOUR〉〈LOST〉와 더불어 3대 해외 드라마로 불릴 만큼 인기를 얻었다.

19 이선 호크

이선 호크(1970-). 배우, 소설가, 영화감독. 미국 텍사스 주 출생. 1985년 〈컴퓨터 우주 탐험〉으로 데뷔, 2001년에 〈첼시 호텔〉로 감독 데뷔. 대표 출연작에 〈죽은 시인의 사회〉〈비포 선라이즈〉〈비포 선셋〉〈비포 미드나이트〉〈보이후드〉〈퍼스트 리폼드〉 등.

20 칸 영화제

정식 명칭은 '칸 국제영화제'. 남프랑스 칸 시에서 열리는 국제영화제. 1946년부터 매년 5월에 개최된다. 베를린 국제영화제, 베네치아(베니스) 국제영화제와 함께 세계 3대 영화제. 고레에다 감독 작품 〈어느 가족〉은 제71회 칸 국제영화제 경쟁 부문 최고상인 황금종려상 수상.

21 프로듀서 뮈리엘

뮈리엘 메를랭(1962-). 프랑스 출신. 영화 프로듀서. 주요 작품은 〈29팜스〉〈플랑드르〉〈카미유 클로델〉 등. 프랑스 영화 프로듀서를 대상으로 한 제10회 다니엘 토스캉 뒤 플랑티에 상(2016년도) 후보. 〈파비안느에 관한 진실〉 제작.

22 황금종려상

칸 국제영화제 경쟁 부문 최고상. 〈어느 가족〉 외에 황금종려상을 수상한 일본 영화로 〈지옥문〉〈카게무샤〉〈나라야마 부시코〉가 있다.

23 '비포' 시리즈

1995년 미국 영화 〈비포 선라이즈〉, 속편 〈비포 선셋〉(2004), 〈비포 미드나이트〉(2013). 감독은 모두 리처드 링클레이터, 주연은 이선 호크와 줄리 델피.

24 〈보이후드〉

〈보이후드〉 2014년, 미국. 감독 리처드 링클레이터, 출연 퍼트리셔 아켓, 엘라 콜트레인, 로렐라이 링클레이터, 이선 호크. 주인공인 여섯 살짜리 소년이 부모가 이혼한 뒤 아이에서 청년으로 성장해가는 모습을 그린 드라마. 실제로 제작에 십이 년 걸렸다고 한다. 이선 호크는 아버지 역.

25 알렉세이 아이기

알렉세이 아이기(1971-). 작곡가, 바이올리니스트. 러시아 모스크바 출생. 영화 〈테스트〉〈칼큘레이터〉〈아이 엠 낫 유어 니그로〉 등의 음악을 담당.

26 하네케

미하엘 하네케(1942-). 영화감독. 독일 뮌헨 출생. 1990년대 이후 오스트리아를 대표하는 감독. 살인사건과 폭력, 병적인 감정 등을 그리며 사회와 인간의 내면을 추적하는 작풍으로 알려져 있다. 대표작은 〈퍼니 게임〉〈피아니스트〉〈히든〉 등.

27 〈히든〉

〈히든〉 2005년, 프랑스, 오스트리아, 독일, 이탈리아. 감독 미하엘 하네케, 출연 다니엘 오퇴유, 쥘리에트 비노슈. 어느 부부에게 배달된 몰래카메라 테이프를 발단으로 붕괴해가는 가족의 모습, 남편의 과거가 서서히 밝혀지는 심리 서스펜스. 칸 국제영화제에서 감독상 등 3개 부문 수상.

28 키에슬로프스키

크시슈토프 키에슬로프스키(1941-1996). 영화감독. 폴란드 바르샤바 출생. 처음에는 다큐멘터리 작품을 만들었다. 철학적이라고도 할 수 있는 시점에서 인간의 운명과 부조리를 깊이 파고든다. 대표작은 〈십계〉〈살인에 관한 짧은 필름〉〈베로니카의 이중 생활〉〈세 가지 색〉 3부작 등.

29 〈세 가지 색: 블루〉

〈세 가지 색: 블루〉 1993년, 프랑스, 스위스, 루마니아. 감독 크시슈토프 키에슬로프스키, 출연 쥘리에트 비노슈, 브누아 레정. 〈세 가지 색〉 3부작

(그 밖에는 〈세 가지 색: 화이트〉 〈세 가지 색: 레드〉)의 첫 작품. 음악가 남편과 사랑하는 딸을 사고로 잃은 여자의 영혼의 재생을 그린 이야기.

30 사운드트랙

원래는 영화 필름의 가장자리에 있는 음대(音帶) 부분, 거기에 녹음된 음성 및 음악. 일반적으로는 영화 작품 등에 사용되는 음악을 수록한 앨범(CD 등)을 가리킨다.

31 테이크

영화 촬영에서는 같은 컷을 몇 번 찍는데, 그때 한 회분의 촬영을 '테이크'라고 부른다.

32 시몬 시뇨레

시몬 시뇨레(1921-1985). 배우. 독일에서 태어나 프랑스에서 자람. 퇴폐적인 분위기의 범죄 영화 '필름 느와르'의 대표적인 여자 주인공. 대표작은 〈황금 투구〉 〈테레즈 라캥〉 〈꼭대기 방〉 〈사춘기〉 등.

33 잔 모로

잔 모로(1928-2017). 배우, 영화감독. 프랑스 파리 출생. 전후 프랑스를 대표하는 여배우. 1958년 〈사형대의 엘리베이터〉 〈연인들〉로 일약 명성을 얻음. 다른 대표작은 〈밤〉 〈쥘과 짐〉 〈어느 하녀의 일기〉 등. 〈사춘기〉 등 감독한 작품도.

34 안나 마냐니

안나 마냐니(1908-1973). 배우. 이탈리아 로마 출생. 네오리얼리즘의 걸작 〈무방비 도시〉(1945)가 출세작. 포용력과 자애가 느껴지는 모습이 독특한 존재감을 발한다. 대표작은 〈황금 마차〉 〈장미 문신〉 〈맘마 로마〉 등.

35 지나 롤랜스

지나 롤랜스(1930-). 배우. 미국 위스콘신 주 출생. 주요 작품은 남편 존 카사베티스가 감독한 〈얼굴들〉 〈영향 아래 있는 여자〉 〈오프닝 나이트〉 〈글로리아〉 등. 연기파 배우로 높은 평가를 얻고 있다.

36 리브 울만

리브 울만(1938-). 배우, 영화감독. 일본 도쿄 출생. 부모는 노르웨이인. 캐나다, 미국을 거쳐 노르웨이로 돌아가 1957년에 영화 데뷔. 거장 잉마르 베리만 작품의 단골 출연 배우로 알려짐. 주요 작품은 〈이민자들〉 〈고독한 여심〉 〈가을 소나타〉 〈트로로사〉 등.

37 이냐리투 감독

알레한드로 곤살레스 이냐리투(1963-). 영화감독. 멕시코 출생. 2000년 〈아모레스 페로스〉로 장편 영화감독 데뷔. 〈바벨〉 〈버드맨〉 〈레버넌트: 죽음에서 돌아온 자〉 등 화제성 있는 작품을 잇따라 발표하고 있다.

38 〈버드맨〉

〈버드맨〉 2014년, 미국. 감독 알레한드로 곤살레스 이냐리투, 출연 마이클 키턴. 주인공은 과거 영화 〈버드맨〉에서 주인공을 연기해 일세를 풍미했으나 지금은 완전히 한물갔다. 재기를 위해 자신의 연출, 주연으로 브로드웨이에서 공연하려 악전고투하는 모습을 그린 블랙 코미디.

39 〈세 번째 살인〉

〈세 번째 살인〉 2017년, 일본. 감독 고레에다 히로카즈, 출연 후쿠야마 마사하루, 야쿠쇼 고지, 히로세 스즈. 고레에다 감독의 오리지널 시나리오로 만든 법정 서스펜스. 제74회 베네치아 국제영화제 경쟁 부문의 정식 출품 작품. 제41회 일본 아카데미상에서 최우수 작품상을 비롯해 10개 부문의 상을 획득.

40 베네치아 영화제
정식 명칭은 '베네치아 국제영화제'. 이탈리아 베네치아에서 개최되는 국제영화제. 1932년부터 매년 8월 말~9월 초에 열린다. 베를린 국제영화제, 칸 국제영화제와 더불어 세계 3대 영화제 중 하나. 고레에다 감독의 《파비안느에 관한 진실》이 2019년 일본인 감독 작품 최초로 베네치아 국제영화제 경쟁 부문 개막작으로 선출됐다.

41 《로슈포르의 연인들》
《로슈포르의 연인들》 1966년, 프랑스. 감독 자크 드미, 출연. 카트린 드뇌브, 프랑수아즈 도를레아크, 진 켈리. 친자매인 드뇌브와 도를레아크가 쌍둥이 자매를 연기한 뮤지컬 영화. 일 년에 한 번 축제가 열리는 해안 도시를 무대로 멋진 연인을 기다리는 두 사람의 생기 넘치는 모습이 매력적인 작품.

42 《파리지엔》
《파리지엔》 1961년, 프랑스. 감독 자크 푸와트르노, 미셸 부와롱, 클로드 바르마, 마르크 알레그레(네 편의 이야기를 네 감독이 한 편씩 담당), 출연은 카트린 드뇌브, 다니 사발, 다니 로뱅, 프랑수아즈 아르눌. 네 파리지엔의 연애와 생활을 그린 옴니버스 드뇌브는 연애를 꿈꾸는 주인공 학생을 연기했다. 로제 바딤은 시나리오로 참가.

43 로제 바딤
로제 바딤(1928-2000). 영화감독. 프랑스 파리 출생. 1956년 당시 스물두 살이던 아내 브리지트 바르도 주연의 《그리고 신은 여자를 창조했다》로 감독 데뷔. 대표작으로 《악덕의 번영》 《바바렐라》 《깜짝 파티》 등. 바르도와 이혼한 뒤 제인 폰다, 카

트린 드뇌브 등과 염문을 뿌린 플레이보이로서도 유명했다. 여배우의 매력을 충분히 끌어내는 감독으로 알려져 있다.

44 브리지트
브리지트 바르도(1934-). 배우, 가수. 프랑스 파리 출생. 머리글자인 'BB'('베베', 프랑스어로 '아기'를 뜻한다)라는 애칭으로 사랑받았다. 1956년 《그리고 신은 여자를 창조했다》에서 남자들을 갖고 노는 악녀를 연기해 일약 스타로. '프랑스의 매릴린 먼로'라는 별명도. 다른 대표작은 《사생활》 《경멸》 등.

45 드미
자크 드미(1931-1990). 영화감독. 프랑스 파리 출생. 1961년 《롤라》로 장편 감독으로 데뷔해 '누벨바그의 진주'라고 일컬어졌다. 카트린 드뇌브 주연 《쉘부르의 우산》 《로슈포르의 연인들》 등 참신한 뮤지컬 영화를 만들었다.

46 부뉴엘
루이스 부뉴엘(1900-1983). 영화감독. 스페인 출생. 프랑스, 스페인, 미국, 멕시코에서 활약한 초현실주의 영화의 선구자. 탐미적인 에로티시즘 표현으로도 유명. 카트린 드뇌브이 주연을 맡은 작품으로 《세브린》 《트리스타나》. 다른 대표작은 《안달루시아의 개》 《어느 하녀의 일기》 《부르주아의 은밀한 매력》 등.

47 트뤼포
프랑수아 트뤼포(1932-1984). 영화감독. 프랑스 파리 출생. 누벨바그를 대표하는 감독 중 하나. 자전적인 장편 데뷔작 《4백 번의 구타》는 대히트를 기록. 카트린 드뇌브가 주연한 작품으로 《미시시피의 인어》. 다른 대표작은 《피아니스트를 쏴라》 《쥘과 짐》 등.

48 후쿠야마 씨

후쿠야마 마사하루(1969-). 싱어송라이터, 배우. 일본 나가사키 현 출생. 1988년 〈고작 5g〉으로 영화 데뷔. 1990년 가수 데뷔. 1993년에 다섯 번째 앨범 〈Calling〉으로 첫 오리콘 앨범 차트 1위를 차지, 뮤지션으로서의 기반을 다졌다. 배우로서는 1993년 TV드라마 〈한 지붕 아래〉로 큰 인기를 얻음. TV드라마 〈언젠가 다시 만날 수 있어〉 〈갈릴레오〉 〈료마 전〉, 영화 〈용의자 X의 헌신〉 등에서 주연. 고레에다 감독 작품으로는 〈그렇게 아버지가 된다〉와 〈세 번째 살인〉에서 주연을 맡았다.

49 야쿠쇼 씨

야쿠쇼 고지(1956-). 배우. 일본 나가사키 현 출생. 1978년 배우 양성소 '무메이주쿠' 입소. 1984년 NHK 대하드라마 〈미야모토 무사시〉로 드라마 첫 주연. TV드라마, 무대, 영화에 폭 넓게 출연, 실력파로 명성을 높였다. 주요 영화 출연작은 〈민들레〉 〈쉘 위 댄스〉 〈우나기〉 등. 고레에다 감독 작품 〈세 번째 살인〉에서는 사형이 확실시되는 사건의 용의자를 연기했다.

50 스즈

히로세 스즈(1998-). 배우. 일본 시즈오카 현 출생. 2012년, 〈Seventeen〉의 전속 모델 오디션에서 그랑프리를 탄 것을 계기로 연예계 데뷔. 〈바닷마을 다이어리〉로 다수의 영화제에서 신인상 수상. 영화 〈지하야후루〉 〈세 번째 살인〉, 또 NHK 연속 TV 소설 백 번째 작품인 〈여름 하늘〉의 주인공을 맡는 등 인기 있는 젊은 여자 배우 중 하나.

51 〈환상의 빛〉

〈환상의 빛〉 1995년, 일본. 감독 고레에다 히로카즈, 출연 에스미 마키코, 아사노 다다노부, 나이토 다카시. 미야모토 데루의 동명 소설을 원작으로

만든 고레에다 감독의 극장 영화 데뷔작. 어느 날 갑자기 동기를 알 수 없는 자살로 남편을 잃은 여자의 상실과 재생의 이야기. 베네치아 국제영화제에서 금오셀라상을 수상.

52 기타노 다케시 씨

기타노 다케시(1947-). 배우, 영화감독. 일본 도쿄 출생. 아웃사이더의 세계를 제재로 삼으면서도 대중성과 예술성을 겸비해 세계적으로 높은 평가를 받고 있다. 만담 콤비 '투 비트'를 발판으로 예능인으로 인기를 얻었고, 배우로서는 〈전장의 크리스마스〉(1983)로 주목을 모음. 1989년 기타노 다케시 명의로 〈그 남자, 흉포한 고로〉를 감독한 이래로 꾸준히 작품을 발표. 〈하나비〉로 베네치아 국제영화제 그랑프리 수상. 다른 대표작은 〈소나티네〉 〈자토이치〉 〈아웃레이지〉 등.

53 〈미시시피의 인어〉

〈미시시피의 인어〉 1969년, 프랑스 감독 프랑수아 트뤼포, 출연 장폴 벨몽도, 카트린 드뇌브. 사진으로만 본 맞선 상대를 만나기로 한 루이 앞에 나타난 것은 사진과는 전혀 닮지 않은 미녀였는데…… 감쪽같이 속아 넘어가는 연약한 남자와 수수께끼 같은 요염한 미녀의 서스펜스.

54 J. P. 벨몽도

장폴 벨몽도(1933-). 배우. 프랑스 파리 교외 뇌이쉬르센 출생. 연극학교 시대부터 연기력을 높이 평가 받다가 장뤼크 고다르 감독의 〈네 멋대로 해라〉(1960)에서 주연한 것을 계기로 세계적인 스타가 되어 누벨바그의 상징적인 안티히어로의 이미지로 기억됨. 다른 대표작은 〈미치광이 피에로〉 〈리오의 사나이〉 등.

55 〈만우절〉

〈만우절〉 1969년, 미국. 감독 스튜어트 로젠버그,

출연 잭 레먼, 카트린 드뇌브. 출세를 못하고 처자
식에게 괴롭힘을 당하고 있는 중년 직장인과 아름
다운 사장 부인이 벌이는 로맨틱 코미디.

56 액터스 스튜디오 인터뷰

미국에서 방영중인 배우와 영화감독의 인터뷰가
중심이 되는 토크쇼. 1994년에 처음 방영되어 지
금도 계속되고 있다. 일본판 DVD도 발매된다.

57 폴 뉴먼

폴 뉴먼(1925-2008). 배우. 미국 오하이오 주 출
생. 아메리칸 뉴 시네마의 대표작인 명작 〈내일을
향해 쏴라〉(1969)로 세계적 톱스타가 됨. 다른 대
표작은 〈허슬러〉〈폭력 탈옥〉〈폴 뉴먼의 평결〉
〈스팅〉 등 다수. 1950년대 이후 오랫동안 제일선
에서 활약했다.

58 베티 데이비스

베티 데이비스(1908-1989). 배우. 미국 매사추세
츠 주 출생. 1930-40년대에 강한 의지와 자부심
을 가진 여성을 연기해 새로운 여성상을 수립했
다. 대표작은 〈데인저러스〉〈제저벨〉〈이브의 모
든 것〉 등. 만년에 출연한 〈8월의 고래〉에서 일흔
아홉 살의 나이(촬영 당시)로 멋지게 주역을 연기
했다.

59 이스트우드

클린트 이스트우드(1930-). 배우, 영화감독. 미국
캘리포니아 주 출생. TV 서부극 〈로하이드〉의 고
정 출연을 거쳐 영화 〈황야의 무법자〉〈석양의 무
법자〉 등에서 주연, 액션스타로 큰 인기를 모으고
'더티 해리' 시리즈로 부동의 인기를 확립. 감독한
작품은 〈매디슨 카운티의 다리〉〈밀리언 달러 베
이비〉 등.

60 체홉

마이클 체홉(1891-1955). 배우, 연출가, 연기 지도
자. 러시아 출생. 제2차 세계대전 직전에 미국으
로 건너가 배우로 일하는 한편 여러 할리우드 배
우를 지도했다.

61 심리적 제스처

마이클 체홉이 제창하는 테크닉 중 가장 유명한
것 중 하나. 인간은 실망했을 때 자연히 얼굴을 숙
이게 된다. 심리가 제스처를 만들며 또 제스처가
심리에 영향을 줄 때도 있다. 이를 연기에 응용하
기 위한 일련의 메소드.

62 〈마지막 지하철〉

〈마지막 지하철〉 1980년, 프랑스. 감독 프랑수아
트뤼포, 출연 카트린 드뇌브, 제라르 드파르디외.
나치스 점령하의 파리를 무대로 극장의 존속을 위
해 애쓰는 연극인들의 생활과 연애를 그렸다.

63 〈남자는 괴로워〉

〈남자는 괴로워〉 1973년, 프랑스, 이탈리아. 감
독 자크 드미, 출연 마르첼로 마스트로이안니, 카
트린 드뇌브. 남자가 임신한다는 유별난 사건에서
시작되는 러브 코미디. 당시 사생활에서도 파트너
였던 두 사람이 부부 역을 연기했다.

64 마스트로이안니

마르첼로 마스트로이안니(1924-1996). 배우. 이
탈리아 출생. 20세기 이탈리아를 대표하는 배우.
페데리코 펠리니 감독 작품 〈달콤한 인생〉〈8과
1/2〉에서 감독의 분신적 인물을 연기해 각광
을 받았다. 전형적인 미남 배우면서도 코믹한 연
기, 성격 배우로서도 높은 평가를 받았다. 다른 대
표작은 〈시뇽 시네마의 101의 밤〉〈질투의 드라
마〉〈검은 눈〉 등 다수.

65 〈키네마준보〉

키네마준보사에서 발행하는 영화 잡지(월 2회). 1919년 창간, 전쟁중 종간됐다가 1950년 복간. 매년 2월 하순에 발표되는 '키네마준보 베스트 10'의 결과는 뉴스와 신문에도 보도된다.

66 〈인도차이나〉

〈인도차이나〉 1992년, 프랑스. 감독 레지스 바르니에, 출연 카트린 드뇌브, 뱅상 페레. 무대는 인도차이나가 프랑스의 식민지였던 1930년대. 인도차이나에서 태어난 프랑스인 여성이 양녀로 들인 현지인 소녀를 키우면서 독립 운동의 파도에 휩쓸려 이윽고 모든 것을 잃어가는 과정을 그렸다.

67 〈세브린〉

〈세브린〉 1967년, 프랑스, 이탈리아. 감독 루이스 부뉴엘, 출연 카트린 드뇌브, 장 소렐. 드뇌브가 연기하는 주인공은 정숙한 아내이면서 낮에는 창관에서 일하는 젊은 기혼녀. 행복한 생활만으로는 만족하지 못하는 여자의 모순된 마음을 그렸다.

68 〈킹스 앤 퀸〉

〈킹스 앤 퀸〉 2004년, 프랑스. 감독 아르노 데플레생, 출연 마티외 아말리크, 에마뉘엘 드보스, 카트린 드뇌브, 모리스 가렐. 세 번째 결혼을 앞두고 마음이 흔들리는, 자식을 둔 커리어 우먼과 그녀를 둘러싼 요령 없는 남자들이 펼치는 어른의 러브스토리.

69 〈크리스마스 이야기〉

〈크리스마스 이야기〉 2008년, 프랑스. 감독 아르노 데플레생, 출연 카트린 드뇌브, 장폴 루시용. 크리스마스를 지내기 위해 오 년 만에 전원이 한자리에 모인 가족. 가족이기에 존재하는 애증과 갈등을 그렸다.

70 〈방돔 광장〉

〈방돔 광장〉 1999년, 프랑스. 감독 니콜 가르시아, 출연 카트린 드뇌브 에마뉘엘 세니에. 보석 상점이 늘어선 파리 방돔 광장을 무대로 다이아몬드를 둘러싼 음모를 그린 미스티리어스 로맨스. 드뇌브가 연기하는 미모의 전직 보석 디자이너는 수수께끼를 뒤쫓으며 과거의 빛나던 자신을 되찾는다.

71 무코다 구니코

무코다 구니코(1929-1981). TV드라마 각본가, 에세이스트, 소설가. 일본 도쿄 출신. TV드라마 〈시간 됐어요〉〈데라우치 간타로 일가〉 등의 각본으로 인기를 모음. 〈데라우치 간타로 일가〉는 기키 기린(당시에는 유키 지호)의 출세작이기도 하다. 단편소설 〈꽃의 이름〉〈수달〉〈개집〉으로 제83회 나오키상 수상. 각본가로서의 다른 대표작은 〈아수라처럼〉〈아, 홈〉 등.

72 프리프로덕션

촬영을 개시하기 위해 필요한 사전 작업의 총칭. 시나리오와 그림 콘티, 스태프 및 캐스트의 결정, 촬영 장소 확보 등.

73 〈걸어도 걸어도〉

〈걸어도 걸어도〉 2008년, 일본. 감독 고레에다 히로카즈, 출연 아베 히로시, 나쓰카와 유이, YOU, 다카하시 가즈. 큰아들의 십 주기를 위해 본가에 모인 작은아들 일가, 연로한 부모의 모습을 섬세하게 그려낸 작품.

74 〈바닷마을 다이어리〉

〈바닷마을 다이어리〉 2015년, 일본. 감독 고레에다 히로카즈, 출연 아야세 하루카, 나가사와 마사미, 가호, 히로세 스즈. 원작은 요시다 아키미의 동명 인기 만화. 십오 년 전 집을 나간 아버지의 죽음을 계기로 세 자매가 중학교 1학년인 이복 여동생과 함께 살게 되어 진짜 가족이 되어가는 모습을 그렸다. 칸 국제영화제 경쟁 부문 출품 작품. 제39회 일본 아카데미상에서 최우수 작품상 등 열두 개 부문 수상.

75 아야세 하루카 씨

아야세 하루카(1985-). 배우, 가수. 일본 히로시마현 출생. 2000년, 호리 프로덕션 탤런트 스카우트 캐러밴에서 심사위원 특별상을 수상, 연예계 데뷔. 2004년, TV드라마 〈세상의 중심에서 사랑을 외치다〉의 주인공으로 발탁. 영화 〈가슴 배구단〉 〈바닷마을 다이어리〉로 여우주연상 다수. 다른 대표작은 〈혼노지 호텔〉 〈갤럭시 가도〉 등.

76 프랑스 영화제

1993년부터 일본에서 매년 개최되는 영화제. 일본에서 처음 공개되는 프랑스 영화의 상영이 중심. 프랑스에서 영화감독과 배우를 초청하곤 한다.

77 〈윈터 슬립〉

〈윈터 슬립〉 2014년, 터키. 감독 누리 빌게 세일란, 출연 할룩 빌기너, 멜리사 소젠, 테메트 아크바. 아름다운 카파도키아의 풍경을 배경으로 동굴 호텔을 경영하는 부부의 갈등, 인간의 애증을 중후하게 그렸다. 제67회 칸 국제영화제 황금종려상 수상.

78 〈트리스타나〉

〈트리스타나〉 1970년, 이탈리아, 프랑스, 스페인. 감독 루이스 부뉴엘, 출연 카트린 드뇌브, 페르난드 레이, 프랑코 네로. 무대는 1920년대 말 스페인. 드뇌브가 연기하는 트리스타나는 부모를 여의고 몰락 귀족 로페에게 거두어진다. 고난을 겪으면서도 자존심을 잃지 않는 주인공의 사랑과 증오를 그렸다.

79 테시네

앙드레 테시네(1943-). 영화감독. 프랑스 출생. 개성적인 연애극이 장기. 1970년대 이후 프랑스 영화계에 신선한 바람을 불어넣었다. 대표작은 〈브론테 자매〉 〈프랑스에 대한 추억〉 〈야생 갈대〉 등. 1985년 〈랑데뷰〉로 제38회 칸 국제영화제 감독상 수상.

80 다니엘 오퇴유

다니엘 오퇴유(1950-). 배우. 알제리 출생. 무대 배우로 활약하다가 1975년 〈공격적 행위〉로 영화 데뷔. 〈마농의 샘〉으로 주목을 받았다. 코미디에서 진지한 내용까지 폭넓게 소화해내는 연기파. 다른 대표작은 〈금지된 사랑〉 〈제8요일〉 〈걸 온 더 브리지〉 〈히든〉 등.

81 〈내가 좋아하는 계절〉

〈내가 좋아하는 계절〉 1993년, 프랑스 감독 앙드레 테시네, 출연 카트린 드뇌브, 다니엘 오퇴유. 온후한 남편, 두 아이와 함께 살며 일도 하는 만족스러운 생활중인 에밀리. 에밀리에게 남매 관계 이상의 감정을 갖는 남동생과의 재회를 통해 가족의 유대를 그렸다.

82 트래블링

카메라를 좌우, 전후 등으로 움직이며 촬영하는 것. 핸드헬드로 카메라맨이 움직인다든지 이동차 등을 써서 촬영한다. 이동 숏.

83 프랑수아 오종

프랑수아 오종(1967-). 영화감독. 프랑스 파리 출생. 1980년대 후반부터 단편 작품으로 높은 평가를 받다가 1996년 〈바다를 보라〉로 장편 데뷔. 뮤지컬 영화 〈8명의 여인들〉은 젊은 세대부터 베테랑에 이르기까지 프랑스를 대표하는 여배우들을 모은 호화 캐스트로, 드뇌브도 출연했다.

84 아르노 데플레생

아르노 데플레생(1960-). 영화감독. 프랑스 출생. 1990년 장편 데뷔작 〈죽은 자들의 삶〉으로 상 다수 수상. 드뇌브의 출연작은 〈킹스 앤 퀸〉 〈크리스마스 이야기〉. 다른 대표작은 〈나의 성생활: 나는 어떻게 싸우는가〉 〈마이 골든 데이즈〉 등.

85 〈로얄 테넌바움〉

〈로얄 테넌바움〉 2001년, 미국. 감독은 웨스 앤더슨, 출연 진 해크먼, 앤젤리카 휴스턴, 기네스 펠트로, 벤 스틸러, 빌 머리. 테넌바움 가의 세 자녀는 어렸을 때 모두 천재였으나, 그 뒤의 인생은 문제투성이. 오랜만에 모인 가족의 유대, 각자의 재생을 유머러스하게 그렸다.

86 웨스 앤더슨

웨스 앤더슨(1969-). 영화감독. 미국 텍사스 주 출생. 2001년 〈로얄 테넌바움〉으로 일약 각광을 받았다. 그 밖에 여러 영화상을 수상한 뮤지컬 코미디 〈그랜드 부다페스트 호텔〉, 독특한 스톱 모션 애니메이션인 〈판타스틱 미스터 폭스〉 〈개들의 섬〉이 있다.

87 매릴린 먼로

매릴린 먼로(1926-1962). 배우. 미국 로스앤젤레스 출생. 금발과 육감적인 몸매로 미국의 섹스 심벌로 군림했던 대스타. 코미디언으로서도 높은 평가를 받았다. 핀업 모델로 등장한 뒤 영화 〈아스팔트 정글〉 〈이브의 모든 것〉으로 주목을 모음. 대표작은 〈나이아가라〉 〈신사는 금발을 좋아해〉 〈7년만의 외출〉 〈뜨거운 것이 좋아〉 등.

88 잉그리드 버그먼

잉그리드 버그먼(1915-1982). 배우. 스웨덴 스톡홀름 출생. 지성과 기품을 갖춘 연기파로 인정받아 1940년대 할리우드로 진출. 〈카사블랑카〉 〈누

구를 위하여 종은 울리나〉 〈가스등〉 〈스펠바운드〉 〈오명〉 등 연속해서 인기 작품의 주인공을 맡았다. 다른 대표작은 〈아나스타샤〉 〈오리엔트 특급 살인사건〉 등.

89 시네필

프랑스어로 '영화광'을 의미.

90 리처드 링클레이터

리처드 링클레이터(1960-). 영화감독. 미국 휴스턴 출생. 독립영화계에서 두각을 나타내다가 〈멍하고 혼돈스러운〉 〈비포 선라이즈〉가 대히트. 첫 메이저 작품 〈뉴턴 보이즈〉, 이어서 〈스쿨 오브 록〉 등 인기 작품을 발표. 독립, 메이저 양쪽에서 활약중. 12년을 들여 제작한 〈보이후드〉 등 새로운 영화 수법에 도전을 계속하고 있다.

91 퍼트리샤 아켓

퍼트리샤 아켓(1968-). 배우. 미국 시카고 출생. 〈트루 로맨스〉로 인기 배우가 됨. 주인공의 어머니를 연기한 〈보이후드〉로 아카데미상 조연여우상을 비롯, 다수의 상을 수상. 다른 대표작은 〈로스트 하이웨이〉 〈휴먼 네이처〉 등.

92 다니엘 다리외

다니엘 다리외(1917-2017). 배우. 프랑스 보르도 출생. 열네 살 때 〈르 발〉의 주인공으로 데뷔. 〈비우〉(1935년)으로 세계적 스타의 지위를 얻었다. 다른 대표작은 〈론도〉 〈적과 흑〉 〈채털리 부인의 연인〉 등. 1960년대부터 가수로서도 활동하기 시작해 1970년 브로드웨이 뮤지컬 〈코코〉에서 주인공을 연기했다. 드뇌브와는 〈로슈포르의 연인들〉 〈8명의 여인들〉에 함께 출연.

93 케이트 윈즐릿

케이트 윈즐릿(1975-). 배우. 영국 출생. 무대와

TV드라마 출연을 거쳐 1994년 〈천상의 피조물〉로 영화 데뷔. 〈타이타닉〉(1997년)의 여주인공을 연기해 일약 지명도를 높였다. 〈햄릿〉〈네버랜드를 찾아서〉 등 역사극 작품이 많아 '코르셋 케이트'라는 별명도. 다른 대표작은 〈아이리스〉〈이터널 선샤인〉〈더 리더: 책 읽어주는 남자〉 등.

94 나오미 와츠

나오미 와츠(1968-). 배우. 영국 출생. 열네 살 때 오스트레일리아로 이주, 시드니의 연극학교에서 공부. 1986년에 영화배우로 데뷔했지만 히트작을 만나지 못하다가 데이비드 린치 감독 작품 〈멀홀랜드 드라이브〉의 주역으로 발탁되어 할리우드에서 주목을 받게 됐다. 대표작은 〈21그램〉〈더 임파서블〉 등. 할리우드판 〈링〉의 주연도 맡았다.

95 〈21그램〉

〈21그램〉 2003년, 미국. 감독은 알레한드로 곤살레스 이냐리투, 출연 숀 펜, 나오미 와츠, 베니치오 델 토로. 사람은 죽으면 21그램만큼 가벼워진다고 한다. '영혼의 무게'를 모티프로 심장 하나를 둘러싸고 엇갈리는 남녀를 그린 휴먼 드라마.

96 히치콕

앨프리드 히치콕(1899-1980). 영화감독. 영국 런던 출생. '서스펜스의 신'으로 불리는 거장. 영국에서 〈39 계단〉〈사라진 여인〉 등 초기 대표작으로 주목받아 할리우드로 거점을 옮겼다. 미국에서 만든 첫 작품인 고딕 로맨스 〈레베카〉, 누벨바그에 영향을 준 〈이창〉, 심리 서스펜스의 선구적 작품 〈현기증〉, 패닉 호러의 원점 〈새〉 등 다양한 걸작을 남겼다.

97 숀 코너리

숀 코너리(1930-). 배우. 스코틀랜드 출생. '007'

시리즈의 초대 제임스 본드 역으로 유명. 다른 대표작은 〈언터처블〉〈더 록〉 등. 히치콕 감독의 작품 〈마니〉에서 어린 시절의 트라우마로 인해 이상 행동을 하는 비서를 구하려 하는 사장을 연기했다.

98 〈마니〉

〈마니〉 1964년, 미국. 감독은 앨프리드 히치콕, 출연 숀 코너리, 티피 헤드런. 회사 사장인 마크는 도벽이 있는 비서 마니에게 강한 관심을 갖고 그녀가 그런 행동을 하는 이유를 캐려고 한다. 이상 심리가 모티프인 사이코 서스펜스의 명작.

99 〈당나귀 공주〉

〈당나귀 공주〉 1970년, 프랑스. 감독은 자크 드미, 출연 카트린 드뇌브, 장 마레, 자크 페랭. 페로의 동화 〈당나귀 가죽〉을 원작으로 한 뮤지컬 판타지 영화. 드뇌브가 연기하는 공주가 왕자를 위해 케이크를 만들려고 달걀을 깨자 병아리가 튀어나오는 장면이 있다.

100 켄 리우

켄 리우(1976-). 소설가. 중국 출생. 어렸을 때 부모와 함께 미국으로 건너가 캘리포니아 주에서 성장. 2012년, 〈종이 동물원〉으로 네뷸러상과 휴고상 등 SF계의 권위 있는 상을 수상. 세계환상문학상의 단편 부문도 수상했다.

101 〈내 어머니의 기억〉

켄 리우의 단편소설. 여명 이 년을 선고받은 어머니가 시간이 느리게 가는 방법을 써서 딸과 함께 살기를 선택하는, 사랑이 넘치는 SF 단편.

102 존 카사베티스

존 카사베티스(1929-1989). 영화감독, 배우. 미국 뉴욕 출생. 감독으로서는 미국 독립 영화의 선구자적 존재. 즉흥 연기를 도입한 실험작 〈그림자들〉이 높은 평가를 받았다. 다른 대표작은 〈얼굴들〉〈영향 아래 있는 여자〉〈글로리아〉〈사랑의 행로〉 등.

103 〈하루의 끝〉

〈하루의 끝〉 1939년, 프랑스. 감독은 쥘리앵 뒤비비에, 출연 빅토르 프란센, 루이 쥐베. 남프랑스의 양로원을 무대로 과거 스타 배우였던 노인들이 '노쇠'에 관해 생각하는 모습을 그린 인간 드라마.

104 〈미스터 아서〉

〈미스터 아서〉 1981년, 미국. 감독은 스티브 고든, 출연 더들리 무어, 라이자 미넬리, 존 길구드. 뉴욕 대부호의 아들이 주인공인 러브 코미디.

105 〈오프닝 나이트〉

〈오프닝 나이트〉 1978년, 미국. 감독은 존 카사베티스, 출연 존 카사베티스, 지나 롤랜스, 벤 가자라. 공연 첫날을 맞은 무대 배우의 갈등을 그린 휴먼 드라마.

106 〈클라우즈 오브 실스마리아〉

〈클라우즈 오브 실스마리아〉 2014년, 프랑스 독일, 스위스. 감독은 올리비에 아사야스, 출연 쥘리에트 비노슈, 크리스틴 스튜어트, 클로이 그레이스 머레츠. 세대 교대에 직면해 고뇌하는 베테랑 여배우를 쥘리에트 비노슈가 연기했다.

107 〈조지 수녀의 살해〉

〈조지 수녀의 살해〉 1968년, 미국. 감독은 로버트 올드리치, 출연 베릴 리드, 수재나 요크. 프로그램에서 쫓겨난 중년 여배우 주인공과 그녀의 동성애인, 주인공을 해고한 방송국 여자 임원의 삼각관계를 그렸다.

108 르 팍트

프랑스의 영화 배급사.

109 해외 배급사 와일드번치

해외 배급사는 외국에 영화를 판매하는 창구 역할을 하는 회사. 와일드번치는 셀룰로이드 드림 등과 어깨를 나란히 한다고 이야기되는 업계 최대의 배급사.

110 〈디스턴스〉

〈디스턴스〉 2001년, 일본. 감독은 고레에다 히로카즈, 출연 ARATA, 이세 유스케, 데라지마 스스무, 나쓰카와 유이, 아사노 다다노부. 옴 진리교 사건을 모티프로 한 고레에다 감독의 장편영화 제3작. 대량 무차별 살인 사건의 가해자 가족들이 주인공인 사회파 휴먼 드라마.

111 〈진짜로 일어날지도 몰라 기적〉

〈진짜로 일어날지도 몰라 기적〉 2011년, 일본. 감독은 고레에다 히로카즈, 출연 마에다 고키, 마에다 오시로. 규슈 신칸센의 전선(全線) 개통을 기회삼아 JR의 기획으로 제작됐다. 부모의 이혼으로 헤어져 각각 가고시마와 후쿠오카에서 사는 형제를 인기 초등학생 만담 콤비 '마에다마에다'가 연기했다.

112 비고 모텐슨

비고 모텐슨(1958-). 배우. 미국 뉴욕 출생. 〈반지의 제왕〉 3부작의 아라곤 역으로 높은 평가를 받았다. 다른 대표작은 〈이스턴 프로미스〉〈캡틴 판타스틱〉〈그린 북〉 등.

113 MUJI

주식회사 료힌게이카쿠의 브랜드. 무지루시료힌(무인양품). 의복, 생활 잡화, 식품 등 폭 넓게 취급, 외국에서도 인기를 얻고 있다. 프랑스에서는 현재

일곱 개 점포가 있다.

114 에리크 고티에

에리크 고티에(1961-). 촬영감독. 프랑스 출생. 〈크리스마스 이야기〉를 비롯해 아르노 데플레생 감독 작품의 촬영을 다수 담당했다.

115 〈셰이프 오브 워터〉

〈셰이프 오브 워터〉 2017년, 미국. 감독은 기예르모 델 토로, 출연 샐리 호킨스, 마이클 섀넌, 리처드 젠킨스. 1960년대 냉전 시대의 미국. 정부의 극비 연구소에서 청소원으로 일하는 여자 주인공은 연구소 내로 반입된 불가사의한 생물과 마음을 소통한다. 발달 장애가 있는 여자와 반인반어의 사랑을 그린 판타지 러브스토리. 제90회 아카데미상 작품상, 감독상, 미술상, 음악상(알렉상드르 데스플라)을 수상.

116 지아장커

지아장커(1970-). 영화감독. 중국 출생. 독립 영화로 두각을 나타내 중국을 대표하는 감독으로 성장했다. 중국 사회의 현 상황, 개인의 생활을 바라보는 메시지성을 내포한 작품으로 '현대의 루쉰'이라 불린다. 대표작은 〈플랫폼〉 〈스틸 라이프〉 〈산하고인〉 〈강호아녀〉 등.

117 바우테르 살리스

바우테르 살리스(1956-). 영화감독. 브라질 리우데자네이루 출생. 1980년대 후반에 TV 다큐멘터리 분야에서 경력을 쌓고 노부인과 소년의 로드무비 〈중앙역〉으로 명성을 얻었다. 〈태양의 저편〉 〈모터사이클 다이어리〉를 거쳐 〈다크 워터〉 리메이크판으로 할리우드 진출.

118 〈모터사이클 다이어리〉

〈모터사이클 다이어리〉 2003, 미국, 영국. 감독은

바우테르 살리스, 출연 가엘 가르시아 베르날, 로드리고 데 라 세르나. 훗날 혁명가로 이름을 떨치는 체게바라의 젊은 시절 남미 여행기를 바탕으로 한 청춘 로드무비. 야심에 찬 청년이 친구와 함께 남미 대륙을 종단하며 인간적으로 성장하는 모습을 그렸다.

119 마농 클라벨 씨

마농 클라벨(1993-). 배우. 프랑스 출생. 2014년부터 연기 공부를 시작해 2016년, 무대 〈Let's Keep Smiling〉에서 연기가 좋은 평가를 받아 Olga Horsting 상 수상. 〈파비안에 관한 진실〉의 오디션에서 첫 장편영화 출연인데도 불구하고 신인 배우 마농 역으로 발탁. 이 역의 이름은 원래 이자벨이었던 것을, 캐릭터와 마찬가지로 신인 배우인 마농 본인의 이름으로 감독이 변경했다.

120 허우 씨

허우 샤오셴(1947-). 영화감독. 중국 광둥성에서 태어나 타이완에서 성장. 〈샌드위치맨〉 〈동년왕사〉 〈연연풍진〉 등을 발표. 에드워드 양 등과 함께 1980년대 '타이완 뉴시네마의 기수'로 불린다. 다른 대표작은 〈비정성시〉 〈카페 뤼미에르〉 등.

121 앤서니 밍겔라

앤서니 밍겔라(1954-2008). 영화감독. 영국 출생. TV 업계에서 경력을 쌓다가 1991년 〈유령과의 사랑〉으로 영화 데뷔. 1996년에 개봉한 대히트작 〈잉글리쉬 페이션트〉는 아카데미상 감독상을 비롯해 아홉 개 부문 수상. 다른 대표작은 〈리플리〉 〈콜드 마운틴〉 등.

122 존 부어먼

존 부어먼(1933-). 영화감독. 영국 출생. 1955년 편집 조수로 TV 업계에 들어가 BBC에서 다큐멘터리 감독으로 활동. 1965년 〈와일드 위크엔드〉

로 영화 데뷔. 1967년 미국으로 건너가 〈포인트 블랭크〉를 만들었다. 〈서바이벌 게임〉 〈자도즈〉 〈엑소시스트 2〉 등 다채로운 장르에서 개성적인 오락 작품을 만들어내고 있다.

123 트란 안 홍

트란 안 홍(1962-). 영화감독. 베트남에서 태어나 프랑스 파리에서 성장. 다큐멘터리 작품을 거쳐 1993년 장편 데뷔작 〈그린 파파야 향기〉로 칸 국제영화제 신인상 수상. 다른 대표작은 〈시클로〉 〈노르웨이의 숲〉 〈이터니티〉 등.

124 〈그린 파파야 향기〉

〈그린 파파야 향기〉 1993년, 프랑스, 베트남. 감독은 트란 안 홍, 출연, 쩐 느 옌 케, 루 맨 산. 1951년 사이공을 무대로 소녀의 성장을 싱그럽게 그린 작품.

125 뤼크 베송

뤼크 베송(1959-). 영화감독. 프랑스 파리 출생. 누벨바그 이후의 프랑스 영화계에 새로운 바람을 불어넣었다. 1988년 전설의 다이버에게서 착상을 얻은 작품 〈그랑블루〉로 대히트를 기록. 액션 영화를 주로 만들며 대표작은 〈레옹〉 〈니키타〉 〈제5원소〉 등.

126 〈프란츠〉

〈프란츠〉 2016년, 프랑스, 독일. 감독은 프랑수아 오종, 출연 피에르 니네, 파울라 베어. 거장 루비치의 〈내가 죽인 남자〉의 원작 희곡을 번안한 미스터리 드라마. 흑백과 컬러가 혼재하는 아름다운 영상도 높은 평가를 받았다.

127 〈라 마르세예즈〉

프랑스 국가.

128 마쓰오카 마유 씨

마쓰오카 마유(1995-). 배우. 일본 도쿄 도 출생. 아역 배우로 활동을 시작해 2008년에 '오하 걸'로서 본격적으로 연예 활동을 개시. '지하야후루' 시리즈, 영화 첫 주연 작품인 〈멋대로 떨고 있어라〉, 고레에다 감독 작품 〈어느 가족〉으로 높은 평가를 받았다.

129 조 가이리 군

조 가이리(2006-). 배우. 일본 도쿄 도 출생. 일곱 살 때부터 연예 활동을 시작. 고레에다 감독 작품 〈어느 가족〉에서 주연인 릴리 프랭키와 협력해 가게에서 물건을 훔치는 아들을 연기했다.

130 〈이웃집 여인〉

〈이웃집 여인〉 1981년, 프랑스. 감독은 프랑수아 트뤼포, 출연 파니 아르당, 제라르 드파르디외. 과거에 사랑했던 연인들이 우연히 서로 이웃에 살게 된다. 이미 각각 가정이 있는 두 사람의 재회에서 시작되는 사랑과 비극을 그렸다.

131 샤브롤

클로드 샤브롤(1930-2010). 영화감독. 프랑스 파리 출생. 고다르, 트뤼포 등과 어깨를 나란히 하는 누벨바그의 대표적 감독 중 한 사람. 비평가로 활동을 시작해 〈미남 세르주〉로 데뷔. 대표작은 〈사촌들〉 〈착한 여자들〉 〈부정한 여자〉 〈도살자〉 〈클리시의 조용한 나날〉 등 다수. 서스펜스가 장기.

132 〈사기〉

〈사기〉 1997년, 프랑스. 감독 클로드 샤브롤, 출연 이자벨 위페르, 미셸 세로. 60대 남자와 30대 여자의 사기꾼 콤비가 활약하는 유머러스한 범죄 서스펜스

133 재키 베로이에

재키 베로이에(1946-). 배우. 프랑스 랑스 출생. 〈수
놓는 여인들〉〈히어로즈〉〈죽을 고생〉 등 다채로
운 작품에 출연. 〈차가운 달〉(공동 각본) 등 각본가
로서도 활약한다.

134 로메르

에리크 로메르(1920-2010). 영화감독. 프랑스 튈
출생. 고등학교 교사로 근무하는 한편 영화 비평
을 집필. 〈카이에 뒤 시네마〉 지 편집장을 역임한
뒤 1959년 감독으로 장편 데뷔작인 〈사자 자리〉
를 제작. 대표작은 〈해변의 폴린〉〈보름달의 밤〉
〈녹색 광선〉〈파리의 랑데부〉 등. 세련된 대화, 뉘
앙스가 가득한 영상을 자아낸다.

135 〈가을 이야기〉

〈가을 이야기〉 1998년, 프랑스. 감독 에리크 로메
르, 출연 마리 리비에르, 베아트리스 로망. 로메르
의 '사계절 이야기'라는 시리즈 네 번째 작품. 자연
이 가득한 평온한 풍경 속에 사십대 남녀의 연애
를 경쾌하게 그렸다.

136 CNC

프랑스 국립 영화 센터. 문화부 직속 영화 진행 조
직으로, 풍부한 자금력을 갖추었으며 다양한 지
원 시스템이 있다. 상영된 작품의 관객 수에 비례
해서 제작자에게 일부를 환원해 다음 제작비로
쓰게 하는 '자동 지원' 제도로 유명.

137 3B

3B Productions. 프랑스의 영화 제작사. 프로듀
서 뮈리엘이 소속된 곳.

138 〈죽은 시인의 사회〉

〈죽은 시인의 사회〉 1989년, 미국. 감독 피터 위
어, 출연 로빈 윌리엄스, 로버트 숀 레너드, 이선

호크. 무대는 1959년 미국. 명문 기숙사학교에
부임한 파격적인 영어 교사와 학생의 교류를 그린
따뜻한 학원 드라마.

139 〈파리, 텍사스〉

〈파리, 텍사스〉 1984년, 프랑스, 서독. 감독 빔 벤
더스, 출연 해리 딘 스탠턴, 나스타샤 킨스키. 처자
식을 버리고 행방불명이 됐던 남자가 아내, 아들
과 재회해 새로이 이별하는 걸작 로드무비.

140 프로듀서 마틸드

마틸드 앵세르티. 프로듀서. 여러 영화의 홍보를
맡아왔다. 미하엘 하네케 감독, 쥘리에트 비노슈
주연의 〈미지의 코드〉 등도 담당. 고로에다 작품
으로는 〈바닷마을 다이어리〉〈세 번째 살인〉〈어
느 가족〉의 프랑스 홍보를 진행.

141 〈청춘 스케치〉

〈청춘 스케치〉 1993년, 미국. 감독 벤 스틸러, 출
연 위노나 라이더, 이선 호크, 재닌 가로팔로, 스티
브 잔. 혼돈의 시대에 자신의 가치관을 모색하는
네 젊은이를 그린 청춘 군상극.

142 위노나 라이더

위노나 라이더(1971-). 배우. 미국 미네소타 주 출
생. 1986년, 〈루커스〉로 데뷔. 〈헤더스〉로 주목
을 모아 〈가위손〉으로 인기를 확립. 다른 대표작
은 〈귀여운 바람둥이〉〈작은 아씨들〉〈순수의 시
대〉 등.

143 몽파르나스 근처 생자크 거리

생자크는 '성 야곱'. 중세 시대 순례자가 걸었던 것
으로 알려져 있으며 지금도 다수의 유적이 남아
있는 큰길.

144 사니에 씨

뤼디빈 사니에(1979-). 배우. 프랑스 출생. 어렸을 때부터 연기를 공부해 열 살의 나이에 〈남편들, 아내들, 연인들〉로 영화 데뷔. 2000년, 프랑수아 오종 감독의 〈워터 드롭스 온 버닝 록스〉에서 주인공을 연기해 일약 주목받는 존재로. 다른 대표작은 〈스위밍 풀〉〈피터팬〉 등.

145 〈영화 히호〉

〈영화 히호〉. 요센샤에서 발행하는 월간 영화 잡지. 1995년 창간 당시에는 무크 형식, 1999년에 격월간, 2002년부터 월간. 다른 영화 잡지와는 달리 각 필자의 시점을 살린 기사, 독자적인 관점에서 자유로우면서도 영화에 대한 애정이 풍부한 지면으로 마니아들에게 인기를 모으고 있다.

146 마치야마 씨

마치야마 도모히로(1962-). 편집자, 영화 평론가, 칼럼니스트. 요센샤에서 편집자로 일할 때 〈영화 히호〉를 창간. 현재 미국 캘리포니아 주에서 생활하며 영화뿐 아니라 미국의 B급 문화, 정치 등에 관해서도 집필.

147 다르덴 형제

형 장피에르 다르덴(1951-)과 동생 뤼크 다르덴(1954-). 영화감독. 벨기에 출생. 다큐멘터리로 시작해 1987년 장편영화 데뷔. 1999년, 〈로제타〉로 제52회 칸 국제영화제 황금종려상 수상. 다른 대표작은 〈아들〉〈더 차일드〉〈로나의 침묵〉〈자전거 탄 소년〉 등.

148 〈자전거 탄 소년〉

〈자전거 탄 소년〉 2011년, 벨기에, 프랑스, 이탈리아. 감독 장피에르 다르덴, 뤼크 다르덴. 출연 터토마 도레, 세실 드 프랑스. 아버지에게 거부당해 마음을 닫아버린 소년이 우연히 만난 젊은 여

자와의 교류로 회복되어가는 이야기.

149 〈언노운 걸〉

〈언노운 걸〉 2016년, 벨기에, 프랑스. 감독 장피에르 다르덴, 뤼크 다르덴. 출연 아델 에넬, 올리비에 보노, 제레미 레니에. 신원불명의 소녀를 구하지 못한 여자 의사의 갈등을 축으로 정의와 인간의 양심을 파헤치는 사회파 서스펜스 드라마.

150 장피에르 뒤레 씨

장피에르 뒤레(1953-). 음향 감독. 프랑스 출생. 다르덴 형제 작품 외에 〈낭트의 자코〉〈반 고흐〉 등의 음향을 담당. 세자르상 후보에 여러 번 올랐으며 마스 미켈센 주연 〈미하엘 콜하스의 선택〉으로 세자르상 음향상을 수상.

151 〈클랜〉

〈클랜〉 2015년, 아르헨티나. 감독 파블로 트라페로, 출연 기예르모 프란첼라, 릴리 포포비치. 실제로 있었던 유괴 살인 사건을 바탕으로, 가족이 작당하고 범행을 벌인 가해자 일족에 스포트라이트를 비춘 범죄 영화.

152 〈아메리카의 밤〉

〈아메리카의 밤〉 1973년, 프랑스, 이탈리아. 감독 프랑수아 트뤼포, 출연 재클린 비셋, 장피에르 레오. 프랑수아 트뤼포. 영화 촬영 현장에서 일어나는 온갖 트러블을 그리면서 영화 제작에 몰두하는 사람들의 모습과 영화에 대한 사랑을 이야기한다.

153 〈화씨 451〉

〈화씨 451〉 1966년, 영국, 프랑스. 감독 프랑수아 트뤼포, 출연 오스카 베르너, 줄리 크리스티. 원작은 레이 브래드버리의 동명 SF 소설. 독서가 금지된 미래 사회를 무대로 물질주의, 전체주의

사회에 대한 비판을 담은 의욕작.

154 《아메리카의 밤, 〈화씨 451〉 촬영 일지》

《아메리카의 밤, 〈화씨 451〉 촬영 일지》. 프랑수아 트뤼포가 창작의 내면을 밝히는 촬영 일기. 레이 브래드버리의 트뤼포 고찰도 수록됐다.

155 〈욕망이라는 이름의 전차〉

〈욕망이라는 이름의 전차〉 1951년, 미국. 감독 엘리아 카잔, 출연 비비언 리, 말런 브랜도. 술 때문에 신세를 망친 미망인 블랜치는 여동생 집을 찾아가는데, 그녀를 싫어하는 동생 남편에게 어두운 과거를 폭로당해 정신적으로 궁지에 몰린다. 브로드웨이에서 대히트를 친 테너시 윌리엄스의 희곡을 영화화.

156 리 스트라스버그

리 스트라스버그(1901-1982). 배우, 연기 지도자. 현재의 우크라이나 출신. 아홉 살에 미국으로 건너감. 러시아의 유명 연기론자 스타니슬라프스키의 연기법을 공부하고 스물다섯 살부터 무대 활동을 시작. 1930년에는 스텔라 애들러 등과 함께 그룹 시어터를 창설, 다수의 희곡을 연출. 1949년 액터스 스튜디오의 예술 감독으로 취임해 매릴린 먼로를 비롯한 유명 배우들을 지도했다.

157 스텔라 애들러

스텔라 애들러(1901-1992). 연기 지도자. 미국 뉴욕 출생. 러시아의 유명 연기론자 스타니슬라프스키의 연기법을 공부하고 리 스트라스버그 등과 함께 그룹 시어터에서 활동. 1934년 러시아로 건너가 스타니슬라프스키에게 직접 지도를 받았다. 말런 브랜도, 워런 비티 등 여러 배우를 지도.

158 〈도살자〉

〈도살자〉 1969년, 프랑스, 이탈리아. 감독 클로드 샤브롤, 출연 스테판 오드랑, 장 얀. 여자 교사가 친해진 귀환병 남자에게 살인범이 아닐까 하는 의혹을 품는다. 슬프고 가슴 아픈 결말이 기다리는 서스펜스.

159 오를리 공항

파리 오를리 공항. 파리 샤를 드골 공항과 함께 파리의 현관으로 알려진 국제 공항.

160 플루가스텔

크레페리 드 플루가스텔. 몽파르나스 역 근처, 크레이프 가게들이 모인 지역에 위치한 인기 크레이프 가게.

161 크리스티앙 크라에

크리스티앙 크라에(1949-). 배우, 연출가. 벨기에 출생. 벨기에와 프랑스 무대를 중심으로 활약. 〈밤과 낮〉 〈리사〉 〈데드 링어〉 〈정사〉 등.

162 요시다 아키미

요시다 아키미(1956-). 만화가. 일본 도쿄 출생. 1977년, 〈조금 불가사의한 하숙인〉으로 데뷔. 세련된 그림체, 치밀한 심리 묘사, 굵직한 스토리 세계가 특징. 순정만화의 제일선에서 히트작을 계속 내놓고 있다. 대표작은 《캘리포니아 이야기》, 《길상천녀》 《강보다 길고 완만하게》 《벚꽃 동산》 《BANANA FISH》 《바닷마을 다이어리》 등.

163 〈죽은 자들의 삶〉

〈죽은 자들의 삶〉 1991년, 프랑스. 감독 아르노 데플레생, 출연 티보 드 몽탈랑베르, 로슈 레보비치. 자살을 기도해 생사의 갈림길에서 헤매는 스무 살 청년. 이 사건으로 모인 가족과 친척 각각의 심리를 노골적으로 그렸다. 데플레생 감독의 데뷔작.

164 〈나의 성생활: 나는 어떻게 싸우는가〉

〈나의 성생활: 나는 어떻게 싸우는가〉 1996년, 프랑스. 감독 아르노 데플레생, 출연 마티외 아말리크, 에마뉘엘 드보스, 마리안 드니쿠르, 마리옹 코티야르. 일도 연애도 정체에 빠져 있는 스물아홉 살 대학 강사를 주인공으로 인생의 여러 모습을 그린 군상극. 2015년 속편 〈마이 골든 데이즈〉를 발표.

165 마리옹 코티야르

마리옹 코티야르(1975-). 배우. 프랑스 파리 출생. 연극학교를 졸업한 뒤 열여섯 살에 영화 데뷔. 〈나의 성생활: 나는 어떻게 싸우는가〉〈택시〉 시리즈 출연을 거쳐 2003년 〈빅 피시〉로 할리우드 데뷔. 2007년에 주연한 작품 〈라 비 앙 로즈〉가 출세작이 됐다. 다른 대표작은 〈인게이지먼트〉〈나인〉〈러스트 앤 본〉〈이민자〉〈내일을 위한 시간〉 등.

166 베리만

잉마르 베리만(1918-2000). 영화감독. 스웨덴 출생. 20세기를 대표하는 거장 중 하나. 1957년, 〈제7의 봉인〉으로 이름을 알렸으며 〈산딸기〉〈처녀의 샘〉 등 관능적이고 단정한 영상미를 가진 작품으로 한층 높은 평가를 받았다. 다른 대표작은 〈가을 소나타〉〈파니와 알렉산더〉 등.

167 아리플렉스

아놀드 & 리히터 사의 디지털 시네마용 카메라.

168 라이카

사진 및 영화 카메라 브랜드로 알려진 제조업체. 2008년부터 영화 촬영용 렌즈도 생산하고 있다.

169 이안

이안(1954-). 영화감독. 타이완 출생. 타이베이 국립 예술 학원 영상연극학과를 졸업한 뒤 미국으로 건너가 일리노이 주립 대학에서 연극을, 뉴욕 대학 대학원에서 영화를 공부했다. 〈결혼 피로연〉(1993)으로 주목을 모은 뒤 〈음식남녀〉〈센스 앤 센서빌리티〉 등으로 지위를 확립. 다른 대표작은 〈와호장룡〉〈헐크〉〈브로크백 마운틴〉〈라이프 오브 파이〉 등.

170 아사야스

올리비에 아사야스(1955-). 영화감독, 각본가. 프랑스 파리 출생. 대표작은 〈여름의 조각들〉〈클라우즈 오브 실스마리아〉〈퍼스널 쇼퍼〉 등. 각본가로서 앙드레 테시네 감독의 〈랑데부〉〈도망자 마르탱〉〈알리스와 마르탱〉 등에 참가했다.

171 〈W의 비극〉

〈W의 비극〉 1984년, 일본. 감독 사와이 신이치로, 출연 야쿠시마루 히로코, 미타 요시코, 세라 마사노리. 나쓰키 시즈코의 동명 소설을 바탕으로 한 청춘 서스펜스. 주역을 따낸 극단 연구생이 사건에 휘말리면서 배우로 성장해가는 모습과 연애를 그렸다.

172 〈침묵의 살인〉

〈침묵의 살인〉 1967년, 영국. 감독 시드니 루멧, 출연 제임스 메이슨, 하리에트 안데르손, 막시밀리안 셸, 시몬 시뇨레. 영국 정보부원이 얽히고설킨 수수께끼, 숨은 흑막과 싸우는 중후한 스파이 서스펜스. 존 르 카레의 데뷔 장편소설을 영화화.

173 〈스칼렛 거리〉

〈스칼렛 거리〉 1945년, 미국. 감독 프리츠 랑, 출연 에드워드 G. 로빈슨, 존 베넷, 댄 두리에. 평범한 인생을 살던 남자의 운명이 여배우 지망생을 구해준 것을 계기로 어긋나기 시작한다. 거장 프리츠 랑의 걸작 필름 느와르.

174 〈여인의 초상〉

〈여인의 초상〉 1944년, 미국. 감독 프리츠 랑, 출연 에드워드 G. 로빈슨, 존 베넷, 레이먼드 매시, 댄 두리에. 범죄심리학 교수가 진열창에 걸린 그림의 모델에게 매료됐다. 마성의 여자와 엮이게 된 초로의 남자가 트러블에 말려드는 범죄 서스펜스.

175 〈롤라〉

〈롤라〉 1960년, 프랑스. 감독 자크 드미, 출연 아누크 에메, 마르크 미셸, 자크 아르당. 카바레의 무용수로 생계를 잇는 주인공이 소꿉친구 청년과 십년 만에 재회. 프랑스 항구 도시를 무대로 펼쳐지는 아름답고 애달픈 이야기.

176 낭트

프랑스 서부 루아르 강변의 도시. 중세 부르타뉴 공작의 성이 남아 있는, 역사가 오랜 도시. 현재는 시내에 현대 미술을 다수 도입한 예술, 문화의 도시. 자크 드미의 고향이기도 하다.

177 〈몽파르나스의 연인〉

〈몽파르나스의 연인〉 1958년, 프랑스. 감독 자크 베케르, 출연 제라르 필리프, 리노 벤투라, 아누크 에메. 빈곤과 절망에 신음하다가 서른여섯 살의 젊은 나이에 세상을 떠난 화가 모딜리아니의 전기 영화. 병석에 누워 친구의 보살핌을 받은 화가의 만년을 그렸다.

178 아누크 에메

아누크 에메(1932-). 배우. 프랑스 파리 출생. 〈바닷속 집〉으로 영화 데뷔. 페데리코 펠리니, 자크 드미 등 여러 거장에게 기용된 유럽을 대표하는 배우. 대표작은 〈몽파르나스의 연인〉 〈남과 여〉 〈달콤한 인생〉 〈롤라〉 등 다수.

179 〈영향 아래 있는 여자〉

〈영향 아래 있는 여자〉 1974년, 미국. 감독 존 카사베티스, 출연 지나 롤랜스, 피터 포크. 주인공은 남편과 자식을 깊이 사랑하면서도 강한 감수성 탓에 일상 생활 속에 신경을 소모하는 전업주부. 현대 사회에서 망가져가는 '평범한 여자'를 그린 카사베티스의 최고 걸작.

180 미조구치 겐지가 말하는 '반사'

미조구치 겐지(1898-1956)는 〈우게쓰 이야기〉 〈산쇼다유〉 등으로 알려진 영화감독으로, 배우에게 종종 '반사하세요'라고 말했다. 다른 배우의 대사나 움직임에 반응해 자신의 연기를 한다는 의미.

181 〈롤라 몽테스〉

〈롤라 몽테스〉 1955년, 프랑스. 감독 막스 오퓔스, 출연 마르틴 카롤, 피터 유스티노프, 안톤 월브룩. 19세기 말 루드비히 1세를 비롯한 여러 남자들과 염문을 뿌린 실존하는 무용수 롤라 몽테스의 생애를 그린 소설을 영화화.

182 〈비우〉

〈비우〉 1935년, 프랑스. 감독 아나톨 리트박, 출연 샤를 부아에, 다니엘 다리외, 장 닥스, 장 드뷔쿠르. 황태자와 남작의 딸의 용서 받지 못할 사랑. 실제로 있었던 사건을 바탕으로 한 비극적인 사랑 이야기.

183 《샌퍼드 마이스너의 연기론》

《샌퍼드 마이스너의 연기론》 미국 연극계에 크게 기여한 연기 지도자 샌퍼드 마이스너, 데니스 롱웰이 쓴 연극학교 기록.

184 텔루라이드 영화제

1974년부터 미국 콜로라도 주 텔루라이드에서
매년 개최되는 영화제.

親愛なる イーサン ホーク 様

御無ジ汰しております。是枝です。
6月に パリで お会いしてから 早いもので もう
2ヶ月 が 経ってしまいました。
パリの街は 先週から 急に 秋めいて、朝晩は
かなりン冷えこみます。 9月まで 残暑の 続く東京とは
季節の 移ろう スピードが 随分 違うようです。

さて。お待たせていた 脚本が 出来上がりましたので
お送りいたします。とはいえ、ここから 本読み、リハーサル
を 重ね、もう一度 直した上で 撮影に 臨みますので、
そのつもりで いて下さい。

前回 パリに 来て 頂いて 家族 3人の 様子を 見られた
ことは、脚本作りには とても プラスでした。
頭の中で あの時の 3人を 動かしながら 脚本が 書け
ました。

/

いくつか大きな変更点が前回の脚本からありまして、
1つは、ハンク（イーサン改め ハンク です！）が
撮影所に行って クレールとマノンのお芝居を
見るようにしたことです。役者として、やはり、前の晩
にあの独白を、意味はわからずとも 目の当たりに
したら、行くのが自然だと思いました。

これは、ちょっと ご相談しながらと思ってまだ
課題として 残っていることが 2つほどあります。
1つは、彼の芝居の バックボーン。
彼は 演劇学校に通っていたわけではなく、エキストラ
からの のし上げで、遅咲きで人気の出た タイプだと
考えていますが 演技設計の中心に 置いているのを
「観察」にしています。自分の父親の記憶に基づいたり
街の人々を参考にしたり… そんな あり方に リアリティが
あるでしょうか。

もう1つ 課題は… 今、ハンクは とても 良い人
なので… どこかに 弱点や 欠点を 作って　　　2

あげたいな. と思っています。
このあたりも どこかの タイミングで ご相談
出来ればと思います。

では。 9月にパリで 再会出来ることを 心待ちに
しております。

2018年 8月27日　　　是枝 裕和

P.S　脚本の英語翻訳をして
頂いている間に更に ハンクについて
は 改稿を加えてみました。
何か 弱点や欠点を…と思い
彼が かって アルコール依存症で
リハビリ施設に入っていた 経験
があり (彼の父と同様)
現在は 禁酒中である ──
という 設定を加えてみました。
ハンクの 人間味が グッと加わった
のではないかと思います。
では。　　　　　　　　　4

동반 달리기
프로듀서 후쿠마 미유키

십여 년 전부터 감독이 파리에 갈 때면 늘 묵는 호텔이 있다. 리브 고쉬 6구의 벨라미$^{Bel Ami}$. 아침식사로 나오는 꿀과 햄이 아주 맛있다. 이 작품으로는 2017년 봄부터 2018년 봄까지 로케이션 헌팅과 오디션, 그리고 2019년 여름의 최종 마무리 작업중에 묵었다. 벨라미, '좋은 친구'라는 뜻이다.

이 기획이 처음 시작된 계기도 영화를 통한 우정이었다. 2005년부터 프랑스에서 고레에다 작품의 홍보를 담당하고 있는 마틸드 앵세르티 씨의 소개로 쥘리에트 비노슈 씨를 만날 기회가 종종 있었다. 2011년 2월에는 내가 담당한 코 페스타의 이벤트에 비노슈 씨와 고레에다 감독이 무대에 올라 '여배우란, 연기한다는 것이란 무엇인가?'를 테마로 세 시간 넘게 열띤 대담을 가졌다. 그 뒤 고생하셨다는 의미로 겨울의 교토를 여행하는 중에 비노슈 씨가 '언제 꼭 함께 영화를 만들자'라고 제안했고, 감독이 주저없이 그러자고 답했다. 속으로 무척 흥분했지만 꿈같은 이야기일 뿐이라는 생각도 어딘가 있었다. 하지만 그때부터 배가 천천히 움직이기 시작했다.

기획이 출발한 이래로 프로듀서로서 감독과 함께 달려오며 마주한 풍경을 돌아보면서 우리가 쌓아온 나날에 관해 외람되나마 써보려 한다. 이 작품을 대하는 감독의 시선과 뒷모습이 어렴풋이나마 보인다면 좋겠다.

비노슈 씨와 조금씩 아이디어를 주고받기 시작했다. 일본을 무대로 한 프랑스 소설을 원작으로 영화를 만들자는 제안도 나왔지만 여기에는 감독의 마음이 동하지 않았다. 프랑스를 무대로 외국인 배우들로만 그린다는 생각이 명확한 듯했다.

2015년 10월 〈바닷마을 다이어리〉의 프로모션을 위해 파리에 갔다. 어느 날 저녁 홍보 담당자 마틸드의 집에 초대되어 손수 요리한 이탈리아 음식을 대접받았다. 그중에서도 라자냐가 특히 맛있었다. 프랑스 사람 여덟 명이 일제히 떠들기 시작해 진지한 이야기부터 가벼운 이야기까지 다양한 화제가 등장했다. 대체로 여자들이 세고 말수가 많은 반면 남자들은 언뜻 보면 약한 것 같지만 온화하게 지켜보는 관계가 흡사 고레에다 작품을 현실에 가져다놓은 듯하고 기분 좋았다. 감독은 이 자리를 무척 재미있어해 프랑스인 가족의 그런 식사 장면 좋은데, 필름에 담고 싶네, 하고 연신 말하며 호텔로 돌아왔다. 그날 저녁 나는 감기가 도지는 바람에 열이 높아 몽롱한 정신으로 통역했는데, 감독의 머리에 떠올랐다는 이미지의 이야기를 들으며 여기서 새로운 가족의 식사 장면이 태어나겠구나 상상했던 기억이 있다.

어느 날 감독에게서 '이렇게 비 오는 날에'라는 제목의 플롯을 받았다. 십육 년 전에 쓴 나이 많은 여배우의 분장실만을 무대로 한 미완성 희곡을 바탕으로 한 것이었다. 원래 제목은 '물품 보관소', 어떤 우정의 이야기였다. 감독은 이걸 프랑스의 노배우인 어머니와 배우가 되고 싶었던 딸의 이야기로 바꾼다는 대담한 개정을 계획한 것이었다. 나아가 감독은 프랑스에서 찍는다면 카트린 드뇌브를 쓰기를 원했다. 드뇌브와 비노슈, 해외에서 가장 존경받는 두 배우의 첫 공연을 자기 작품에서, 모녀의 이야기로 실현시키고 싶다고 했다. 프랑스를 비롯해 유럽에서 근래 가족 드라마라고 하면 이민이나 인종 문제를 배경으로 한 작품이 많은데, 감독은 괜히 아는 척 그런 쪽을 건드리는 대신 영화/연기라는 관점을 발견했다. 프랑스 영화사에 대한 경의 그리고 이십오 년간 카메라를 통해 맞서고 매료되어온 '여배우'라는 존재에 대한 고찰과 사랑, '연기란 무엇인가'라는, 감독에게 필연적으로 내면에서 솟아오르는 절실한 물음이, 가족 드라마라는 보편성에 싸여 흘러넘치면서 이 기획이 시작됐다.

2015년 12월, 일차 플롯 수정. 제목은 '진실의 카트린'. 주인공은 카트린, 딸은 쥘리에트, 딸의 남편은 이선. 이 셋은 연기할 배우에 맞춰 캐릭터를 잡았고 등장인물의 이름도 배우 이름을 그대로 갖다 썼다. 대략적인 줄거리는 이미 완성되어 있었다. 처음 읽어보니 얼마나 재미있던지, 프로듀서로서 이 기획을 실현시킨다는 것에 이상할 정도로 가슴이 설레는 동시에 책임을 느껴 정신을 바짝 차렸다. 자, 이 플롯으로 어떻게 쌓아가면 좋을까. 아무것도 확실한 게 없었지만, 프랑스 영화답게 만들기보다 오히려 고레에다 작품의 오리지널리티를 지키는 동시에 감독의 스타일을 프랑스에 접목시킬 수 있는 방법을 찾고자 했다.

평소 잘 가지 않는 미술관에. 루브르에서 오랫동안 멈춰 서서 홀린 듯 쳐다보던 것은 사람들의 일상을 소재로 생활 풍속화를 그린 17세기 네덜란드 화가 페르메이르의 작은 걸작이었다. 이제부터 파리에서 어떤 이야기를 그리겠다는 생각을 하고 있었을까

황금종려상을 수상한 뒤 칸에서

먼저 제작 체제를 검토했다. 처음에는 자금을 프랑스에서 100퍼센트 모을 수 있다면 순수한 프랑스 영화로 만드는 것도 괜찮겠다고 생각했다. 그러나 다양한 과거 사례를 조사하다 보니 역시 일본과 프랑스의 합작이라는 형태를 취하는 편이 감독이 편하지 않을까 하고 생각을 바꾸었다. 원안, 각본, 감독, 편집을 모두 직접 하는 게 고레에다 작품의 두드러진 특징이다. 지금까지 일본에서 길러온 독자적인 스타일이 이미 존재한다. 물론 로마에서는 로마법을 따를 각오도 관심도 있거니와 감독의 방식을 존중해주는 파트너를 프랑스에서 찾아낼 생각이었다. 그래도 100퍼센트 프랑스 자본으로 만든 프랑스 영화로서 모든 게 준비된 것을 단순히 이용하기보다 캐스트 및 스태프 선택을 포함한 크리에이티브적인 주도권을 감독이 항상 쥐는 형태가 최상이다. 외국이라는 것만으로도 다양한 장벽과 걸림돌이 있을 것이기에 예상 가능한 범위 내에서 대책을 세워, 감독이 준비차 파리에 갈 즈음에는 되도록 순조롭게, 흡사 일본에 있을 때 같은 느낌으로 편안하게 현장에 집중할 수 있도록 하는 게 중요하다 싶었다. 감독이 작품을 만드는 작업을 최우선해 진가를 발휘할 수 있다면 최상의 영화가 탄생하리라는 것은 분명하기에.

그런 생각에서 일본과 프랑스가 동등한 발언권을 가질 수 있도록 합작 체제가 좋겠다고 판단했다. 모든 의사 결정 과정에 나도 관여해 요소요소에서 감독의 스타일을 설명함으로써 프랑스 측에서 의도와 필요성을 충분히 인식할 수 있도록 노력했다. 자본과 인원 면에서 일본의 관여는 최소한에 머물렀지만 그래도 '합작'이라는 제작 체제는 불가결한 선택이었다고 지금도 생각한다. 참고로 이때의 선택에 관해 감독과 의논하자 "어느 쪽이든 상관없으니까 후쿠마 씨가 생각해서 편한 쪽으로"라고 했다. 그런 유연한 말에 늘 그랬던 것처럼 맥 빠지는 한편으로 어딘지 모르게 마음이 가벼워졌다.

프랑스 쪽 프로듀서를 정할 때는 비노슈, 마틸드와도 상의했다. 후보에 오른 몇 명 중에서 비노슈가 주연한 브뤼노 뒤몽 감독 작품 등을 맡았던 3B의 뮈리엘 메를랭 씨로 2017년 봄에 결정됐다. 이 무렵부터 촬영 시기를 2018년 가을로 잡고 자금 조달, 전체 스케줄, 해외 배급 에이전트 선택에 관해서도 검토했다. 그리고 일프 합작이라는 방향으로 3B와 감독 계약, 각본 계약, 공동 제작 계약 등에 대한 교섭을 시작했다. 일 년간 밤낮으로 프랑스어 계약서와 격투를 벌여야 했다. 그들은 '프랑스는 감독의 저작권을 세계에서 가장 존중하고 지키는 나라'라고 종종 자랑스럽게, 또 나를 안심시키려는 듯 말했다. 아닌 게 아니라 감독의 보수 및 기획 개발비를 포함, 각 계약서의 문면에서도 성숙한 제도 설계와 그것을 뒷받침하는 철학 및 영화에 대한 이해가 엿보였다. "일본에는 잘 없는 발상입니다. 멋진데요"라고 말하면 그들은 즉각 '우리가 싸워 쟁취한 것'이라고 대답하곤 했다. 그와 비교해 일본은 멀었다고 비굴해질 필요는 없을 것이다. 다만 일본은 프랑스나 그를 모방한 한국처럼 나라에서 문화 산업을 든든하게 지원해주는 것도 아니거니와, 미국처럼 민간에서 문화 예술에 거액의 기부를 하고 메이저부터 독립영화까지 비교가 안 될 만큼 층이 두터운 것도 아니고, 그 둘의 중간 정도로 자립적인 시장에 의해 유지된다는 특수성이 있다. 그런 상황을 고려한다면 안이하게 다른 나라의 방법론을 도입하는 것도 쉽지 않으니,

대체 무엇을 모델로 삼아 무엇을 지향해야 할지 생각할 과제도 많다. 한편 프랑스에서는 마케팅 영역을 중심으로 종래의 정부에 의한 보호 정책을 반대하는 영화인도 있다. 자국의 문화를 존중하고 영화의 다양성을 지키는 제도의 이면에서 잃는 것은 무엇인가? 표리일체로 생각을 계속할 필요가 있다.

〈진실〉은 프랑스 영화 행정을 관할하는 CNC(프랑스 국립영화센터)의 인가를 받았다. 공적 지원 시스템(총 예산 약 8백억 엔)을 최대한 활용하기 위해 가능한 범위 내에서 '프랑스 요소'를 늘렸다. 이 시스템은 제작, 출연자, 스태프, 언어, 로케이션 등에서 프랑스가 관여하는 정도가 점수로 환산되어 합산한 점수가 지원금 승인을 위한 중요한 기준이 되는 점수제다. 본 작품에서는 각본, 감독, 편집, 프로듀서 중 한 명이 일본, 주요 출연자 중 한 명이 미국, 음악이 러시아, 그 외에는 프랑스였다.

CNC의 지원 시스템에는 자동 지원과 선택 지원이 있다. 자동 지원은 말하자면 민간 자금의 재분배라는 발상이다. 자금은 영화관 입장료세(표 값의 10.7퍼센트), TV 방송국 수입세, DVD 판매세 등으로 확보되며, 작품의 상업적 성과에 비례해 일정 비율의 지원금이 프로듀서에게 자동적으로 환원되어 다음 작품의 제작에 쓰인다. 선택 지원은 제작, 배급, 흥행에 대해 각 심사 위원회가 작품과 배급액을 정한다. 1959년에 시작된 뒤로 신인 감독 작품과 여성 감독 작품, 대형 제작사 외의 의욕적인 작품도 적극적으로 채택해 영화의 다양성에 기여하고 있다.

본 작품은 선택 지원 중 제작비 가불 제도[Advance sur Recettes]의 혜택을 입었다. 프랑스 영화 또는 프랑스가 큰 비중을 차지하는 합작이 대상이다. 이 제도만으로 연간 약 35억 엔(2천 9백만 유로)가 지급되며 작품당 지원금 규모도 크다. 심사는 두 단계로, 1단계 각본 및 서류 심사에서는 4-50편에 달하는 응모 기획 중 20편 정도가 남는다. 2단계 면접 심사에서는 심사 위원회가 최종적으로 5-6편을 선정한다. 우리는 2018년 6월 28일 파리에서 면접 심사를 치렀다. 그날 풍경이 기억난다. 아침. 감독과 뮈리엘, 마틸드, 통역을 맡은 레아 르 딤너 씨와 16구 뤼베크 거리에 있는 CNC에 도착. 그다음 주에 14구 라스파이유 거리로 대규모 이전이 예정되어 있다고 관내 스태프가 가르쳐주었다. 대기실 앞 복도에 2009년 칸 영화제의 포스터가 붙어 있었다. 〈공기 인형〉 때네요, 하고 말을 걸었더니 감독은 본심사를 앞두고 긴장해 집중하는 듯 "그렇군요"라고만 대답했다. 면접 심사를 하는 방에 들어가자 정면에 심사위원들이 U자로 앉아 있었다. 영화 프로듀서 세 명, 감독 두 명, 각본가 한 명, 편집 기사 한 명, 영화잡지 편집자 한 명, 영화 저널리스트 한 명까지 모두 아홉 명이다. CNC는 문화성 직속 기관이지만 심사는 공무원이 아니라 영화인이 한다. 주어진 시간은 십오 분. 심사위원에게 감독이 프레젠테이션을 시작했다. 왜 프랑스에서? 왜 이 두 배우를? 왜 가족 이야기를? 언어 장벽을 어떻게 넘을 건지? 전날 리허설 비슷하게 했던 것을 바탕으로 설명한 다음, 연달아 쏟아지는 질문에 감독이 그때그때 대답했다. 가령 시나리오 수정중의 에피소드를 묻는 질문에 가족의 침실 사정에 관한 양국 문화의 차이에 대해 '프랑스에서 부모와 아이는 같이 자지도 않고 가족의 작은 행복을 나타내는 풍경이라고 생각하지도 않는다는 말을 스태프 미팅에서 들었다. 행복은커녕 여섯 살 먹은 아이가 혼자 자지 않다니 정신적으로 무슨 문제가? 부부가 한 침대에서 자지 않는다고? 결혼 생활의 위기? 하고 이상하게 생각하더라' 등 유머를 섞어 이야기했을 때는 웃음도 터져 나왔다. 자금 조달 상황에 관해서는 프로듀서가 설명했다. 이렇게 전문적인 심사 기준을 바탕으로 구두 프레젠테이션을 거쳐 기획이 선정되는 제도는, 서류 심사뿐인 일본 문화청의 제작 지원보다 투명성이 있고 건전하다는 생각이 들었다. 다음 날 이선과 다 같이 딤섬을 먹는데 통과했다는 소식이 와서 가슴을 쓸어내렸다.

제작 진행 이야기로 돌아가자. 프랑스어로 번역한 플롯을 2016년 4월 하순에 비노슈 씨에게 보냈다. '최근 미국에서 열린 자선 이벤트에 드뇌브 씨와 함께 참석해 멋진 만남을 가졌고, 이선과는 일주일 전 스카이프로 통화한 참이다. 세상 참 좁다'라며 놀랐다. 이야기를 쓰기 시작하자 극중 가족이 현실에서도 접점을 가져 싱크로하기 시작하다니, 이것도 영화가 부리는 마술이다.

5월, 〈태풍이 지나가고〉를 들고 찾아간 칸에서 비노슈 씨를 만났다. '연기는 일종의 거짓말처럼 생각되곤 하는데 자신에게는 오히려 진실에 속하는 것'이라는 그녀의 연기 철학에서 20세기 전반의 2대 비극 여배우 사라 베르나르[Sarah Bernhardt]와 엘레오노라 두세[Eleonora Duse]의 연기 비교(외면, 동작에서 시작하나, 내면, 감정부터 만드나?)에 이르기까지 감독은 귀 기울여 들었다. 그러고는 귀국 후, 극중 배우들이 각각 어떤 연기의 근간을 갖고 있는지에 대해서도 생각해보고 싶다며, 스타니슬라프스키[Konstantin Stanislavski] 시스템과 스트라스버그 메소드 등 서구 연기론 및 연기사 책을 섭렵하기 시작했다.

2017년 4월 초순, 〈태풍이 지나가고〉의 프로모션차 파리로. 벨라미에서 드뇌브 씨를 만났다. 드뇌브 씨는 고레에다 작품뿐 아니라 다른 일본 및 아시아 영화도 극장에서 자주 볼 정도로 영화광이다. 나루세 미키오의 〈부운〉을 좋아한다면서 미소 짓는 것을 보고 감독과 궁합이 잘 맞겠다고 한층 확신했다.

9월, 파리 교외에서 주인공의 집 로케이션 헌팅. '홈드라마는 집으로 정해진다'는 게 감독의 입버릇이다. 단풍이 지는 정원이 있을 것, 〈선셋 대로〉처럼 시대에 완전히 뒤처진 거물 여배우가 아니라 일도 인생도 만년에 다다랐지만 아직 현역이라는 느낌의 여배우가 산다는 이미지가 있을 것, 대대로 가족들이 보내온 시간이 느껴질 것을 중시했다.

그때 머무는 중에 드뇌브 씨와의 롱 인터뷰를 감독이 직접 했다. 어린 시절 가족의 추억, 딸 키아라와의 관계, 자크 드미, 프랑수아 트뤼포, 앙드레 테시네 등과의 협업 등 지금까지 살아온 인생에 관해 이야기를 들었다. '여배우로서 누구 DNA를 이어받았다고 생각하는지?'라는 질문에 드뇌브 씨는 '다니엘 다리외'라고 즉각 대답했다. '그럼 드뇌브 씨의 DNA를 이어받은 사람은?'이라고 묻자 "프랑스엔 없네요…… 케이트 윈즐릿, 나오미 와츠일까요"라고. 이때의 대화는 영화 첫머리의 기자 인터뷰 장면에 활용됐다(이때 거론된 여배우들 이름을 대사에 넣어 실제 촬영도 했지만 최종적으로 편집 단계에서 삭제했다). 이 로케이션 헌팅의 성과를 바탕으로 롱플롯이 수정됐다. 극중극에 켄 리우의 〈내 어머니의 기억〉을 사용할 수 없느냐고 감독이 물어 바로 저작권 협상을 시작했다. 그리고 11월 말에 초고가 완성됐다.

2018년 3월, 〈세 번째 살인〉의 프랑스 개봉에 맞춰 파리에 이 주일 머무는 중, 드뇌브 씨와 두 번째 롱 인터뷰를 가졌다. 초고를 읽은 감상은 "이 주인공은 가치관이 꽤 고루하니까 최소한 누벨바그까지 '현대화'할 필요가 있겠어. 이름은 (카트린이 아니라 다른 것으로) 바꾸고" 였다. 그로부터 반년 뒤 이름은 드뇌브 씨의 미들네임인 '파비안느' 로 정해졌다. 나아가 "촬영 장소는 꼭 파리여야 해. 교외는 안 돼"라 고 감독의 눈을 똑바로 보며 세 번 되풀이했다. 그걸 드뇌브 씨의 애 견 자크가 곁에서 눈을 감고 듣고 있었다. 한동안 이야기를 나누었 을 때 자크의 친구 개들이 우르르 등장해 카오스 속에서 인터뷰가 끝났다. 드뇌브 씨는 우리에게 맛있는 근처 피자집을 추천해주고 는 "A bientot!(또 봐요!)"라며 자크와 함께 호텔을 떠났다. 이야기 내용 은 물론 말투도 제스처도 고집도 죄다 매력적이라 감독이 연신 "경 쾌하네" 하고 중얼거렸다. 배우 자신이 지닌 이 '경쾌함'이 주인공의 캐릭터나 영화 전체의 분위기와 더불어 스크린에 흐른다.

염원했던 대로 감독의 오른팔인 촬영감독으로 에리크 고티에 씨 가 결정됐다. 〈크리스마스 이야기〉에서 드뇌브, 〈여름의 조각들〉에 서 비노슈와 현장 경험이 있는 베테랑인 데다, 최근에는 바우테르 살리스, 지아장커 등 프랑스 국외까지 영역을 넓히고 있다는 점이 이 작품에도 잘 맞을 듯했다. 에리크도 합류한 로케이션 헌팅으로 14구 생자크 거리에서 이상적인 집을 발견했다. 감독은 특히 마당 을 내다보는 테라스에 반했다. 파리 시내여야 한다는 드뇌브 씨의 희망에도 부합해 나도 안도했다.

현실 속의 입지가 시나리오에 계속 영향을 미쳤다. 집 뒤에 파리의 유일한 교도소(상테 교도소 1866년-)가 있다는 것, 그곳에서 과거 유명한 탈옥극이 벌어졌다는 사실에서 행크가 TV 탈옥 드라마 시리즈에서 인기를 얻었다는 설정이 추가됐다. 또 대문 앞을 달리는 메트로에서 착상을 얻어, 낙엽이 떨어진 밤의 정원에서 모녀가 열차 소리에 귀를 기울이며 무심히 주고받는 대화가 들어가 가을의 정취가 깊어졌다.

신인 여배우 역과 아역 오디션도 했다. 미하엘 하네케의 작품에도 참여하는 캐스팅 디렉터 크리스 푸아티에 씨에게 부탁했다. 신인 여배우 역의 일차 면접에는 사전에 일본으로 보낸 서류와 비디오로 엄선한 약 스무 명이 참가했다. 〈이브의 모든 것〉 〈스위밍 풀〉 〈클라우즈 오브 실스마리아〉와 본 작품 시나리오에서 발췌한 장면을 연기하도록 했다. 프랑스 젊은 여배우의 기초 연기력 수준이 높은 것에 감독도 경탄했는데, 그중에서도 마농 클라벨 씨가 발군이었다. 매력적인 허스키보이스(사라를 닮은 '부드러운 한숨' 같은 목소리라는 설정으로 연결된다)로 본 작품의 한 장면을 그녀가 연기하기 시작했을 때 방 안이 고요해졌다. 감독이 벌떡 일어나 연출 지시를 내리기 시작하자 그녀의 연기가 적확하게 변해갔다. 소름이 끼쳤다. 감독은 "어째 4:6이 된 느낌인데요. 기대가 불안을 약간 앞섰으려나요"라며 조금 안심한 표정이었다. 한편 샤를로트 역은 여섯 살 전후에 영어와 프랑스어를 둘 다 구사할 수 있는 여자애 중에서 찾았다. 감독이 극중 대사를 구두로 알려주고 연기를 시켰다. 샤를로트 역으로 결정된 클레망틴 그르니에는 배짱과 애교, 코 생김새가 어딘지 모르게 이선 호크를 닮았다는 점도 감독에게 점수를 땄다.

귀국 후 얼마 안 되어 제3고가 완성됐다. 또 감독의 장기 체류 비자 취득에 필요한 서류들을 준비해 히로오의 프랑스 대사관에서 수속을 마쳤다. 반년 뒤 파리 경시청에서 수속을 밟는 것으로 신청이 완료된다. 합작은 이런 영화 현장 밖에서 처리해야 할 일이 상당히 많고 번잡한데, 사실 현장 안 이상으로 외국인임을 의식하게 되는 순간이 많다.

5월, 칸으로. 〈어느 가족〉의 세계 최초 개봉 프로모션 틈틈이 France3, Canal+ 등 TV 방송국을 중심으로 출자자 후보와 면담을 이어갔다. 감독은 이틀 동안 파리로 날아가 에리크 등과 미팅을 가졌다. 그리고 칸으로 돌아와 시상식, 황금종려상 수상. 곧바로 흐름에 편승하는 것처럼 이선 호크를 만나러 뉴욕으로 건너갔다. 최고의 타이밍으로 가진 첫 만남에서 감독이 직접 출연을 의뢰해 긍정적인 반응을 얻었다. 면담 직후 감독이 얼마나 기뻐하는지 잘 알 수 있었다. "사람이 참 훌륭하더군요." 대화도 즐거웠거니와 영화인으로서, 또 아버지로서 이선의 얼굴과 말 모두가 인상적이었던 모양이다. 후일 정식으로 출연이 결정됐다. 솔직히 이 무렵 모든 일이 하도 순조롭고 온 세상의 열기가 멈추지 않아 좀 겁이 날 지경이었다. 감독은 여러 의미로 괜찮은 건가 물어보고 싶은 마음이 굴뚝같았지만, 열광 가운데 축복을 받으면서도 말할 때는 평소처럼 냉정하게 현재 상황과 앞으로의 행방을 관찰하는 사람인지라 나도 안심하고 괜한 질문을 삼갔다. 오랜 세월 같이 일해왔기에 희로애락은 함께해도 일일이 물결을 일으키지 않고 늘 귓불 정도의 온도로 가까이에 있는 편이 좋지 않을까, 그렇게 막연히 느끼고 있다. 감독은 잠정 시나리오를 다듬으며 엄숙하게 파리에 갈 준비를 했다.

*

6월 24일부터 약 육 개월에 걸친 감독의 파리 생활이 시작됐다. 바스티유 부근에 있는 스태프룸과 호텔을 왕복하는 나날이었다. 현장 스태프 배치도 이 무렵에는 거의 정해졌다.

일프 통역 및 번역은 감독도 신뢰하는 레아 씨에게 안심하고 부탁했다. 외국어로 영화를 만들 때 통역은 말하자면 생명선이다. 레아 씨는 2014년 12월 마라케시 영화제의 일본 영화 특집을 통해 만났다. 감독 취재중 〈태풍이 지나가고〉의 주인공 료타가 아버지의 불단에 향을 바치려는데 재가 쌓여 향을 꽂지 못하는 장면에 관한 통역이 얼마나 훌륭했는지 그만 홀린 듯이 듣고 말았다. 분향이라는 대단히 일본인적 습관과 그와 관련된 미묘한 감정을 전제로 한 감독의 답을 뉘앙스까지 정확히 살린 통역인 데다, 듣기 좋은 리듬이 프랑스어를 듣는데도 흡사 일본어를 듣는 듯한 기이한 느낌이었다. 현장에서는 감독도 '다코(오케이)' '트레비앵(좋은데요!)' '사바(괜찮아요)' 등 조금씩 프랑스어를 배워갔다. 나도 LINE 노트에 감독이 자주 쓸 법한 프랑스어 메모를 남겼다. 미술 담당 리통 뒤피르클레망 씨는 일본어로 '수고하셨습니다' '안녕하십니까!' '에잉 뭘 그래(개그)'를 완벽하게 습득했다. 언어의 장벽을 어떻게 넘었느냐는 질문을 많이 받는데, 감독도 종종 대답하듯 영화 현장에서 언어의 장벽은 본질적인 문제가 되지 않는다는 것을 실감할 수 있었다. 그보다 어떤 작품을 만들려고 하느냐 하는 비전과 센스, 상대방을 존중하는 마음을 공유하는 게 가장 중요하다.

감독 조수는 고레에다 팀 특유의 후진 양성을 위한 포지션이다. 파리에서 모집해 프랑스어와 일본어를 둘 다 구사하는 아사노 마티외 씨와 니와노 쓰쿠하 씨로 정했다. 시나리오 타이핑과 자료 번역, 감독의 생활 지원, 통역 및 편집 지원을 할 뿐 아니라 각본 및 연출에 의견을 제시해야 한다. 처음에는 서열이 확고한 프랑스 현장에는 적합하지 않다고 반대하는 의견이 한동안 강했다. 하지만 여러 번의 설득과 두 사람의 업무 태도 및 사람됨 덕에 역할이 서서히 인정받고 침투해갔다.

또 수석 조감독으로 니콜라 캉부아 씨가 참가했다. (특히 예산 문제로) 격해지기 일쑤인 뮈리엘을 냉정하게 달래고 자기 자리를 찾기가 쉽지 않은 감독 조수들을 두둔해주는 인격자였다. 언어는 달라도 눈앞에서 니콜라가 고개를 끄덕이는 것만으로 감독도 이상하게 안심되는 듯했다. 니콜라를 비롯한 남자 스태프는 모두 명랑하고 온화하고 다정한데 여자 스태프는 야무지고 주장이 강한 게, 이상하게 고레에다 작품에서 그리는 남녀와 통했다. 감독의 주변에는 그런 사람들만 모이는 걸까? 서로 합이 맞지 않을 것 같지만 다들 이제는 정겨운 프랑스 고레에다 팀이다.

이 무렵 감독이 조금씩 머리와 귀가 피로하다는 말을 하기 시작했다. 칸에서 뉴욕, 도쿄, 상하이, 파리까지 긴 여행이 이어진 데다 느닷없이 프랑스어에 둘러싸여 바쁜 나날을 보내고 있으니 그럴 만도 했다. 그래도 곁에서 보기에는 전방위로 풀가동하면서 그 이상은 바랄 수 없을 만큼 터프하게 순응하고 있었다. 프랑스 스태프는 감독과 되도록 일대일 개별 면담을 선호하는지라(개인주의적인 나라라서 사람이 많은 곳에서는 사양하게 되는 걸까?) 감독은 종종 같은 말을 되풀이해야 했는데, 그런데도 각각의 상담과 과제를 함께 생각하며 한 사람 한 사람 세심하게 대하는 자세에 다들 놀랐다. 아마 감독은 드디어 파리에 왔으니 여러 가지를 한꺼번에 탐욕스럽게 흡수해 자기안의 기대치를 넘기 원해서였을 것이다. 감독은 자신이 할 일이라고 생각하면 철저하게 하는 성격이다. 스스로에게 너무 많은 것을 요구하는 탓에 한계를 넘어버릴 때가 있다. "감독님, 혹시…… 초사이어인이라도 되려는 건가요?" 하고 반농담으로 시시한 소리를 한 적도 있는데, 이제 막 시작한 참이니 감독은 조금 속도를 늦추는 편이 딱 적당하지 않을까 싶었다.

그달 말에 갑자기 이선이 사흘간 파리에 머물게 됐다. 딸이 크리스마스 선물로 등에 큼직하게 고향 텍사스 주 깃발을 수놓아주었다는 재킷을 걸치고 모자를 쓴 멋진 모습으로 도착했다. 첫날, 감독과 만난 자리에서 좋아하는 감독으로 자크 드미, 잉마르 베리만, 좋아하는 시는 하피즈^{Häfiz}의 시라고 가르쳐주었다. '태양은 말하지 않는다. 긴긴 세월 태양은 지구를 비춰주고 있지만 한 번도 말하지 않는다 "내 덕분"이라고……'(하피즈 시집 《선물》). 모든 게 이선답거니와 행크라는 캐릭터의 겉모습 및 내면과 이어져 있었다. 이틀째, 샤를로트 역의 클레망틴을 불러 부녀가 처음으로 만나는 자리를 가졌다. 저녁을 먹은 뒤 이선의 제안으로 스태프와 함께 산책했다. 감독은 센 강변에 선 이선의 뒷모습을 유심히 뜯어보며 "역시 아무리 봐도 이선이다 싶은 체형이라니까"라며 기쁜 표정으로 감탄했다. 사흘째, 비노슈 씨도 합류해 극중 세 식구의 날을 만들었다. 16구에 있는 아클리마타시옹 공원에서 소풍, 과녁 맞히기, 보트 타기. 이선이 기타를 치며 클레망틴의 노래를 지어 선물해주기도 했다. 무더위 속에 땀범벅이 된 채 힘껏 논 세 사람은 돌아갈 무렵에는 나란히 선 모습과 분위기가 완전히 한 가족이었다. 비노슈 씨는 "드디어 같이 영화를 만들게 됐네요. 비행기에서 시나리오를 다시 읽어봤는데 내가 연기할 딸 역은 어머니 그늘에 가려져서 그저 불쌍한 사람으로 보이더군요. 하지만 이제부터 캐릭터를 심화시켜가는 거겠죠? 고레에다를 믿어요. 미유키 씨네 딸은 안 와요? 꼭 데려와요"라고 말했다. 새삼 그녀의 포용력을 느낄 수 있었다.

7월 초순의 주말, 감독이 혼자 14구의 주인공 집에서 묵었다. 등장인물의 움직임과 방의 위치 관계, 이동에 필요한 걸음 수와 대사의 길이, 방에서 보이는 풍경과 밤에 들려오는 소리 등을 몸소 확인해 시나리오에 반영하기 위해서다. 아이디어가 샘솟은 다음 날 아침 새들이 지저귀는 정원에서 노트에 뭔가를 적고 빵을 먹다 보니 일요일이 멋진 날이라는 게 생각났다고 한다. 인생의 시간에 관한 코페르니쿠스적 전환인가 생각했는데, 그다음 일요일에는 다시 호텔방에 틀어박혀 개인 작업에 몰두했다. 사람이 그렇게 쉽게 바뀌지 않는다.

도쿄에서 제작 발표. 감독 취재와 자료 제공을 위해 안 돼도 할 수 없다는 마음으로 메인 캐스트에게 부탁한 코멘트가 잇따라 도착했는데 드뇌브 씨 것만 오지 않았다. 조바심을 내면서도 거물 여배우답다 싶어 나쁘지 않다는 생각이 들었다. 결과적으로 '매력이 넘치고 유머와 동시에 잔인함을 갖춘 멋진 시나리오입니다. 언어의 장벽에 대해서는 두려움보다 오히려 매력이 느껴지네요'라는 용기를 주는 근사한 코멘트를 받았다. 마감 직전에야 도착했다는 게 또 얄밉다. 5월 칸 영화제 뒤에 외국에서 역수입된 잘못된 정보로 다소 시끄럽기는 했지만, 드디어 처음으로 자신의 말로 본 작품에 관해 이야기할 수 있어 감독도 안도한 듯했다.

8월 20일 프랑스의 여름 바캉스(7/28-8/19)가 끝나 드디어 현장 재개. 최종고가 제출됐다. 파비안느의 강한 면모 속에 숨은 약함, 두려움, 슬픔이 두드러지는 동시에 망령(사라), 아이의 눈(샤를로트)이 보다 겉으로 드러나게 짜여넣어지면서 주인공의 음영이 한층 깊어지고 이야기가 중층적이 됐다. 결말로 이어지는 흐름에 가슴이 떨렸다. 남은 과제는 대사량과 마농의 방향성일까.

9월 초순의 주말, 감독은 〈어느 가족〉 때문에 미국 디트로이트 영화제로 출발. 여기서부터 반년에 이르는 오스카상 프로모션이 시작됐다. 파리로 돌아와 의상 피팅, 캐스트 면담, 기술 미팅, 토토(개) 결정 등을 기다려 촬영 시나리오 완성.

9월 15일, 감독이 급히 일본에 귀국했다가 파리 현장으로 다시 돌아왔다.

그로부터 일주일 뒤 스페인의 산세바스티안 영화제. 감독의 도노스티아상(평생 공로상) 수상을 갸가^{GAGA}와 후지 TV분들, 마틸드와 함께 축복. 감독과 같이 일해온 십오 년 세월이 되살아났다. 날이 조금 흐린 일요일, 한적한 라콘차 해안의 모래사장을 바라보고 있으려니 〈어느 가족〉의 한 장면이 떠올라 자꾸만 그 가족을 찾게 됐다. 그리고 하늘을 생각했다.

9월 마지막 주, 캐스트 대본 리딩에 이어서 촬영 전의 마지막 수정 작업. 10월 1, 2, 3일 배우들과의 리허설을 끝으로 촬영 준비가 완료됐다.

10월 4일, 맑음, 크랭크인. 가족들이 함께 보내는 일주일을 촬영 일수 사십삼 일을 들여 꼼꼼하게 그려간다. 첫날 일정표$^{\text{feuille de service}}$에 '오늘부터 두 달간의 긴 여정이 시작됩니다. 선장으로서 배가 난파하지 않도록 키를 잘 잡을 테니까 골인 지점까지 즐겁게, 열심히 만들어봅시다. 감기 조심하시고! 감독'이라고 손으로 쓴 메시지를 곁들였다. 바다에 뜬 배 일러스트도 함께. 그리고 고레에다 팀 파카를 나누어주었다. 가슴에 클레망틴이 그린 일러스트를, 등에는 스태프 이름을 넣었다. 녹색과 붉은색, 회색, 검은색 등 색깔도 다양하다. 현장의 사기가 오르면서 분위기도 부드러워졌다.

색깔로 말하자면, 주인공의 테마 컬러는 녹색으로 정하고 극중 의상 및 미술에 상징적으로 쓰자고 감독이 제안했다. 피에르는 늘 갈색 터틀넥을 입고 있는 것으로. 거북이라서.

프랑스의 촬영 현장이 일본과 다른 점은 먼저 노동 시간이다. 원칙적으로 하루 여덟 시간까지라고 법으로 정해져 있다. 본 작품에

고레에다 파카를 입고 크랭크인

크랭크업 뒤 파리의 꽃가게 앞에서

서는 10시 준비, 11시 점심, 12시-19시 반 촬영(휴식 없음), 야간 및 주말은 휴식이 기본이었다. 아역의 촬영은 7세의 경우 학기 중에는 하루 세 시간, 방학중에는 하루 네 시간 이하여야 한다. 촬영중에도 개개인의 일상 생활을 지키는 환경을 사회 전체가 뒷받침한다. 그 덕인지 각 부문에 아이를 키우는 여자 스태프도 많은 데다 내게도 다섯 살배기 딸애를 데려오라고 권했다. 촬영중 모두가 내 딸을 챙겨주었으며 스태프룸에도 더없이 자연스럽게 따스이 맞아주었다.

식사에는 또 다른 의미로 놀랐다. 스태프, 캐스트와 함께 하는 식사는 기본적으로 하루 한 번, 날마다 메뉴가 바뀌는 뷔페 스타일이다. 셰프가 식당^{cantine} 옆 큰 왜건 키친에서 요리한 전채 몇 종류, 메인, 디저트까지 정성이 깃든 따뜻한 음식이 나온다. 하나같이 맛있지만 감독은 특히 프랑스식 스튜인 카술레와 디저트인 일플로탕트를 좋아했다. 덕분에 촬영이 계속된 가을에서 겨울까지 두 달을 웃으며 지낼 수 있었다. 프랑스는 외식이 비싼 데다 일본만큼 종류가 다양하지도 않은지라 평일 점심을 든든하게 먹을 수 있어 좋았다. 드뇌브 씨나 이선의 생일에는 식당에서 케이크를 둘러싸고 노래를 불러 축하했다.

초반은 집만을 배경으로 한 패밀리 드라마가 전개됐다.

10월 18일 크랭크인으로부터 이 주일. 감독은 일본과는 속도와 환경이 다른 촬영에 드디어 적응했다. 스태프와 캐스트도 감독의 시선이나 동작에서 점차 뭔가를 읽어내게 됐다. 주위의 요청에 응해 감독이 한 수 읊었다. '붉은색이 춤추고 너른 하늘에 두 줄기 하안색.' 단풍과 푸른 하늘과 비행기구름으로 멋지게 트리콜로르. 이 게 현장에서 뜻밖에 호평을 얻는 바람에 감독은 어쩔 줄 몰라 했다. '하이쿠는 단카와는 달리 감정을 넣지 않고 보이는 풍경 그대로를 언어로 표현하는 게 기본'이라는 감독의 설명을 잊지 않은 듯, 훗날 이선이 어느 장면에서 여기서는 감정을 너무 이야기하는 것 같다, 하이쿠 정신을 살려보자, 하는 제안을 감독에게 하기도 했다.

10월 말, 저녁식사 장면 촬영. 가족 전원이 모여 즐겁게 이야기를 나누는 것도 잠깐, 모녀가 처음으로 크게 충돌한다. 현장의 긴장도 높아졌다. 지금도 중학교 때 연기했던 〈오즈의 마법사〉의 겁쟁이 사 자인 자신과는 달리 배우로서 승승장구해온 어머니의 확고한(그렇게 보였다) 강인함을 미워했던 딸이 덤벼든다. 이윽고 어머니의 약한 면 모와 죄책감이 어렴풋이 드러나지만 여기서는 아직 딸은 알지 못한 다. 어머니의 내면에 숨겨져 있는 쓸쓸함을 와인잔 너머로 알아차 린 것은 말이 통하지 않는 사위다. 각자가 숨기고 있는 감정이 소용 돌이치는 전반의 클라이맥스를 무사히 넘겼다. 촬영분을 확인하고 겨우 숨을 내쉬었다.

11월 들어 위문차 찾아오는 손님이 드문드문 이어졌다. 프랑스에 는 없는 습관인 듯 일본 손님을 현장에 모시고 올 때마다 다들 긴장 했다. 특히 촬영감독 야마자키 유타카 씨가 오셨을 때 얼마나 두근 거렸는지! 들어가면 안 된다고 분명 말했는데도 잠깐만 한눈을 팔 면 드뇌브 씨가 촬영중인 방에도 거침없이 들어가지 않나…… 다섯 살짜리 딸애와 놀이공원에 갔을 때가 생각났다. 그래도 어떤 유명 작품에 참가했는지 말하면 금세 웃으며 친해지니 이것도 영화의 힘이다. 프랑스에서 지내는 동안 일본에서 고레에다 작품의 파트너며 출연 배우, 스태프, 그리고 내 동료가 왔을 때는 감독도 자연히 표정이 누그러졌다. 그러면 "감독님, 평소랑 그냥 똑같은 느낌이네요"라는 말을 종종 들었다. 기쁜 일이었다. 어떤 의미에서는 그런 느낌이 목표였으니까.

11월 6일, 노상에서의 차량 장면. 파리는 시내에서 촬영해도 특별히 인파가 몰리지 않는다. 심야가 되면 기온이 급격히 떨어져 선물로 받은 일본의 손난로가 대활약했다. 촬영중 견인차에서 올려다본 강우기에 밤의 가로등 불빛이 반사되어 나도 모르게 황홀하게 쳐다보고 말았다.

11월 8일, 비가 걷힌 광장에서 고레에다 작품에서는 처음 등장하는 댄스 장면을 촬영. 비에 젖은 포석길 산책과 더불어 감독이 이번에 꼭 찍겠다고 마음먹었던 장면 중 하나다. 5구에 있는 레스토랑 Chez Lèna et Mimile에서 가족이 저녁식사를 한 뒤 찾아오는 꿈같은 한때. 마음에 박힌 작은 가시를 품은 채 잠시 다 함께 즐겁게 즐겁게 춤춘다. 음악 담당 알렉세이 아이기가 이끄는 악단이 길거리 음악가로 분장해 라이브 연주. 이 곡은 주인공의 출세작인 옛날 뮤지컬 〈프랑수아와 프랑수아즈〉의 음악이라는 숨은 설정이다. 전날에 이어 매서운 추위 속 심야의 촬영이었지만 현장은 행복한 열기에 휩싸였다.

11월 15일, 밤의 정원 장면. 본 작품은 곳곳에 단풍의 이미지가 들어 있다. 확실하게 찾아올 겨울의 발소리를 느끼며 지나온 과거와 다가올 미래를 바라보는 가을. 〈어느 가족〉에서는 등장인물 한 사람

한 사람이 심해의 작은 물고기였다면, 〈진실〉에서는 작은 잎사귀일 지도 모르겠다. 각자의 색으로 물들어 계절과 더불어 변화하며 빛을 받아 반짝이고 비에 젖고 바람에 날려 때로는 다른 잎과 포개졌다가 때로는 춤춘다. 이윽고 시들어 떨어질 날까지(내게는 그렇게 보인다). 이날 밤 이선이 촬영 종료. 감독과 남자 대 남자로 힘찬 포옹을 주고받았다.

11월 26일, 에피네 촬영소에서 촬영 개시. 마농, 사니에가 참가해 드디어 극중극을 통한 여배우들의 대결로. 극중극을 바깥에서 바라보는 비노슈의 압도적이리만큼 강하고 섬세한 시선을 감독이 알아차리고 촬영 및 편집 방침을 다시 생각했다.

12월 4일, 종반에 아이 방 장면이 추가됐다. "이거 진실이에요?" 하고 샤를로트가 뤼미르에게 속삭이듯 묻는 장면이다. 그 전 장면에서 파비안느와 뤼미르의 포옹(어머니의 상냥한 거짓말)으로 두 사람은 화해한 듯 보이지만, 역시 배우이기를 선택하는 어머니는 화해를 완벽하게, 그리고 잔인하게 깨뜨린다. 이에 대해 각본가인 딸이 어머니에게 모종의 속임수로 되갚는다. 촬영중 아이디어가 떠올랐다고 감독이 수정된 시나리오를 보여주었을 때 비로소 이 영화의 모든 것이 치밀하고 풍요롭게 응축된 착지점이 보였다.

12월 7일, 병실 장면. 사고가 있은 뒤 파비안느/드뇌브의 연기에 스태프가 저도 모르게 숨죽이고 쳐다봤다. 감독은 감동한 얼굴로 대단하네, 하고 작게 말했다. 촬영도 막바지에 이르러 매일 무슨 일인가 벌어지면서 현장은 점점 살아있는 듯 움직이고 있었다.

12월 11일, 촬영이 끝난 뒤 감독과 프로듀서들이 CNC로. 제작비 지원에 대한 감사를 다시 한 번 표했다. 갓 이전한 거대한 건물에서 프랑스의 영화 문화 지원에 대한 강한 의지와 긍지가 느껴졌다. 오는 길에 차창 밖으로 크리스마스 시즌의 화려한 일루미네이션과 질레 존 운동(노란 조끼 운동)의 시위를 경계하는 흉흉한 경찰 차량의 대열이 나란히 있는 게 보였다. 이것도 지금의 프랑스를 상징하는 풍경이다 싶어 기억에 잘 담아두었다.

12월 12일, 대기실 장면을 끝으로 드뇌브, 비노슈, 마농까지 모두 크랭크업. 감독이 여배우들에게 꽃다발을 선사했다. 젊은 배우도 베테랑도 "고레에다와 같이 작업하는 게 정말 즐거웠어요! 꼭 또 하고 싶네요"라고 아쉬워하는 것으로 촬영이 끝났다. 나도 모르게 레아 씨와 끌어안고 눈물을 글썽이며 웃었다. 감독, 스태프, 캐스트, 모두 고생 많으셨습니다! 그저 감사할 따름입니다! 그날 밤 클럽에서 뒤풀이 파티를 하고, 이튿날 크리스마스 분위기에 젖은 파리와 헤어져 지금까지 도와준 동료와 가족이 기다리는 일본으로 일단 귀국했다.

신년 초부터 2월 말까지 감독은 〈어느 가족〉의 오스카 프로모션으로 여러 차례 미국으로 건너갔다. 프랑스에서는 세자르상 외국영화상을 수상. 회장에 현지 관계자가 없어 트로피를 받지 못하는 해프닝이 벌어지는 바람에 후속 조치에 쫓겨야 했다(넉 달 뒤 파리에서 포스트프로덕션 중 감독에게 무사히 수여됐다). 또다시 열띤 축복을 받는 틈틈이 편집 작업을 시작했다.

편집 초기에 "이 영화는 정말 집대성일지도 모르겠는데요"라고 감독이 모니터 앞에서 작업하며 어깨 너머로 농담조로 말한 적이 있었다. 작디작은 가족의 이야기이지만, 지금까지 그려온 가족 드라마, 진실/거짓의 경계, 기억과 시간, 떠난 뒤에 남겨진 사람, 핏줄을 뛰어넘는 DNA의 물음이, 인생의 태반에 걸쳐 마주해온 영화와 연기라는 것을 통해 처음으로 그려진다, 그런 작품이 자신의 손 안에서 형태를 이루어간다. 그렇게 생각하면 겉모양은 분명 완전히 프랑스 영화이지만 구석구석까지 고레에다 작품의 에센스가 가득 찬 매우 장대한 시도일지도 모르겠다고 나는 해석했다. 촬영이 계속되던 때부터 매일 촬영분 영상을 보며 어떤 새로운 풍요로움이 생겨나는 것처럼 느꼈던 게 이해됐다.

2019년 4월에서 5월까지 파리와 도쿄에서 편집 작업을 이어갔다. 말을 가려 해주지 않는 프랑스인 프로듀서 및 배급 담당자의 기탄 없는 의견도 참고했다. 언어적, 문화적 선입견으로 인해 장면에 대해 생각지도 못한 해석의 차이가 생길 때도 있었다. 분명 스트레스도 받고 부자유스러움도 느꼈을 것이다. 그런 때도 감독은 온화하게 귀 기울여 들으며 포기하지 않고 대화를 이어가면서 온갖 가능성을 시험했다. 작년 여름, 프랑수아 오종 감독을 만났을 때 "외국어로 영화를 만들 때 실은 촬영보다 편집이 더 큰 장애물이랍니다"라는 말을 들었던 게 자꾸 생각났다. 이윽고 감독의 뒷모습이 이런 차이도 합작의 묘미인가, 다른 문화의 체험인가 하고 어딘지 모르게 재미있어하는 것처럼 보이기 시작했다. 감독은 자신이 납득하는 형태로 작품을 갈고 닦아갔다. 6월 중하순, 파리에서 마지막 녹음, 컬러 그레이딩^{colour grading} 작업. 7월 5일, 도쿄에서 감독과 둘이 그레이딩 시사. 내게는 실질적인 완성판 시사였다. 엔딩 크레디트와 타이틀 작업을 거쳐 7월 하순에 DCP^{digital cinema package}가 완성됐다.

이때부터 이 영화의 여정이 시작된다. 먼저 베네치아로, 그리고 일본으로 돌아왔다가 다시 각국으로. 영화와 인생이 이번만큼 거의 운명적으로 만나는 것을 처음 봤다. 작품 자체가 타이밍을 택해 누군가를 위해 태어나는 것이라면? 이 작품을 통해 나는 감독과 함께 달려왔다고 첫머리에 썼다. 하지만 이렇게 간략하게 돌아보면서 떠오르는 것은, 언제나 영화 자체가 친구처럼 감독 곁에 있으면서 지켜보고 물음을 던지고 도와주며 그야말로 함께 달려온 풍경이다. 최근 다음은 어떤 작품을 계획하느냐고 기대 어린 질문을 많이 받는 감독의 뒷모습은, 감사히 생각하면서도 어쩐지 조금 당황하는 듯 보일 때가 있다. 다음은 어디로? 지금은 움직이지 않고 조금 더 항해도를 연구하고 싶은 게 아닐까. 빠른 속도로 아웃풋을 이어온 지난 몇 년을 거쳐 이쯤 해서 일단 호흡을 가다듬고 인풋을 축적하고 있는지도 모른다. 다시 새로운 '좋은 친구'를 사귀어 한층 터프하게 좋은 여행을 계속하기 위해서.

'진실'이라는 이름의 고락의 모험을 잠시라도 공유한 여러 사람들의 마음을 담아 이 영화가 많은 이들에게 좋은 친구 같은 존재가 되기를 진심으로 소원합니다.

2019년 8월 16일 도쿄에서

비노슈, 이선, 클레망틴과 놀이공원에서 놀았다

파리에서라기보다 살면서 최고로 맛있었던
크레이프

어색한 재회 장면

'진실'이라는 말의 의미를 중층적으로, 시니컬하게 부각시키기 위한
'상냥한 거짓말'이라는 키워드

2011년 쥴리에트 비노슈 씨와 대담을 위
한 준비 노트

シネマテーク フランセーズ 図書室のコメント

「原作
ジョアン・ハリス
脚本 ロバート・ネルソン
ジェイコブズ

『ショコラ』を先に。　　　　　　　　2000年

色をテーマにするというのはどうか？
トリコロールに 青 だが　ヴィシュヴ というと 赤 のイメージがあるが
そんなことはないか？　ボンヌフはどうだ？

監督 ラッセ・ハルストレム　アメリカ映画　舞台はイム
　スウェーデン出身　撮影はアメリカ的。チャート…ボウリングもCG的。

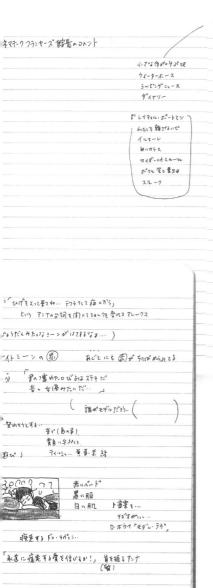

小さな命が4がビ
ウォーターホース
シッピングニュース
ダイアリー

「レイチェル・ポートマン
わたしと離さないで
イルマーレ
白いカラス
オリバー・ツイスト
ボク、笛と幾多
スモーク

さてこごに　　　アヌーク
ヴィ…　　　吹雪の中
　　　　　　母娘が赤いコートを着て赤に…いる。

お菓子屋を開く…？　　　　　畑も赤　　　窓の飾りも赤

エプロンも赤　　　監督は
　　　　　　　　　エプロンも赤…
　　　　　　　緑

絶妙のダークは ヴィクトワール、ティヴィソル「ポネット」の女の子
　　　　　　　　　　　　　'91～　　　　（1996）

昔なら アンナ・マニャーニ、最近なら ペネロペ・クルスが
やるような 困惑的な役か？

店のイメージも 赤　チョコレートショップ （マヤ）

　　　　開店直後に
着てたブラウスも 赤（シルクか？）

「ひげをそって署…ね… テクテクして痛いから」
　という アンナの台詞を用いたシーンを笑えるアレックス

じょうだんみたいなシーンがはさまるのな…）

イトミーンの 赤　おしごとにも 赤 がちりばめられてる

～ 「君のつくれたのびみるステキだ
君の 女優みたいだ…」
　　　　　　（誰がモデルだろう…）

～染めようとする…
　苺び（鳥の羽）
　黄色い手ぶくろ
～遊び）　ディッシュ… 黄草、素、緑

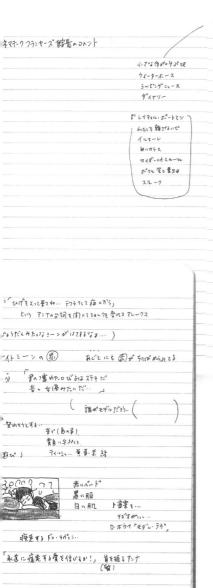
赤いベッド
黒い服
白い肌　ト書を…
　　　テジすがいい…
　　　D.ボウイ「モダン・ラヴ」
疾走するドン・ライデン…

「永遠に疾走する愛を信じるか？」、首を振るアンナ
　　　　　　（絵）

비노슈의 필름 테스트

어느 날 아침 드뇌브가 준, 이름이 든 엽서. 다람쥐가 그려져 있다

10月29日(月)

○ 44 キッチン　(※ここは カット数 多いです)

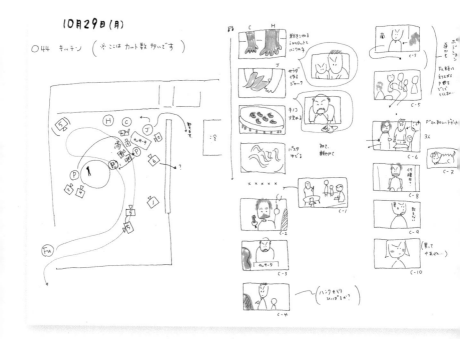

포스터 디자인안

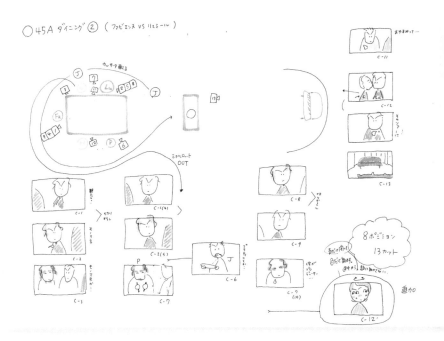

スタッフ・キャストのみなさま

監督の是枝です。
クランクインから 2週間近く経ちまして、日々楽しく充実した、そして
発見の多い時間を過ごしております。ありがとうございます。
みなさまのおかげです。休みが多く、日本とは違うペースでの撮影にも
ようやく慣れたところで、秋休みになるのがちょっと個人的には心配ですが、
リフレッシュした気持ちで 10月29日 又 みなさんとお会い出来ればと思います。

紅葉が
広がる空に
白二本

一句詠んでみました。
紅葉が風に散れて、空が広く見えるようになり、その空に飛行機雲が2つ
走っている ── という …
俳句は短歌と違って、感情を込めずに見たままの風景を文字にするのが
基本なので、こんな感じで… どうでしょう。
ちなみにページそして描かれる色は 赤・青・白 のトリコロールで、少し
フランスを意識してみました。 お粗末さまでした。

2018年 10月 18日 是枝裕和

『蕨（仮）』 スタッフ・キャストのみなさま
短い秋があっという間に過ぎ去って、雪の心配をする季節が
突然やって来ました。是枝は今日、厚手のセーターとくつ下と、
帽子を買いました。

さて、家での撮影も無事に終わって、いよいよ来週からは
エビネでの撮影が始まります。もう終盤戦ですね。
今のところ… 本当に素晴らしいキャスト、スタッフ、そして
天気にも恵まれて、監督はとても満足のいく毎日を
送っています。ありがとうございます。寒さのせいで少し
腰を痛め、毎朝スタッフに心配されて情けないのですが、
何とか ゴールまで走り切りますので 引き続き
よろしくお願いします。

스태프, 배우에게 고레에다 감독이 보낸
편지. 에리크가 추천해서 쓴 하이쿠도
적혀 있다

〈파비안느에 관한 진실〉 스태프. 캐스트 단체사진

2018년 5월, 〈어느 가족〉이 칸 국제영화제에서 최고상 황금종려상을 수상

〈세 번째 살인〉의 파리 프리미어

2018/9/4

디트로이트 영화제 참가를 마치고 파리로 돌아옴. 쿠아론$^{\text{Alfonso Cuaron}}$, 셔젤$^{\text{Damien Chazelle}}$, 에마 스톤$^{\text{Emma Stone}}$ 씨 등을 만났다.

내년 미국 아카데미상 외국어영화상을 위한 프로모션 시작. 아카데미 회원의 높은 사람들, 잘 알 수 없는 높은 사람을 잇따라 소개받아 인사. 선거운동 같은 것이라 치고 재미있어하는 수밖에 없다. 영화 만들기와는 본질적으로 아무 관련도 없다.

집을 정하지 않으면 미술을 진행할 수 없다. 크랭크인까지 이제 한 달. 비상사태다.

하는 수 없이 먼저 극중극 세트 이야기를 리통과 진행. 세트의 조명을 바꾸고 싶다고 에리크가 제안.

9/6

첫눈에 반했던 14구 단독주택의 촬영 허가를 받는 데 결국 성공했다고. 다행이다. 지하철의 묘사, 정원에 지하철 소리가 들려오는 것에 대한 대화를 되살림.

13시 반.
마농 씨의 의상 미팅. 의상 담당 파스칼린 씨와는 이미

몇 번 만나 피팅도 해봤다고. 프랑스에서는 감독이 처음부터 참가하는 경우가 별로 없다는 모양이다.

알랭 리볼 씨의 의상 미팅.

새 시나리오에서는 자신의 배역 이름이 프랑수아인데, 이전의 이름인 뤼크가 더 맞는 것 같아서…… 하고 조심스레 제안.

클레망틴, 의상 미팅.

"머리는 자르지 마세요" 하고 선제 공격.

"왜?"

"전에 단발로 잘랐더니 진짜 안 어울려서 오빠가 놀렸거든요."

"알았어. 여름방학엔 뭘 했지?"

"아까 다 말했으니까 저 사람(파스칼린 씨)한테 물어보세요."

귀찮은 것처럼 대답.

'여름엔 바다에 갔었다'는 듯.

이 느낌, 드뇌브 씨와 통하는 데가 있다. 배역에 살리면 파비안느의 성격을 격세유전으로 손녀가 물려받았다는 설정이 가능할 것 같다. 노란색이 아주 잘 어울려서 그 애의 메인 컬러로 쓰기로.

10시 반.

스태프의 대본 리딩.

일본에서도 꼭 하는 일이다. 되도록 많은 스태프가 참가해서 배역을 정하고 대본을 처음부터 끝까지 읽는다. 쓴 본인에게는 타인의 목소리로 듣는 게 아주 중요하거니와(특히 이번에는 프랑스어다 보니 스스로는 읽을 수 없다) 스태프와 이 영화의 세계관을 공유하기 위해서도 중요한 행사.

일 일째 20분

이 일째 26분/도합 46분 너무 긴가…….

삼 일째 20분/도합 66분 60분이 넘지 않으면 좋겠다. 어머니와 딸의 대립이 드러나기까지 60분 넘는 것은 피하고 싶다.

사 일째 16분/도합 82분

오 일째 10분/도합 92분 여기는 종반의 클라이맥스로 이어지기 바로 전이니 짧아도 된다.

육 일째 20분/도합 112분

칠 일째 5분/도합 117분

대본 리딩 뒤 참가자들의 감상을 들음.

후쿠마 : 행크, 뤼크, 피에르의 역할이 재미있다. 남자들

대화를 더 듣고 싶다.

　뮈리엘 : 어머니와 딸의 이야기를 더 늘리는 게 좋겠다. 남자들은 이 이야기에서 액세서리. 극중극이 전보다 이해하기 쉬워졌다. 자크에게 애인이 있다니 파비안느가 불쌍하다.

　에리크 : 남자들의 장면이 있기에 여자들의 이야기라고 생각한다. 작은 역도 소중히 여기는 점이 좋다.

　비르지니(스크립터) : 나중에 개별적으로 말할게요.

　조아나(AP) : 이렇게 다 같이 시나리오에 대한 의견을 말해도 되는 건지…… 의문.

　스태프 대본 리딩 뒤의 수정 방향성.

　행크와 샤를로트의 대화. 두 번.
　세트의 안마당과 공원. 많나…….
　뮈리엘의 지적대로 여기는 '쉬어가는 장면'은 아닌데.

　삼 일째까지의 분량이 많다.
　오 일째의 마지막 장면을 어머니에게서 딸로 변경.
　어머니 혼자만의 장면을 추가하지 않아도 되나?
　마농이 어떤 여배우인지 윤곽을 좀 더 분명하게.
　오 일째부터 다들 거기에 없는 누군가를 생각하고 있다, 하는 테마가 명쾌하게 떠오름.
　나쁘지 않은 흐름이다.

육 일째 파비안느와 마농의 대결(연기) 장면.
과감하게 off라는 판단도 가능할 듯.

9/9

극중극의 세트미술 미팅을 위해 영화 몇 편.

〈알파빌〉[185]
〈잠자는 미녀〉[186]
〈네버 렛 미 고〉[187]
역시 미술 및 의상의 레트로근미래 감각은 센스가 있다.
〈엑스 마키나〉[188] 투명한 동체.
〈더 문〉[189]
클론에게 싹트는 애향심(패트리어트) 이야기. 좋아하는 모티프.
〈괴물〉[190]
참고는 안 되지만 역시 재미있었다.
〈사랑의 은하수〉[191]
〈방파제〉[192]
〈타임 패러독스〉[193]

9/10

카트린 씨 의상 미팅.

자택 근처 호텔에서. 실질적으로 육십 분쯤 사이에 피운 담배가 열두 대. 기록 삼아 휴대전화로 사진을 찍었다. 드뇌브 씨가 가고 난 뒤 창을 활짝 열어 환기.

이래서야 현장이 문제겠다.

9/11

아직 최종적으로 결정이 나지 않은 듯 에리크 및 다른 이들과 집 사전 답사.

집주인 부부에게 인사.

만나자마자 두 사람의 부정적인 분위기를 눈치챘지만 도망칠 수도 없는 노릇이다. 첫 장면에서 쓰려고 점찍었던, 마음에 든 테라스 소파에 앉은 순간 남편이 입을 열었다.

"꼭 돈을 더 달라고 우리가 이러는 게 아닙니다. 그걸 오늘 감독에게 직접 말하고 싶었습니다. 당신 작품은 여러 편 봤고, 이 집을 카트린 드뇌브의 집으로 당신이 촬영해준다는 걸 모두가 기뻐하고 있는데요. 그저 우리는 프로듀서의 인간성에 화가 난 것뿐입니다.

그 사람은 태도가 성실하지 않아요. 우리 이야기를 들으려고 하지 않는다고요. '그래봤자 어차피 원하는 건 돈이잖아' 하고 경멸하는 게 빤히 보입니다. 그게 용서가 안 되는군요."

양측의 주장이 완전히 상반되기 때문에 솔직히 판단하기 쉽지 않지만, 사실이 뭐든 간에 허가를 얻어 촬영하는 쪽이 이런 식으로 여겨지는 시점에서 실격이다. 확실히 뮈리엘은 말과 태도가 퉁명스러운 탓에 스태프와도 종종 충돌한다.

'나는 원래 이런 사람이니까 이렇게밖에 말 못 해요'라는 말을 종종 하는데, 총지휘를 해야 하는 프로듀서에게 과연 그런 게 용납되는 걸까(감독이라도 용납되지 않는다고 나는 생각하는데).

오후 에피네 사전 답사.
리통이 세트 모형을 보여줌.

심야. 호텔에서 욕조에 몸을 담그고 있으려니 열린 문틈으로 수증기가 새어나갔는지 화재 경보기가 울렸다.
심야 1시 반. 매우 죄송. 안면이 있는 프런트 직원이 달려왔기에 손짓 발짓을 동원해 설명하고 몇 번씩 사과했다.

9/12

9시 기상.

아침에 자동차 장면의 그림 콘티를 그림. 에리크는 싫어한다고 했지만 혹시 모르니까. 말이 통하지 않는 것을 보완하는 목적.

오후, 개 오디션.

즐겁다.

오를리 공항 사전 답사.

바쁘다.

9/17

아침 9시 하네다. 간밤에 파비안느와 마농의 연기 대사가 생각났다. '바다에 가고 싶어' '둘이서'라는, 사라의 죽음과 연관되는 말을 파비안느가 한다.

기키 씨의 빈소에 갔다가 이제 파리로 돌아간다.

기내에서 다시 시나리오를 조금 수정.

트뤼포의 〈부드러운 살결〉[194].

히치콕을 닮은 컷 나누기. 돌아가는 전화 다이얼의 클로즈업.

서스펜스풍인데 이야기는 러브스토리.

머무는 동안 행크가 한 번쯤 뤼미르와 부부싸움을 해야지 싶었었는데 아이디어가 떠올랐다.

저녁식사에서 웬일로 술을 마신 뒤 파비안느와 같은 배우끼리 화기애애하게 지내는 것을 본(들은) 뤼미르가 자꾸 트집을 잡는다.

그때 행크가 "왜 날 여기로 데려왔지?" 하고 뤼미르에게 말한다. "엄마한테 이기려고 날 데려온 거지?"라고.

여기서 뤼미르는 자신도 몰랐던 귀향의 진짜 목적을 깨닫는다.

좋은 수정.

"나 같은 걸 데려와봤자 엄마한테 이기지 못해."

이 한마디에 행크의 슬픔도 드러난다.

카메라맨 에리크가 알랭 레네[195]와 함께 일했을 때 이야기.

레네는 '섹스는 행위 자체가 아니라 거기에 이르기까지와 그다음이 재미있다'라고 말했다고. 아아, 비포와 애프터군, 역시나, 하고 무릎을 쳤다. '캐스팅은 목소리'라고도 했다는데, 내게 그 말을 한다는 것은 어쩌면 내 시나리오나 작업 방식에서 어떤 공통점을 느끼기 때문일지도 모른다.

그런 거라면 좋겠는데.

9/20

9시 반.
비노슈 씨 미팅.

통역하는 레아 씨와 함께 집으로 찾아가니 간밤에 잠을 못 잤는지 초췌할 대로 초췌한 모습이라 도저히 미팅이 가능할 것 같지 않았다. 이전 작품의 크랭크업[196]이 늦어져 이쪽 준비를 시작할 수 없다고 낙심하고 있었다. 카트린 씨와의 공연을 앞두고 상당히 긴장한 듯.

시나리오는 읽어주었다.

"어머니와의 충돌을 더 표현해도 좋았을 것 같아요⋯⋯. 기억력이 별로 좋지 않아서 시나리오를 너무 많이 바꾸면 정확히 기억 못 해요. 전날 같은 건 무리고 이 주는 필요해요. 영국 배우는 그런 거에 능한 사람이 많은 것 같던데⋯⋯⋯."

비노슈 씨가 키우는 고양이가 곁에 와서 앉았다. 머리를 쓰다듬으며 밖에 나갔다가 며칠씩 돌아오지 않았을 때 이야기를 했다.

"카트린한테 도를레아크[197] 이야기는 들었나요?"

"아뇨, 구체적인 건⋯⋯."

도를레아크는 젊어서 자동차 사고로 세상을 떠난 카트

린 씨의 언니다. 당시 카트린 씨와 마찬가지로 배우였다.

　　이번 이야기에는 젊은 나이에 죽은 주인공의 친구 겸 라이벌 배우라는 설정이 존재하는 터라 아무래도 실화와 연결해 생각나는 사람이 있을 것이다. 비노슈 씨도 그 점을 걱정하는 모양이었다.

　　카트린 씨 본인은 '이 주인공은 나와 전혀 다르다'며 문제 삼지 않더라고 알렸다.

　　이야기를 나누는 사이에 안색이 나아져 통역 담당 레아 씨와 마주 보며 조금 안심했다.

　　"뤼미르의 역할은 출산을 돕는 거죠. 어머니 안에 있는 죄의식과 응어리를 밖으로 내보내는 일."

　　"하네케 감독은 어머니가 배우라 이모 손에 자랐거든요. 나랑 죽은 사라의 관계는 그것과 가까울지도 모르겠네요……."

　　"뤼미르는 어머니가 모친 역의 연기를 위해 자기를 낳았을지 모른다고 느끼는 걸 수도 있어요."

　　예리하고 재미있는 지적이다.

　　"어린 시절의 상처에 뛰어드는 게 배우의 일이에요. 그걸 거치지 않으면 역에 몰입할 수 없어요."

　　연기에 감정 기억을 이용하는 이른바 메소드 방식이다.

　　"상처를 이용해 예술에 생명을 불어넣어요. 경험한 일을 변신시켜요."

"변신은 뭘로 발생하죠?" 하고 물어봤다.

"각본을 통해서예요. 그렇게 해서 배우와 역이 교차할 때 마법이 일어나요."

배우라는 직업을 대단히 논리적으로 파악하고 있는데 이론만 따지는 말로 들리지 않는 것은 역시 본인의 실감에서 비롯됐기 때문일 것이다.

"카트린은 역과 인생을 구분한다는 인상이 있어요. 마스트로이안니도 어딘지 모르게 '그래봤자 영화'라고 생각해서 본인 그대로 현장에 가면 어떻게든 된다고 여기는 부분이 있었죠."

"그곳에 없는 사라의 존재를 어떻게 구현화할지가 가장 큰 문제예요."

자기 자신에게 그렇다는 말인지, 영화에게 그렇다는 말인지 판단이 서지 않았지만 어쨌거나 맞는 말이다 싶다.

내일부터 좋아해 마지않는 산세바스티안 영화제[198] 참가. 이 년 전에는 기키 씨와 함께 참가했다.

눈앞에서 벌어지는 일에 대처하는 것만으로 하루하루가 지나가다 보니 기키 씨가 이제 세상에 없다는 사실을 잊어버리는 순간이 있다. 하지만 지금은 아직 어떻게 소화해 승화시켜야 할지 모르겠으니까 오히려 그편이 나을 것이다.

나는 기키 씨의 가족이 아니니 가족이 아닌 입장에서 슬퍼하는 법, 떠나보내는 법, 이야기하는 법, 뜻을 이어나가는 법을 절도 있게 잘 모색해야 한다.

9/24

캐스트 대본 리딩. 스태프가 다들 긴장하고 있다.

산세바스티안 영화제에서 바로 돌아옴. 메인 캐스트도 이날에 맞춰 어렵게 스케줄을 조정해주었다. 고마운 일이다. 이게 가능한지 아닌지가 내게는 물론 스태프, 캐스트에게도 중요할 것이다. 특히 마농이나 조연 배우들에게는 작품 전체의 분위기를 파악할 수 있는 좋은 기회다.

뤼미르의 딸 샤를로트 역은 클레망틴이 아니라 감독 조수 니와노 쓰쿠하 씨에게 부탁. 이번에도 아역은 일본과 같은 방식으로 현장에서 처음으로 대사를 말로 가르쳐주기로 했다. 레아 씨의 통역을 통해서이기는 하지만.

대본 리딩 종료. 카트린 씨가 영 오지 않아서 애를 태웠지만 대본 리딩은 훌륭했다.

카트린 씨, 비노슈 씨, 마농 씨의 목소리 앙상블은 문제없었다. 각 목소리의 특징을 살려 삼각형이 잘 이루어지는 것 같다.

등장하지 않는 사라의 존재를 모두 어떻게 의식하고 느끼는가.

카트린 씨는 그곳에 존재하지 않는 사라를 보고 쥘리에트는 듣는 셈인데, 그 차이가 시나리오에 분명하게 표현되어 있는지. 한 번 더 체크해봐야겠다.

카트린 씨의 제안.

프랑스에는 어머니를 대신하는 존재를 가리키는 'MARRAINE'(마렌)이라는 단어가 있는데, 사라를 뤼미르(쥘리에트)의 마렌으로 만들면 어떨까. 그러면 사라가 모녀에게 친구 이상의 존재였다는 것, 이 집의 내부에 깊이 관계하고 있었다는 것을 납득할 수 있다.

9/27

시나리오 수정을 일단락하고 오늘은 기키 씨 장례식에서 하시즈메 이사오 씨[199]가 대신 읽어주실 추도사를 씀.

〈진실〉은 밝은 영화로 만들고 싶다.
보고 난 느낌이 가벼운. 씁쓸함은 남지만 관계 회복에 희망이 느껴지는.

9/29

마농과 함께 노다 히데키 씨[200]의 〈위작偽作 활짝 꽃 핀 벚나무 아래〉[201]를 보러 감. 초연 이래로 처음 보는 것이니 몇 년 만일까.

훌륭했다. 연호가 바뀌는 타이밍에 다시 이 작품과 재회하는 우연도 작품이 갖는 힘의 일부다.

관람 뒤 마농이 '목소리도 움직임도 다 훌륭해서 후카쓰 씨[202]에게서 눈을 뗄 수 없었다'라고.

공연이 끝나고 분장실에 가서 노다 씨와 후카쓰 씨에게 인사.

후카쓰 씨와 기키 씨의 추억.

"데뷔한 지 얼마 안 됐을 때 촬영 일정이랑 겹쳐서 수학여행을 포기했더니 기키 씨가 프로듀서한테 말씀해주셨어요. '일생에 한 번뿐인 수학여행이니까 다녀오렴'이라고 하시면서요." 둘이 잠깐 숙연해졌다.

9/30

추도사를 다 쓰고 오늘은 크랭크인 전 마지막 휴일.
의식적으로 스위치를 끄는 시간을 만들었다.

느긋하게 목욕하고 느지막한 점심.

오후에는 내일부터 시작될 리허설을 앞두고,
—장면별 등장인물의 움직임
—저녁식사 장면의 그림 콘티

*

파비안느의 집 로케이션 장소 근처 호텔로 옮길 준비.
'옛날에 루이스 부뉴엘 감독이 늘 묵던 곳'이라고 에리크가 가르쳐주었는데 프런트 직원에게 물으니 모른다고 했다. 입구 근처 방을 편집실로 바꾸고 스태프가 자유롭게 드나들 수 있게 했다.
안쪽 침실은 좁아서 잠만 자게 될 듯하지만 창문으로 몽파르나스 묘지가 한눈에 보였다. 지금은 아직 파릇파릇하지만 단풍이 들기 시작하면 아름다울 것이다.

10/1

리허설 첫날. 실제 로케이션 장소에서 시나리오대로 움직여봄.

비노슈 씨는 출연 작품의 영화제 상영 일정을 취소하고 참가해주었다. "아사야스가 화냈어요"라며 웃었다. 농담이면 좋겠는데.

쥘리에트 씨와 파비안느(카트린)의 개인 어시스턴트 역 리볼 씨의 장면.

리볼 씨는 내가 내리는 지시가 늘어날수록 연기나 대사를 종종 건너뛴다. 대사는 커플의 손키스를 기다렸다가 말하라고 하는데도 기다리지 못한다. 어떻게 찍을지 생각해봐야겠다.

이하의 조언을 힌트로.

동작이 성급해지지 않도록 머릿속에 늘 클래식 음악이 들리는 것처럼 생각해봐라.

뤼크의 이상적인 모델은 영국 신사.

태극권 같은 무게중심 이동.

카트린+쥘리에트의 안마당 장면.

자서전《진실》을 읽은 뒤 모녀의 첫 충돌.

쥘리에트의 노여움이 강렬.

수위를 낮춰보라고 해도 좀처럼 바뀌지 않는다.

쥘리에트는 '거짓된 내용을 썼으니 화내는 게 당연하다'라고.

아니, 아직 아니다. 이 장면은 이틀째 아침이니 노여움은 나중을 위해 남겨놔야 한다.

말로 설명하기가 쉽지 않다. 여기서는 '감정'이 아니라 '이성'으로 화내면 좋겠다.

반장이 자리에 앉지 않는 학생을 야단치는 것처럼.

나무라는 느낌이면 된다. '올바름'을 짊어져달라고 다음 기회에 전해보자.

점심시간.

카트린 씨가 벽에 걸린 그림을 가리키며 "왜 공작새지?"라고.

이 작품에서는 각 등장인물에게 동물 이미지를 부여한다고 설명.

카트린 씨의 눈이 어린애처럼 반짝였다.

"이선은 뭐고?"

"독수리입니다."

"여우가 좋겠는데. 자크는?"

"곰이죠."

납득한 듯 고개를 끄덕인다.

"뤼크는?"

"토끼이고요."

"그럼…… 파비안느가……."

"공작새 아닐까 했는데요……."

의상 담당 파스칼린 씨와 미팅을 할 때, 지금까지 맡은 역과 파티 등에서 카트린 씨가 입은 옷이며 드레스 사진을 컴

퓨터 화면으로 보면서 파비안느의 기본 색깔은 녹색으로 하자고 의논했다. 그래서 녹색이면 공작새지, 하고 정한 것.

카트린 씨의 표정이 노골적으로 흐려졌다.

"공작새 정말 싫어."

순간 분위기가 얼어붙었다.

"샤를로트는?"

"샤를로트는 다람쥐입니다."

"나도 다람쥐가 좋아."

"……."

"다람쥐 두 마리면 안 돼?"

"생각해보겠습니다……."

이 어린애 같은, 떼쓰는 것과는 다른 솔직함은 뭘까. 일흔다섯 살 카트린, 만만치 않다.

밤. 호텔 이동.

새로 옮긴 호텔에서 이선에게 편지를 씀.

친애하는 파트너 이선 호크 씨께

바쁘실 텐데 지난번 대본 리딩에 참가해주셔서 감사합니다.

매우 즐겁고 유익한 시간이었습니다.

목소리의 앙상블을 들으며 작품 전체의 톤과 리듬을 명확히 파악할 수 있었습니다.

그 자리에서 이선 씨를 비롯해 배우 여러분에게서 나온 의문과 조언이 매우 적확해서 시나리오의 수정 방향성에 큰 힌트가 되었습니다.

또 이선 씨가 보내주신 편지를 몇 번씩 읽으면서 시나리오를 집필했습니다.

해결할 수 있었던 부분도 아주 재미있어진 부분도 과제가 아직 남아 있는 부분도 몇몇 있지만, 한 발 앞으로 전진할 수 있었지 않나 싶습니다.

변경점.

* 2신^{scene}에서 행크의 천박한 발언.

  지적해주신 점 잘 알았습니다. 현장에서 한번 검토
  해보겠습니다. 죄송합니다!

* 5B '보고 배워야……'

  샤를로트는 야채를 싫어해서 언제나 '야채를 먹어
  라'라는 말을 듣거든요…… 이렇게 설명하면 아실
  는지?

* 7 안마당에서 했던 가정부 이야기는 침실로 옮겼습니
  다. 다리미판이 놓여 있고 방이 어질러져 있는 것을
  보고 행크가 말한다는 흐름입니다.

* 12 (마시지 마)

  (알아)

는 제스처입니다. 알기 어렵게 써서 죄송합니다.

* 18 이틀째 아침 대화
      자크가 클라우디아를 만나는 장면을 뒤로 물렸기
      때문에 화제를 변경했습니다.

* 34 이날 장을 보러 가지 않는 것으로 한 대신 행크가 거
      실에서 종이 극장을 고치려다가 망가뜨리는 장면
      을 추가했습니다. 처가에 가면 할 일이 없죠…… 그
      런 느낌이 잘 표현되면 좋겠다 싶어서요.
      그만두겠다는 뤼크를 뤼미르가 말리려고 하는 장
      면을 목격합니다.

* 38B 이틀째에 들어 있던 장보기는 사흘째 오전으로 이
       동했습니다. 자크와 선생은 아직 선을 넘지 않았습
       니다.

*46 행크와 뤼미르의 저녁식사 뒤 침실 장면 전에 행크
와 파비안느가 거실에서 잘 자라고 포옹을 주고받
는다. 거기서 술김에 '내일 견학하러 갈게요'라고
약속한다. 방에서 듣고 있던 뤼미르가 두 사람의 친
밀한 느낌을 질투한다. 그런 장면을 추가했습니다.
마음에 듭니다. 그 뒤 침실 장면에서 뤼미르가 '나
대신 가라'라 하고, 뤼미르가 자신을 이곳에 데려온
동기를 행크가 이야기한다는 흐름입니다.
이선의 아이디어와는 착지점이 조금 다릅니다
만…… 그다음 날 세트 방문으로도 이어지니까 괜
찮지 않을까 하는데요.

*51 그런 이유로 차내 장면으로 바뀌었습니다.
행크, 불편해하는 느낌입니다. 하지만 분명 속으로
는 보면 좋았을 텐데, 하고 생각할 겁니다. 같은 배
우로서.

*52 세트 안에서 행크가 파비안느의 연기에 관해 뤼미
     르와 이야기를 나누는 걸로 했습니다.

*53 '프리덤' 좋은데요!

*57 여기서 연주하는 곡은 〈파비안느의 테마〉입니다.
     뤼미르가 지금 쓰려고 하는, 파비안느가 뤼크와 화
     해하기 위한 시나리오의 BGM이죠. 부탁드려도 될
     까요?

*65 댄스 장면. 행크가 서툰 프랑스어로 말하는 걸로 했
     습니다. 고맙습니다.

*68 침실에서 하는 행크 아버지 이야기는 이선의 아이
     디어도 포함해서 이것저것 시험해볼까 합니다. 아
     버지의 몸짓, 꼭 부탁합니다.

＊73 행크와 샤를로트 장면은 연못이 있는 공원으로 변
경했습니다. 마지막 대사는 이선의 대사를 참고했
<u>고요.</u>

이상입니다.

직전이라 죄송하지만 내일부터 하는 리허설도 잘 부탁드
립니다. 기대됩니다.

10/1

고레에다 히로카즈

Catherine Deneuve

리허설 이틀째.

아침에 카트린 씨가 엽서 한 장을 주었다. 이름이 든 엽
서다.

"봐, 분홍 다람쥐가 귀엽지?"라고. 내 이미지는 옛날부터
다람쥐거든, 이라는 투다.

오래전부터 팬레터에 보내는 답장 등에 사용했던 모양
이다.

대단하다. 일곱 살짜리 클레망틴에게 경쟁 의식을 불태
우는 게 귀엽다. 하는 수 없다. 다람쥐 두 마리로 하자.

부엌에서 모녀가 재회하는 장면.
가급적 사람을 움직여 정체되지 않도록.

클레망틴은 여기서 키스하는 역할만 있고 대사도 없다는 것을 알고 싫증난 듯 "심심해요"라고.

"그럼 딴 방에 가서 기다려도 돼"라고 이야기하자 정원에 나가더니 얼마 지나 얼굴을 내밀고는 "돌아와요?"라고.

그래, 이런 타입이군.

샤를로트가 파비안느의 머리를 빗어주는 장면. 사소한 말의 캐치볼. 대본은 주지 않고 그 자리에서 대사를 알려주는 형태. 상대방의 말은 잘 듣고 있으니 염려했던 부분은 클리어. 집중력이 있어서 자연스럽게 해낼 것 같다.

"난 왜 다음 날 아침 이 남자들하고 부엌에 있는 건가요? 남자들 이야기에 관심은 없죠?"라고 이선이.

"저녁식사 도중에 샤를로트한테 '잘 자'라고 하는 건 어째서?"

그렇게 꼼꼼이 자신의 대사와 행동을 확인한다.

명확히 설명하면 납득해준다. 고마운 일이다. 나도 등장인물에 대한 이해가 깊어진다.

10/3

리허설 사흘째.

몽수리 공원[203]으로 쥘리에트, 이선, 클레망틴. 가족의 시간.

어린이용 회전목마를 타고.

연못가에서 크레이프를 먹음.

클레망틴에게 이선의 귀에 대고 "내가 태어났을 때 기뻤어요?" 하고 소곤소곤 물어보게 했다.

이선은 십중팔구 친딸이 태어났을 때의 실제 체험을 떠올리며 탯줄을 자른 이야기를 하고 클레망틴의 배를 간질였다.

소곤거림을 반전시켜 어른에게 쓰는 작전.

10/4

크랭크인. 당분간 이틀 촬영하고 사흘 쉬는 아주 편한 출발. 도움닫기 같은 느낌.

오를리 공항에 뤼미르 일가가 도착하는 장면. 공항의 전면적 협력 덕에 쉽게 촬영할 수 있었다. 짐이 돌고 있는 레일을 하나 통째로 쓸 수 있게 해주었다. 입국 스탬프를 찍어주는 곳도 촬영해도 된다고 했지만 거기까지는 사양했다. 십중팔구 찍어봤자 편집될 것이다. 일본 같으면 있을 수 없는 일.

프리토크가 길어지면 자꾸 서로 말을 받아치는 것 같아지니까 조심하자.

샤를로트가 카트를 밀며 두 사람에게 다가오는 컷은 타

이밍을 바꿔가며 여덟 테이크 찍었는데, 클레망틴은 끝까지 집중력을 잃지 않았다. 행크가 미는 카트의 짐 위에 클레망틴이 앉아 공항을 나서는 장면. 옆에 다른 가족을 준비해 경주를 시키자 클레망틴은 생기 넘치는 표정으로 자기가 먼저 "퀵, 퀵" 하고 말했다. 할머니를 닮아 지기 싫어하는 건가. 설정에 써먹어야겠다.

10/5

세 식구가 어머니 집으로 가는 차 안 장면. 이선이 샤를로트를 잘 이끌어줘서 도움이 된다.

차 안에서 일어선 샤를로트가 넘어지지 않게 잡아주라고 쥘리에트에게 지시하자 "좀 더 엄마답게 하라는 거죠?"라고.

자기 이외의 것을 조금 더 의식하고 자기 자신은 조금 덜 의식할 필요가 있다.

정원을 걷는 세 사람. 샤를로트가 거북이 피에르를 발견해 달려가고 행크도 멈춰 선다.

세 사람이 둘이 되고 뤼미르가 혼자 남는 것으로 끝나는 장면.

집을 올려다보며 거북이 먹이에 대한 질문에 "상추야"라고 소리친다. 이 장면의 비노슈 씨가 아주 훌륭했다. 홀로 남은 뤼미르의 문득 변한 표정에서, 이 집에서 보낸 그리 행복하지 못했던 십팔 년 세월이 떠오른 것을 뚜렷이 알 수 있었다.

이 힘은 뭘까. 순식간에 장면을 지배했다. 시선이 강한 걸까. 침묵이 더 많은 것을 말한다. 카락스[204]가 어떤 기분으로 〈퐁네프의 연인들〉[205]에서 그녀의 한쪽 눈을 가리려고 했는지 막연히 알 것 같다.

10/6

쉬는 날. 촬영은 연장 없이 하루 여덟 시간. 8×5로 주 사십 시간 노동. 토일은 완전히 쉰다. 이 페이스에 익숙해져야.

완투할 수 있는데 100구 던지고 교대하라는 말을 들은 투수가 이런 기분일 테지. 하지만 건전한 것은 사실이다. 이러면 싱글맘도 영화 일을 할 수 있다.

이 나라에서는 일상과 이어지는 곳에 영화가 있다. 보는 것도, 만드는 것도. 일본에서 영화는 좋은 의미로나 나쁜 의미로나 축제이자 의식. 크랭크인 전에 액막이를 한다든지.

이쪽에서는 후딱 준비해 얼른얼른 찍는다.

스태프가 길 가는 사람에게 방해된다고 욕먹는 일은 없다. 저녁 8시 전에 끝나면 스태프는 모두 집에 가고 가족과 저녁을 먹는 사람도 많다. 스태프가 '숙식을 함께한다' 하는 가치관은 존재하지 않는다.

일본처럼 아침, 점심, 저녁, 야식까지 네 번씩이나 도시락을 같이 먹는 일은 있을 수 없다(시간외수당이 너무 많이 든다).

오늘은 오전 중 편집 작업. 낮에 마티외, 쓰쿠하와 함께 봉마르셰에 가서 스웨터를 샀다. 점심은 1층 핀초 집에서. 오후는 편집. 삼십 분 잠깐 눈을 붙임.

저녁은 쥘리에트 씨와 함께 〈르몽드〉[206] 주최의 정찬.

레아 씨가 없으니 통역은 감독 조수 아사노 마티외가. 긴장했다.

현재 촬영 현장에서 스트레스를 받지 않고 캐스트, 스태프와 커뮤니케이션을 할 수 있는 것은 뭐니뭐니 해도 레아 씨의 통역 덕분이다.

레아 씨는 오 년 전 모로코의 마라케시 영화제[207]에 참가했을 때 처음 만났다.

나처럼 일본어밖에 못 하는 사람에게 통역의 존재는 정말 중요하다. 착오가 있거나 스케줄 문제로 원했던 사람이 아닌 통역이 왔을 때 벌어지는 참상은, 생각만 해도 슬퍼지거나 웃을 수밖에 없거나 둘 중 하나다.

몇 년 전 카나리아 제도의 영화제[208]가 내 영화의 특집 상영을 기획해주었을 때 일이다. 평소에는 고기잡이를 하다가 일본의 참치잡이 어선이 기항했을 때 통역하는 분이 내 통역을 담당했는데. 음…… 인간적으로는 아주 재미있는 사람이었지만 영화에는 완전히 문외한인 데다 당연히 내 영화는 한 편도 본 적이 없었다. 영화의 제목이며 감독 이름도 제대로 통역을 못 해 애먹었다. 미안했는지 마지막 날 자신이 일하는 항구로 드라이브를 시켜줘 기항중인 대형 참치잡이 어선 안을 안내해주었다. 지금 생각해보면 아주 재미있는 추억이다.

레아 씨 이야기로 돌아가서.

마라케시 영화제는 일본 영화 특집이기도 해서 현지에서 인터뷰를 꽤 많이 했는데, 레아 씨는 내가 이 분을 말하든 오 분을 말하든 전혀 메모하지 않았다. 그런데도 이야기하는 리듬에서 내 이야기의 흐름을 프랑스어로 그대로 재현하는구나 하는 것을 느낄 수 있었다.

인터뷰가 끝난 뒤 옆에서 듣고 있던, 프랑스어를 할 줄 아는 후쿠마 씨에게 "어땠어요?" 하고 확인하자 "맙소사, 완벽해요"라고. "그렇죠? 이야기하면서 기분이 좋더라고요." 그래서 그때부터 내 영화가 프랑스에서 개봉될 때, 칸에서 상영될 때, 그리고 최근에는 프랑스어 자막까지 모조리 레아 씨에게 부탁한다.

레아 씨를 만나지 않았다면 십중팔구 이번에 프랑스 프로젝트를 진행할 결단을 내리지 못했을 것이다.

그런 레아 씨가 없었던 파티에, 이름은 잊어버렸는데 일본의 전직 문부성 장관에 해당되는 분도 있어서 인사했다. '고등학생이 매달 미술관에 가고 영화를 볼 수 있게 나라에서 "용

돈"을 주도록 한 장관'이라고 했다. 자세히는 모르지만 문화 선진국은 과연 다르다, 굉장한 아이디어다 싶다.

10/8

순식간에 휴일 이틀이 지났다.

어제는 시나리오를 수정하고 본격적인 촬영 첫날(9일)의 그림 콘티를 정리. 저녁부터 세 시간 잤다가 새벽 3시부터 시나리오 수정. 다소 변칙적.

오늘은 몽파르나스의 갈레트 가게 플루가스텔에서 혼자 점심. 로케이션 헌팅중 미술 담당 리통이 가르쳐준 곳. '가이드북 등에는 나오지 않지만 나는 여기가 제일 좋다'라고. 그 말대로 정말 맛있어서, 이 집이 있는 크레이프 거리에서 한 네 곳 정도 한눈을 팔아봤지만 결국 여기로 돌아왔다. 이제는 완전히 단골손님이라 얼굴을 기억해준 점원이 '그렇게 맛있어?' 하는 느낌으로 미소 지었다. 오후, 몽파르나스 묘지 산책. 자크 드미의 무덤 앞에서 합장하고 '카트린 씨와 영화를 찍겠습니다' 하고 보고. 그의 무덤에 큼직한 솔방울이 잔뜩 있었다. 이유는 모르겠지만 어쩐지 참 좋다.

20시 반.

푸드스타일리스트 이이지마 나미 씨[209]와 미팅을 겸해 식사. 이이지마 씨, 그리고 포스터를 촬영할 가와우치 린코 씨[210]가 이번 작품에 참가하러 일부러 일본에서 와주었다. 일본인 셰프의 프랑스 음식. 아주 맛있고 양도 딱 적당하다.

밤, 대본을 조금 고치고 11신 부엌 장면의 컷 나누기를 생각해봄.

밤, 쥘리에트 씨에게 편지를 씀. 어머니에게 노여움을 폭발시키는 타이밍에 관해.

친애하는 쥘리에트에게

　　지난번 정찬에서 당신이 단상에서 한 이야기는, 레아가 없었던 탓에 자세한 내용은 알 수 없었지만 표정과 몸짓에서 이번 프로젝트가 희망에 찬 출발을 하는 데 성공했다는 확신만은 충분히 느껴져 저도 기뻤습니다.
　　앞으로도 이번 여행이 자극과 도전을 가져다주는 동시에 올바른 목표 지점에 다다를 수 있도록 노력하겠습니다. 잘 부탁합니다.

　　시나리오를 조금씩 쓰고 있습니다. 촬영중에든 주말에든 시간 될 때 이선과 함께 또 직접 이야기를 해보면 합니다.

　　안마당에서 어머니에게 자서전의 거짓말에 대해 따지는 19A신 말입니다만, 여기의 노여움을 지난번 반장이 자리에 앉지 않는 말썽쟁이 학생을 나무라는 것처럼 해봐달라고 한

건, 여기서는 아직 '이성'으로 화를 내고 있기 때문인 것 같
거든요, 뤼미르는.

단계를 밟아 감정적인 노여움이 심화돼 최대치에 이르는
데, 여기서는 아직 버텨주세요.

신 30, 계단에서 마농과의 장면.

약간 바꿨습니다. 마렌이라는 말은 마농이 꺼내는 걸
로 했습니다.

어머니가 이미 그 사실을(자기 과거를) 마농에게 이야기
했다는 걸 이 장면에서 알게 됩니다.

신 42, 43, 촬영소 텐트에서 뤼미르는 마농에게서 사라와
의 관계에 대해 질문을 받습니다.

여기서 어머니에게 머리를 만지지 못하게 했다는, 뤼미
르에게는 잊고 싶은 과거 이야기가 나와, 어머니에 대한 불
신감이라고 할지, 노여움이 강해집니다. 이성에서 감정으로
노여움이 옮겨갑니다.

그 뒤 45A의 저녁식사. 여기서 어머니에 대한 감정을 최대로 터뜨립니다.

단 그녀의 노여움은 점차 '내가 사라를 구할 수 있었을지도 모른다'는 자책감에 이르게 했습니다. 가슴에 박힌 가시는 어머니에 대한 미움과 노여움만이 아닌 겁니다. 그런 감정이 자신을 향하게 하는 걸로 보다 복잡하게 바꿨습니다.

'너는 배우의 기분을 이해 못 해'라는 말을 들은 직후 일어서는데, 여기서 뤼미르를 움직이는 건 '사라를 구하지 못했다' '배우가 되지 않았다' 하는 두 가지 후회입니다. 자기 자신에 대한. 그런 반전을 거쳐 술 취한 행크와의 장면에서 어떤 자기성찰에 이르게 된다 하는 흐름이죠.

일단 여기까지 생각해봤습니다. 기탄없는 감상을 듣고 싶습니다.

10/8
고레에다 히로카즈

○1 ・テラス

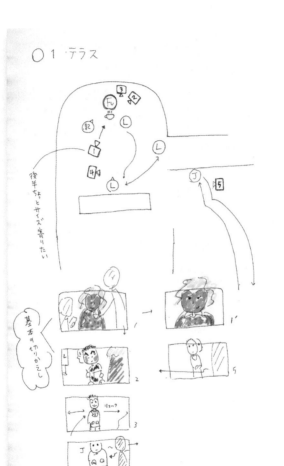

카트린 씨 촬영 첫날. 영화 첫머리, 테라스에서 인터뷰하는 장면.

순조롭게 끝남. 창문으로 비쳐드는 빛이 아름답다. 역시 이 집으로 하길 잘했다. '누구 DNA를 이어받았나?'라는 질문에 다니엘 다리외라고 대답하는 부분. 내가 대사에 쓴 작품에 대해 "꼭 〈론도〉여야 해? 〈비우〉로 바꿔도 돼?"라고 묻기에 얼마든지 그러시라고 대답했다. 역시 배역의 성격도 포함해 남자에게 의지하지 않는 자립적이고 강한 여성상이라는 점에서 다니엘 다리외에게 공감하는 것 같다.

그나저나 카트린 씨는 쉴 새 없이 담배를 피운다. 막지 않는 한 "이 장면에서는 피워도 돼?"라며 카메라 앞에서도 틈만 나면 피우려고 한다.

"이 장면에서는 피우지 마세요"라고 해도 내가 "숏 들어갑니다"라고 할 때까지 피운다. "레디"에 담배를 끄고 손을 저어 연기를 날린다. 그리고 연기가 흩어지기를 기다려 "액션"을 외치는 서커스 줄타기 같은 촬영.

그래도 담배를 피우는 모습이 얼마나 멋있는지. 담배 연기는 정말 싫지만 담배를 피운다면 그런 식으로 피우고 싶다는 생각이 저절로 든다.

10月10日 (火)

○6 テラス (後半)

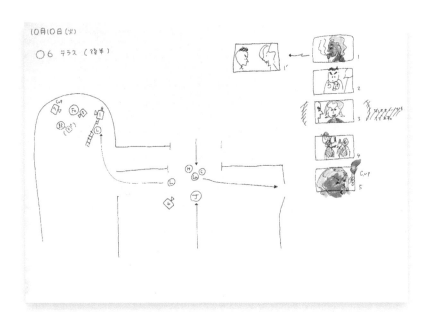

아침(사실 낮), 촬영 현장에 나타난 카트린 씨에게 "어제 고마웠습니다" 하고 인사하자, 장난꾸러기처럼 웃으며 "오늘 끝나고 나서도 과연 고마우려나?"라고.

무슨 뜻으로 받아들이면 되는 걸까, 레나 씨와 둘이 함께 고민.

일거수일투족에서 눈을 뗄 수 없는 이 느낌은 대체 뭘까. 나날이 그녀의 팬이 되어간다. 오늘은 어제에 이어 테라스 촬영.

등장 장면의 인터뷰에서 다른 여배우에 대해 죽었다고 착각하질 않나, 사위에 대해 '배우라 할 정도는 못 되지만'이라고 독설을 뱉질 않나, 그렇게 악담을 해도 음습한 느낌이 없는 것은 카트린 씨의 밝은 자질 덕택인가. 인터뷰어 역의 카펠루토 씨가 연기를 참 잘해서, 긴장한 태도와 말씨에서 파비안느가 얼마나 대배우인지, 그리고 성가신 인간인지 알 수 있다.

인터뷰를 마친 파비안느가 남자들이 있는 부엌으로 와서 딸 부부와 포옹. 딸이 "원고를 보여준다고 약속했잖아요"라고 따지면서 따라오자 파비안느는 냉장고 앞으로 도망쳐 손님이 왔음을 알리는 초인종 소리를 듣고 방에서 나가기까지 움직이면서 대사를 말한다.

훌륭하다. 멈추지 않는다. 폭풍이 닥쳤다가 사라지는 이미지. 말도 알아듣지 못하니 쩔쩔매는 행크. 어머니의 행동에 휘둘려 성을 내는 뤼미르. 어머니가 가버린 뒤 부부가 마주 본다. 여기서 비노슈 씨가 "웰컴" 하고 애드리브. 아주 좋았다. 역시 대단하다.

바람이 불 때마다 안마당의 나무에서 잎이 떨어진다. 주인공의 인생의 계절을 상징하는 이 한 그루 나무를 인상적으로 담고 싶다.

내일부터 닷새 연속으로 촬영한 뒤 가을 휴가.

10월 15일(월) 18신 부엌 남자들의 아침식사

10월 15일. 예정을 변경해 어머니를 찾아 안마당으로 나온 뤼미르와 파비안느의 첫 충돌 장면. 에리크가 두 사람을 원 신, 원 컷으로 찍고 싶다고. 나는 처음에 '뭐하러 무리를 하나……' 하고 소극적이었는데, 촬영을 시작해 테이크를 거듭할수록 파비안느의 원 숏에서 뤼미르의 원 숏, 그 뒤 두 사람의 컷, 이어서 파비안느의 원 숏으로, 카메라가 정체되지 않고 동적으로 움직였다. 완벽. 도중에 뤼미르가 나무에 가려져 파비안느의 원 숏으로 보이도록 해달라고 비노슈 씨에게 지시. 감정을

○ シーン 11 キッチン

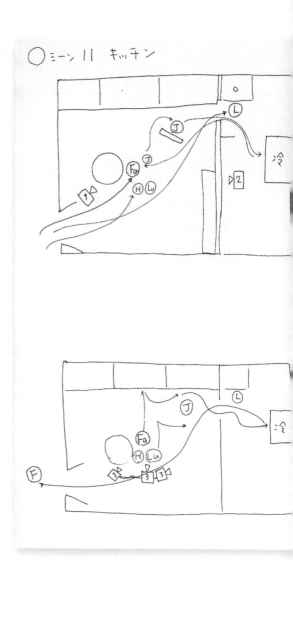

억제하는 방식도 딱 내가 원했던 대로.

17일. 피에르 첫 등장. 뤼미르의 표정에서 그녀가 이 못난 아버지를 결코 싫어하는 게 아니라는 것을 알 수 있다.

10/18

하루만 더 찍으면 가을 휴가. 쉬는 기간을 이용해 〈어느 가족〉의 미국 아카데미상[211] 프로모션을 위해 로스앤젤레스로. 휴가가 아니다.

16일의 시장 촬영. 인형을 집는 행크는 어째 비애가 느껴져 좋았다. 16일 공원에서 아버지와 딸. '마법'에 관한 대화. '마법은 존재하지 않는다'라는 샤를로트에게 "심장이 어떻게 움직이는지 모르지? 하지만 움직이잖아? 그것도 마법이야"라고 생명의 신비를 설명. 후반은 두 사람 다 애드리브. 이런 대화가 조금도 훈계처럼 들리지 않는 게 이선의 멋진 점이다.

오늘은 에피네로 떠나는 파비안느와 뤼미르에게 샤를로트가 '거북이 피에르가 없다'라고 말하는 장면. 에리크가 생각하는 카메라워크가 늘 동적이고 아주 재미있다. 그렇게 움직여 다니면서 어수선한 느낌이 전혀 없다는 게 대단하다.

이 장면도 내가 네 컷으로 생각했던 것을, 절묘한 타이밍으로 샤를로트를 잡아 두 컷으로 완결시켰다. 원 컷 안에서 파비안느에게서 샤를로트로 이동하며 잡음.

곤도 류토 씨[212]에 가까운 느낌.

휴식 시간, 카트린 씨가 정원에 피어 있던 장미의 가시를 뽑아 손등에 올려놓고 클레망틴에게 보여줌. 클레망틴도 당장 따라서 가시를 모으기 시작했다.

이런 식으로 할머니와 손녀가 어머니를 건너뛰어 이어져가는 듯한 작은 묘사를 생각해보자. 그러면 샤를로트가 할머니처럼 배우가 되고 싶어한다는 구조가 훨씬 살아날 것이다.

그만두겠다는 뤼크와 붙드는 뤼미르의 장면.

오늘은 뤼크의 연기가 안정됐다.

뤼미르는 할 때마다 감정의 방출 타이밍도 정도도 변화한다. 신기하기도 하지. 오케이가 난 뒤로도 좀 더 하고 싶어했다. 이런 때는 막지 말고 하게 해준 다음 전전 테이크를 오케이로 하는 편이 현명하다.

10/19

밤중에 화장실에 가려고 일어난 샤를로트와 피에르의 장면. 할아버지와 손녀. 보는 사람이 이 장면에 과거 뤼미르와 아버지의 모습을 겹쳐 볼 수 있을 그런 장면.

〈오즈의 마법사〉의 겁쟁이 사자를 흉내 내는 두 사람. 클

○ 47 リビング

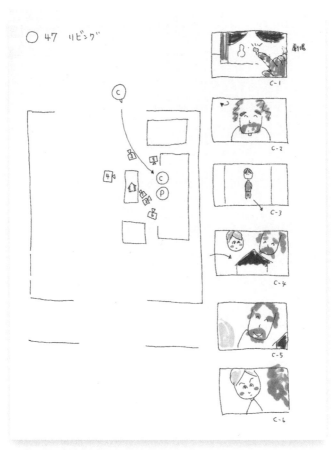

레망틴이 아주 즐거워 보인다.

　　일단 해산했다가 밤에 집합해 댄스 뒤의 카페 장면을 촬영. 팬에게 손키스를 날리는 파비안느를 바라보는 뤼크가 얼마나 근사한지, 그가 사십 년 가까이 그녀에 대한 사랑을 숨겨왔다는 것을 그 순간 바로 알겠다. 촬영중 카트린 씨의 딸 키아라 씨가 견학하러 옴. 아주 사이 좋아 보인다. 카트린 씨가 자신 있게 "난 파비안느하고 달리 딸이랑 잘 지내거든"이라 하는 이유를 알겠다.

　　10/29

　　촬영 재개.
　　파비안느.
　　단골 중국 음식점으로 토토를 데리고 산책.
　　이 장면의 의상 피팅 때, 표범무늬 코트에 표범무늬 신발을 의상 담당 파스칼린 씨가 준비하자 "난 절대로 이렇게는 안 맞춰"라며 주인공의 센스를 의심하면서도 재미있어해주었다. 아닌 게 아니라 조금 촌스러운 게 오히려 재미있다.

　　부엌 장면.
　　남자의 요리를 맛있게 찍고 싶다. 이이지마 나미 씨의 도움을 받음.

067 カフェ

C-1

C-2

C-3

C-4

C-5

가을다운 버섯 파스타, 라자냐, 디저트로 티라미수와 카사타. 굳이 일본에서 불러올 필요가 있나? 하고 처음에는 내켜 하지 않던 뮈리엘을, 후쿠마 씨도 '고레에다의 영화 속 음식은 맛있어 보이니까' 하고 함께 설득해 겨우 동의를 얻어냈다.

이선과 클레망틴의 요리.

이선은 정말 상대를 잘 움직인다.

여기에 폭풍처럼 파비안느가 나타났다가 떠난다.

이 뒤 시작되는, 모녀가 충돌하기 전의 쉬어가는 장면.

10/30

가와우치 린코 씨의 포스터 촬영. 뮈리엘과 마틸드, 두 프로듀서 사이에서 촬영 준비와 촬영부의 협조 요청이 순조롭지 않아 가와우치 씨에게 폐를 끼칠 일이 걱정이다.

중간에 껴 둘을 달래야 하는 후쿠마 씨는 나처럼 프랑스어를 모른다는 핑계로 외면하지도 못하니 누구보다도 스트레스를 많이 받을 것이다. 그런데도 표정에 드러내지 않으니 대단하다.

분부쿠[213]의 니시카와 미와[214] 감독과 "후쿠마 씨는 〈인사이드 아웃〉[215]에서 말하는 노여움 단추가 고장난 사람이에요. 우리하곤 다른 생물이라고요" 하고 반농담으로 이야기하곤

하는데, 어쩌면 정말일지도 모르겠다. 그녀가 없었다면 프로듀스 팀은 이미 오래전에 깨져 탁류가 방파제를 무너뜨리고 촬영 현장으로 쏟아져 들었을 것이다.

카트린 씨가 '야간 촬영과 같은 분장이 아니면 싫다'라고 하는 터라 그리 이것저것 찍어볼 수는 없지만, 마농도 불러 몇 가지 타입을 촬영하기 위해 아이디어를 그림으로 그려봄.

어머니와 딸의 이야기인가. 가족 이야기인가. '여배우들' 이야기인가……. 어디에 초점을 맞추느냐에 따라 메인 비주얼이 달라진다.

밤은 저녁식사 장면 촬영. 어머니와 딸이 크게 충돌하는 영화 중반의 클라이맥스. 여기까지 쌓아온, 뤼미르의 입장에서는 억눌러온 감정을 어머니에게 터뜨리는 장면.

지금까지 계속 움직여 다니게 했던 파비안느는 여기서는 왕좌에 군림하는 여왕처럼 움직이지 않는다.

케이크를 든 자크가 방에 들어오는 것으로 시작해 도중에 다 먹은 접시를 들고 다시 부엌으로. 피에르는 아무래도 상관없는 이야기를 계속 늘어놓아 파비안느의 심기를 건드려 후반은 침묵. 샤를로트는 어른들 이야기를 안 듣는 척하면서 듣고 있다가 아버지가 자러 가라고 해서 키스를 하고 떠난다. 행크는 알아듣지는 못해도 험악한 분위기에서 무슨 일이 벌어지고 있는지 이해해 멈추려고 하지만, 아내에게 '당신과는 상관없는 일'이라는 말을 듣는다.

이렇게 해서 한 사람 한 사람 무대를 떠나고 어머니와 딸만 남는다. 견딜 수 없게 된 딸이 마지막으로 퇴장하기까지 대략 칠 분. 그림이 정체되지 않도록 사이즈와 카메라 포지션[216]에 변화를 주어 단순한 컷백[217]을 최대한 회피한다.

클레망틴의 나이에는 하루 네 시간 이상은 촬영할 수 없다고 엄격하게 정해져 있다. 학교도 결석하거나 조퇴해서 수업을 받을 수 없었던 시간만큼 과외교사를 붙여줘야 한다는 규칙도 있는 모양이다.

일본에서와 마찬가지로 아역 배우에게는 대본을 미리 주지 않고 촬영 현장에서 처음으로 장면의 설정을 (레아 씨의 통역으로) 설명하고 대사를 말로 알려주는 방식이다 보니 시간이 걸린다. 말이 네 시간이지 실질적으로는 두 시간이라고 생각하는 게 나으려나 했는데, 클레망틴이 감이 좋은 데다 연기를 알고 겁이 없는 성격이라 덕을 보고 있다.

휴식 시간, 카트린 씨가 클레망틴에게 말을 붙임. 긴장을 풀어주겠다든지, 할머니와 손주다운 분위기를 내기 위해서라든지 그런 의도가 있어서가 아니다. 그냥 수다를 떨고 싶은 것이다.

"얘, 나 쥐를 키우거든. 털이 없는 앤데……."

"어제도 들었어요. 두 마리죠?"

'그 이야기는 전에도 들었다'라며 카트린 씨의 말을 가로막는 겁 없는 짓은 클레망틴이 아니면 못 한다. 순간 이거 큰

일 났다 했는데, 카트린 씨도 "어머, 그래? 다음에 데려올게"라며 의외로 아무렇지 않게 사이좋은 친구처럼 수다를 이어갔다.

"감독, 이 장면은 담배 피워도 돼?"

어쩐다. 여기서 오케이 했다가는 칠 분간 계속 담배를 피울 것이다. 짧아질 때까지 피우지는 않으니 담배 길이를 신경쓸 필요는 없지만, 아이가 옆에 앉아 있는데도 내내 담배 연기가 떠다니는 식탁은 아무리 그래도 불쾌한 광경이 아닐까 하는 게 담배를 싫어하는 내 생각인데. 카트린 씨는 평소 담배 생각이 나면 차 안이든 아이가 옆에 있든 전혀 상관하지 않고 피운다. 이런 태도를 안하무인이라고 하겠지.

"여기선 담배는 그만두죠."

"난 식사할 때 피우는데."

"……그래도 그만두죠."

그렇게 말하면 아주 순순히 따라주니 고마운 일이다.

그 대신인지 카메라가 돌아가기 직전까지는 변함없이 담배를 피운다. 클레망틴과 둘이서 손으로 연기를 흩어버리는 광경이 참 정답다고 할지.

10/31

계속해서 저녁식사 장면.

어젯밤 편집하면서, 이 장면은 케이크를 들고 오는 자크가 아니라 파비안느를 자크의 빈 자리 쪽에서 정면으로 잡은 여왕의 구도로 시작해야 한다는 것을 깨달았다. 다시 말해 컷 0. 어제 에리크가 '이쪽에서 보는 컷 필요 없나?'라고 물었을 때 괜찮다고 대답했던 것을 취소하고 사과했다.

에리크가 '그러게, 내가 말했지' 하는 느낌으로 웃었다. 화는 내지 않지만 눈빛이 날카로워지는 순간. 안마당 쪽에서 유리창 너머로 잡는 컷이라 벽에도 조명을 비추어야 한다.

"가능은 하지만 시간은 걸려요."

"네, 죄송합니다. 잘 부탁해요."

크랭크인 전에 필름 테스트[218]를 겸해 이 집에 카트린 씨와 비노슈 씨를 불러 테스트 촬영을 했다. 정원에서 노는 뤼미르와 샤를로트, 테라스에 앉은 뤼미르. 어머니와 마농의 그림을 그리는 샤를로트. 이때 에리크가 설명해준, 퍼포레이션[219]을 두 개만 써서(즉 작은 면적으로 촬영해) 블로 업[220]하는 방식으로 실제 극장에서 보게 될 DCP[221]를 만들어 시사試寫를 해주었다.

'그런 방법으로 여배우의 얼굴을 담을 수 있나' 하고 걱정했던 뮈리엘도, '뭐, 이 정도면……' 하고 입 다물 수밖에 없을 만큼 가을의 정원에서 노니는 어머니와 딸이 아름답게 찍혔다. 블로 업의 영향으로 필름의 입자가 느껴져 어쩐지 1980년대 로메르 영화의 화면에 가까운 인상을 받았다.

시사가 끝난 뒤 에리크에게 그렇게 말하자 '바로 그걸 노린 것'이라고 대답했다. '자연광을 살린 이 느낌과 근미래 세트의 촬영은 조명을 포함해 크게 바꿀 것'이라고. 오랜 경력과 개성적인 감독들과의 공동 작업을 통해 길러왔을 기술은, 이론적인 동시에 프랑스 영화의 역사를 지금 자신이 어떻게 받아들여 여기에 있느냐 하는 역사관을 명확히 바탕으로 한다. 왜 여기는 줌인가? 왜 로앵글인가? 하는 판단에 취향 이상의 근거가 있다. 좋은 카메라맨은 대개 그렇다. 에리크의 경우 거기에 장인 기질이라고 할지, 필름이며 카메라, 이동차 등 기자재에 대한 본능적 감각이 축적되어 있으니 확실한 자신감이 있다.

그 때문에 가끔 어시스턴트에게 너무 엄한 게 옥에 티이지만, '장인 기질'은 나처럼 옛날식 도제 제도와는 무관하게 영화를 만들어와 구체적으로(정신적으로는 있어도) 사부라 부를 사람이 한 명도 없는 인간에게는 약간 부럽기도 하다.

그나저나 촬영 조수인 파비안. 싱글맘으로 세 아이를 키우면서 일한다고 들었는데, 얼마나 유능한지 모른다. 그녀만이 아니라 촬영중에는 모두 말이 없고 일도 참 신속하게 한다. 휴게실에서 커피를 마시며 잠깐 쉬는데 부르러 오는 바람에 '헉, 벌써 준비됐어?' 하면서 황급히 현장으로 돌아가게 된다.

이동의 움직임을 에리크가 지시하면, 일본에서 말하는 특기부[222]가 바닥에 분필로 선을 그리고 운전을 확인. 그사이 파비안이 피사체에 빨간 빛을 비추어 거리를 잰다. 자는 거의 사용하지 않는다. 그런데도 '지금 것은 포커스 NG'처럼 기술 쪽 의견으로 다시 찍어야 하는 일도 없다. 그러면 안 된다고 생각하는 것 같다. 카트린 씨는 테이크마다 다르게 움직이는 데다 클레망틴에게도 자유롭게 움직여도 된다고 했으니, 포커스를 따라가는 게 그렇게 쉽지는 않을 텐데.

이틀에 걸친 '클라이맥스' 촬영은 납득할 수 있게 됐다. 비노슈 씨도 감정을 방출하는 장면을 연기할 수 있어 만족한 듯.

강한 척하는 파비안느의 나약함도 잘 드러나지 않았을까. 나중에 편집할 때 너무 길지는 않은지 판단하자.

11/2

저녁식사 뒤. 뤼미르와 행크의 침실 장면.

부부가 갖고 있는 문제, 행크가 갖고 있는 문제가 드러나는 중요한 장면.

처음에는 문 밖에서 들려와 뤼미르를 언짢게 하는 어머니와 남편의 즐거운 대화를 소리로만 보여주려고 했었다. 그런데 매일 카트린 씨가 촬영을 마치고 갈 때 "수고했어요"라며 해주는 키스가 뺨이 아니라 입술 언저리에 보드랍게 쪽 해주는 게, 뭐랄까 '끝내주네' 하는 느낌이었던지라, 그런 키스로 헤어진 뒤 행크가 아내에게 보고하는 형태로 바꾸었다. 내 실제 체험을 시나리오에 활용한 셈.

이날 〈가을의 마티네〉[223] 촬영으로 파리에 와 있던 후쿠야마 마사하루 씨가 위문차 와주었다. 프랑스에는 그런 습관이 없는 듯, 자기가 참가하지 않는 영화의 현장에 배우나 감독이 오는 일은 잘 없다고 한다.

특히 이번에는 관계없는 사람이 촬영 현장에 있는 것을 카트린 씨가 몹시 싫어한다고 들었던 터라 어쩌면 모니터를 통해 간접적으로 보기만 해야 할지도 모른다고 미리 양해를 구해놨다. 그런데 후쿠야마 씨를 발견한 에리크가 〈그렇게 아버지가 된다〉[224]의 주연이라고 바로 알아차리고 손짓해 불러 일부러 촬영 현장 근처에 모니터를 내놓아주었다. 카트린 씨도 당연히 〈그렇게 아버지가 된다〉를 봤기 때문에 단번에 '대환영' 분위기가 되어 솔직히 안심했다.

술 취한 행크가 뤼미르에게 '이제 술은 마시지 않겠다'고 사과하며 침대에 눕는 장면. 리허설에서는 행크가 뤼미르를 뒤에서 끌어안고는 손을 잡고 같이 자리에 들었다.

"죄송한데 여기서 뤼미르는 행크를 용서하지 말고 거절해주세요"라고 하자, 이선이 "날 거절할 수 있겠어요?" 하고 장난스레 웃었다.

숏.

이선이 정말 훌륭했다. 이 장면의 "나 같은 어중간한 배우를 데려와봤자 엄마한테 못 이겨"라는 대사에 아내를 타이르는 한편으로 자신의 커리어에 대한 비애 같은 게 완벽하게 표

11月2日 (金)

○ 46 ハンクとリミエールの部屋

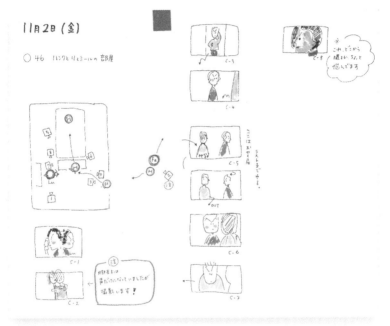

현되어 있었다.

이 장면을 경계로 뤼미르는 자신도 몰랐던, 본가로 돌아
온 진짜 이유를 안다.
매우 중요한 장면.
마지막 뤼미르의 옆얼굴 클로즈업도 좋았다.

밤, 후쿠마 씨 및 다른 이들과 함께 리통이 알려준 셉팀
이라는 레스토랑에 갔다가 고레에다가 강력 추천하는 플루가
스텔에서 크레이프. 나와 똑같이 심플한 소금과 설탕 맛에 버터
와 휘핑크림을 택한 후쿠마 씨가 "맛있는데요!"라고 하는 표정
에 거짓은 전혀 없었다. 꼭 내가 만든 것처럼 기쁨에 젖어 "그
렇죠?"라고 대답. "감독님, 대단하시네요. 여기서도 똑같이 일
본 말 '레디, 액션'으로 드뇌브 씨한테 연기를 시키다니"라는
말을 듣고, 그새 익숙해졌지만 잘 생각해보면 아닌 게 아니라
괴상하다 싶었다.

11/6

촬영소로 가는 가족들 장면.
행크는 지난밤 한 이야기를 기억하지 못해 어색한 분위
기. 파비안느 혼자 기분이 좋다.

손에는 (아마도 정원에서 주웠을) 노란 은행잎을 들고 있다. 이 작품에서 여러 사람을 '흉내' 내는 샤를로트가 여기서도 할머니처럼 은행잎을 들고 있는 것으로 했다(도착했을 때는 어머니를 흉내 내고, 이튿날 아침에는 새가 지저귀는 소리를, 저녁식사 때는 아버지를 흉내 냈다. 그리고 할아버지와 함께 오즈의 사자 흉내). 이것도 지금에 와서는 전부 어머니와 같이 할머니를 상대로 할 연극의 예고 같은 것(나 스스로는 그렇게 해석하고 있다). 그나저나 차 안에서도, 촬영중이라 창을 열 수 없어도, 눈앞에 클레망틴이 앉아 있어도 카트린 씨는 아랑곳없이 계속 담배를 피운다.

날마다 계속되는 간접흡연 공격에 나도 그새 익숙해져 안약도 필요 없어졌고 두통에 시달리지도 않게 됐지만(좋은 일인지 나쁜 일인지), 꼭 닫힌 차 안에서 두 손으로 연기를 흩어봤자 그렇게 쉽게 렌즈 앞이 맑아지지는 않거든요.

차 안, 좋은 여배우는 모두 성이랑 이름이랑 머릿글자가 같거든, 하는 이야기를 파비안느가 꺼내 "미셸 모르간, 시몬 시뇨레……" 하고 연달아 이름을 들자, 운전기사가 "브리지트 바르도도요"라고 끼어든다. 행크가 "그러네요" 하고 대답. 이 말을 들은 카트린 씨의 반응이 프랑스어로 "Bof, bof", '그건 뭐' 하는 느낌으로, 그리 사이가 좋지 못한 두 사람의 관계를 아는 이라면 약간 웃음을 금치 못할 부분이었다. 브리지트 바르도는 프랑스에서는 동물 애호 운동가로 유명한데, 어느 인터뷰에서 카트린 씨가 "나는 사람이 더 좋아. 사람보다 동물이 좋다는 사람의 기분은 이해가 안 돼"라고 해서 솔직한 사람이라고 생각했던 기억이 있다. 작년에도 미투 운동에 관해 '남자는 여자에게 구애할 권리가 있다'라고 개인적으로는 카트린 씨답다 싶은 '어른의' 발언을 해서 물의를 일으켰는데, 그런 가치관은 더없이 굳건하다.

물론 애견인 시바 견 자크는 미팅이든 녹음 스튜디오든 당연히 데려오고 당연히 목줄 따위 묶지 않고 자유롭게 뛰어다니게 하거니와 동물을 싫어하는 것은 아니다. 주말마다 비노슈 씨가 노란 조끼[225] 시위에 참가하고 지구 온난화 문제를 다루는 TV 프로그램에 패널로 출연하는 것을 대화중에 가끔 놀리기도 하지만, 난민 지원을 위한 자선 행사 등에는 사이 좋게 함께 가는 모양이다. "나랑 헤어진 남자들은 아무도 날 원망하지 않아"라는 말에서 알 수 있듯 피해자 의식은 물론 가해자 의식도 없다. 남자와 여자는 서로 대등한 줄다리기 상대라는 생각은, 아닌 게 아니라 영화계를 지배해온 남자들에게 호되게 당하다가 비로소 목소리를 내기 시작한 여자들에게 '당신은 괜찮을지 몰라도 그런 발언은 이제 좀 시대착오적'이라는 말을 들을 위험이 프랑스에서조차 없지 않다 싶다.

'담배는 건강에 나쁘지 않다'라고 본인은 단언하고 있겠다, 그냥 마음대로 하게 두자, 하는 분위기가 그녀 주위에 있는 것은 사실이다. 그래도 '나는 나'를 이 정도로 밀어붙이면서 주위의 빈축을 전혀 사지 않고 (아마도) 칠십오 년간 살아왔다는 게 얼마나 대단한 일인지, 그녀와 함께 카메라 앞의 연기를 손으로 흘으며 곱씹었다.

11/7

    단골 레스토랑에서 다 함께 식사하는 장면. 그만두고 떠난 뤼크의 손주들도 같이 모였다.

    이선에게 "애들 다루는 거 맡겨도 되겠어요?"라고 묻자 "괜찮아요. 자신 있으니까"라고.

    "뭘 하죠?" "빨대를 준비해 종이 봉투에 물을 떨어뜨려서 살아있는 것처럼……" 하고 부탁해봄.

    "OK. 알았어요. 해본 적 있어요"라고 든든하게 장담. 아이들의 의식을 손에 집중시키면서 자연스러운 표정을 이끌어내주었다.

    아들이 주방에 서면서 맛이 예전만 못해졌다는 설정의 가게라 빌리는 것도 죄송했지만, 조감으로 찍을 수 있고 물이 잘 빠지고 밤늦게까지 촬영이 가능한 데다 교통량이 많지 않은 이상적인 레스토랑이었다.

    뤼미르가 먹는 디저트는 뭐가 좋으냐고 소도구 담당이 묻기에, 요새 즐겨 먹는 일플로탕트로 주문. 머랭을 커스터드 크림 수프에 띄운(일플로탕트는 '떠 있는 섬'이라는 의미라고 후쿠마 씨가 가르쳐주었다), 예전부터 있던 소박한 디저트.

이번 촬영중 식사는 전부 케이터링 차량이 와서 전채, 주요리, 디저트까지 준비해준 덕에 언제든 따뜻한 음식을 먹을 수 있었다. 일본 현장에서 먹는 도시락과는 비교도 안 되는 호사를 했는데, 그곳 디저트 중에 처음 보는 폭신폭신한 물체를 발견하고 도전했다가 맛을 들이고 말았다. 감독 조수 마티외는 "전 옛날부터 어머니가 만들어주는 이걸 좋아해서 얼마든지 먹을 수 있어요"라고.

아닌 게 아니라 입안에서 사르르 녹으니 배가 불러도 먹을 수 있다는 게 위험하다면 위험하지만, 여기서 처음 먹은 뒤로 레스토랑 메뉴에서 발견하면 꼭 주문하게 됐다.

밤. 내일의 댄스 장면을 앞두고 편지.

〈프랑수아와 프랑수아즈〉

　　내일 여러분이 춤을 추게 될 이 곡은, 파비안느를
프랑스의 국민적 스타로 만든 영화의 주제곡이라는 설정
입니다.
　　운명적인 만남으로 사랑에 빠지는 두 남녀.
　　두 사람의 아버지와 어머니도 과거에 연인 사이였다는
사실이 이윽고 드러나…….

　　만남과 이별을 반복하다가 마지막에 맺어지는 러브스토
리입니다.

　　참고로 '프랑수아'와 '프랑수아즈'란 이름은 아시겠지만
〈쉘부르의 우산〉에서 헤어진 두 사람이 각자 자기 아이에게
지어준 이름이죠.
　　죄송합니다. 멋대로 생각한 속편으로 여겨주세요.

이상, 영화에는 등장하지 않을 설정입니다.

내일 즐거운 댄스 장면을 만들어봅시다.

11/7

고레에다 히로카즈

포석에 물을 뿌려 비 갠 뒤를 연출. 레스토랑에서 식사를 마치고 나온 파비안느를 거리 음악가들이 발견해 그녀의 대표작 음악을 연주하기 시작한다. 그걸 듣고 길 가던 사람들도 모여들어 함께 춤추기 시작한다.

한순간 영화가 일상을 뒤덮는다고 할지, 현실에 허구가 스며나오는 장면. 마지막에 파비안느가, 그리고 뤼미르가 다다르는, 허구를 통한 '진실'의 조짐 같은 장면.

원래는 뮤직비디오를 찍는 것처럼 컷을 자잘하게 나눠 생각했는데, 에리크가 끊지 않고 이어서 찍고 싶다고 주장. 그 편이 고양된 분위기를 유지할 수 있다고. 나중에 혹시 편집할 때 음향 문제가 생기는 게 싫어서 그런다고 설명했지만, 아닌 게 아니라 방어적인 사고라는 생각도 들어 원래 계획을 취소했다.

심야의 촬영을 앞두고 준비체조를 하던 중, 레스토랑의 테라스 난간을 잡고 인클라인 푸시업을 하는데 배에 찌릿 하고 불길한 통증. 준비운동이 부족했는지, 추위를 만만히 봤는지, 지병인 요통이 악화되는 바람에 촬영 종반에는 걷는 것도, 앉아 있는 것도 힘들었다. 급히 약국에서 간이 코르셋을 사 와 꽉 조여 착용하는 것으로 이날을 이럭저럭 넘겼다.

하지만 다음 날부터 화장실에 가는 것도 여의치 않아졌다. 잠은 엎드린 자세로 자야 하고, 기침 같은 것은 논외였다. 제발 나 좀 웃기지 말아줘, 하는 매일이 일주일 계속됐다. 고등학교 때부터 종종 허리를 삐끗했는데, 그때만큼 통증이 심하지는 않은 덕에 스케줄에 구멍 내는 일은 피할 수 있었지만…….

11/13

엄마를 되찾았다고 생각했는데 '영화'에 도로 빼앗긴 뤼미르가 울며 행크에게 이야기하는 장면.

아침에 오늘 무대가 될 침실로 이선이 부름.
"오늘 장면 말인데요…….."
컷 후보로 생각하는 것을 들켰나? 하고 순간 철렁했다.
"내 대사가 너무 많은 것 같은데…….."
"그래요?"
"감독님, 저번 편지에 하이쿠를 썼잖아요? 감정을 직접 말에 담지 않고 풍경이나 사물을 본 그대로 묘사한다고. 여기에 그런 정신이 좀 부족한 것 같아서…… 난 아마 조용히 미소를 짓고 끌어안아 키스하면 되지 않을까요? 나라면 그러는데…….."
예리한 지적에 그저 감탄. 바로 돌아와 대사를 줄였다. 최종적으로는 울고 있는 뤼미르에게 '이리 와'라고 하듯 침대 자기 옆자리를 툭툭 두드리는 것으로 바꾸었다.

스태프와 캐스트가 대본에 대해 이런 의견을 내주면 정말 고맙다. 상하 관계도, 종적 관계도 아닌 평행적 관계가 작품을 중심으로 유기적으로 존재한다는 증거다.

다르덴 형제의 작품을 줄곧 담당하고 있는 음향 감독 장피에르 뒤레 씨도 평소에는 멀리서 부드러운 눈빛으로 바라보기만 하는데, 어느 날 아침 내게 와서는 "오늘 장면은 말이 너무 많은 것 같네요"라고 한마디 하고 가버린 적이 있었다.

나는 바로 통역인 레아 씨와 함께 시나리오를 뜯어보며 필요 없는 대사를 찾아 컷했다. 뒤레 씨는 필름이 돌았다는 뜻의 'C'est tourne'의 느낌이 참 멋지고, 괜한 말은 일절 하지 않으면서 좋았을 때만 멀리서 나를 보며 살짝 미소 띤 얼굴로 엄지를 쳐든다. 멋있다. 나도 이런 남자가 되고 싶었는데.

87신.

가족이 다 같이 출판 파티로 가는 장면을 촬영. 카메라가 잡는 사람의 숫자와 중심을 조금씩 바꿔간다. 에리크의 카메라는 여기서도 매우 적확.

3층 창문에서 조감 촬영.

샤를로트가 떠나면서 주머니에 들어 있던 노란 모자를 떨어뜨렸다. 모니터 앞에서 "주워…… 알아차려" 하고 조그맣게 부르짖고 말았지만, 정원에 모자를 남긴 채 페이드아웃 하는 것도 괜찮겠다 싶어 그냥 둠.

11月13日（火）

○ 84　寝室

※すみません。
　ここもお芝居を観て
　決めたいと思います

○ 87　玄関→中庭

○ 88

窓から見た中庭

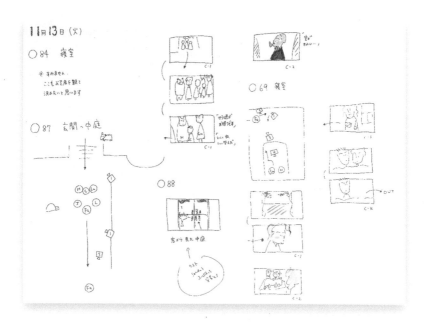

○ 69　寝室

집에 찾아온 마농에게 파비안느가 사라의 원피스를 선물하는 장면.

사라와, 그리고 과거의 자신과 화해하는 장면인 동시에, 여기에 모여 있는 세 여자가 모두 한 사람의 망령과 싸워왔다는 사실에 의해 서로 통하는 매우 중요한 장면.

죄송하게도 세트 촬영은 후반에 한꺼번에 몰아서 하고 이 집에서의 촬영은 전반에 되도록 짧게 끝내야 하는 사정으로 이 클라이맥스가 마농의 크랭크인이 되고 말았다. 그래도 촬영 현장에 적응하도록 이 집에 몇 번 오게 해서 (그녀는 무대를 중심으로 활동하기 때문에 특히) 조금씩이나마 익숙해진 터라 걱정은 하지 않았다.

기대대로 마농은 대사도 완벽하게 외워온 데다 아주 차분하고 좋은 표정을 짓고 있었다. 물론 속으로는 조마조마했을 게 틀림없다. 상대가 드뇌브와 비노슈인데.

영화에 처음 출연하는 마농에게 그게 어느 정도 큰 부담이었을지는 상상하기 어렵지 않다.

여기서 파비안느가 마농에게 선물하는 원피스가 큰 도움이 됐다.

의상 담당 파스칼린 씨는 검정에 흰 칼라가 달린 아주 심플한 원피스를 준비해주었다. 정말로 카트린 씨가 젊은 시절 1950년대나 1960년대 프랑스 영화에서 입었을 듯한, 그녀의 젊은 시절 사진에서 봤을 법한 그런 복고적인 디자인인데 마농에게 아주 잘 어울렸다. 원피스로 갈아입고 나온 그녀를 보며 방에 있던 모든 이가 놀라는데, 이때 비노슈 씨의 말문이 막힌 듯한, 말을 잊은 듯한 '느낌'이 전혀 연기 같지 않게 자연스러웠던 것은, 절반은 원피스 덕이 아니었을까.

전날 마지막 장면에서 파비안느가 어깨에 걸쳤던 검정 코트 옷깃의 은 장식이 여왕님의 대단원에 걸맞게 압권이었다. 이 두 벌로 의상의 힘이 얼마나 큰지를 새삼 실감할 수 있었다.

11/16

오늘은 후반 최대의 클라이맥스인 어머니와 딸의 '화해' 장면. 파비안느가 "마법사 역은 널 위해 한 거였어"라고 고백하고 딸과 포옹한다.

이게 어머니가 딸을 상대로 한 연기라는 것을 어디까지 알게 할 것인지 조절이 어렵다. 파비안느의 침실에서 마사지를 받으며 자크에게 "널 위해 그 역을 한 거라고 말하지"라든지 "조금은 주위 사람들한테 다정하게" 같은 조언을 받는데, 그것만으로 알 수 있을지? 시나리오에서는 극중 에이미가 거짓말을 할 때 머리카락을 입에 문다는 연기를 하는 터라, 그것과 연결해서 현실과 허구의 경계를 넘어 파비안느가 머리카락을 입에 문다고 썼는데, 카트린 씨가 '제스처 자체가 이상하지 않나?'라고 지적해 냄새를 맡는 것으로 변경했다. 앞뒤 순서는 뒤집혔지만 그에 맞춰 세트에서의 연기도 냄새를 맡는 것으로 고쳤다.

오늘 중요한 장면을 촬영할 때 카메라맨 야마자키 유타카 씨[226]가 위문차 오겠다고. 고맙기는 하지만 위험. 후쿠야먀 씨는 그런 부분은 매우 겸허하고 한 발짝 물러설 수 있는 사람이니까 걱정이 전혀 없었지만, 이 클라이맥스 장면에 야마자키 씨라. 후쿠마 씨에게 "너무 가까이 가시면 절대 안 된다고 말해 주세요" 하고 거듭 다짐을 두었다.

캐스트도 그렇지만, 이번에는 촬영을 담당하는 에리크가 다른 카메라맨 또는 렌즈가 현장에 있는 것이 집중에 방해된다고 싫어했다. 메이킹[227]을 찍는 도가시의 카메라가 다가오면 등을 돌려버리지 않나, 미팅을 중단하지 않나 해서 꽤나 애먹었다. 그 때문에 지금까지 실제 촬영은 물론 리허설 때조차 메이킹을 위한 카메라가 직접 연기를 찍을 수 없었다.

물론 야마자키 씨는 카메라를 들고 오는 게 아니지만, 카메라맨은 카메라맨의 존재에 매우 민감하거니와 야마자키 씨가 "잠깐 줘봐" 하며 메이킹용 카메라를 쓰지 않는다는 보장은 없다. 그 정도로 야마자키 씨는 카트린 씨 못지않게 '자유로운' 사람이다.

처음에 옆방에서나 유리 너머로 조심스레 리허설을 지켜보던 야마자키 씨는, 아니나 다를까 잠깐 한눈을 판 틈에 에리크 옆으로 가서 카트린을 쳐다보고 있었다.

내가 알아차리고 '아이고야!' 한 것과 거의 동시에 카트린 씨가 "저 사람 누구지?"라며 야마자키 씨를 가리켰다.

'망했다!'

"실은 일본에서 온 카메라맨인데 〈아무도 모른다〉라든지 〈걸어도 걸어도〉를……."

내 설명에 금세 카트린 씨는 표정을 풀고 리허설이 끝난 뒤 자기가 먼저 야마자키 씨에게 다가가 인사했다. 에리크도 야마자키 씨가 "필름은 뭘 써요?"라고 갑자기 물었을 때도 기꺼이 대답해주고 둘이 나란히 기념사진을 찍었다.

굉장하다, 야마자키 유타카 씨.

저녁에 플루가스텔로 데려가 크레이프를 대접해야겠다.

두 사람의 연기, 전반부는 순조로웠는데 후반의 롱테이크, 두 사람이 포옹하는 장면은 영 만족스럽지 않았다. 두 사람 다 대사도 완벽하게 외운 것 같지 않았고 집중력도 떨어졌다.

테이크 8까지 간 단계에서 혹시 내가 대사를 잘못 쓴 탓인가 하는 생각이 들었지만, 제한 시간까지는 일단 해볼 만큼 해보기로.

촬영 조수 파비안 씨가 "정면의 뤼미르랑 옆얼굴의 파비안느 중에 포커스를 어느 쪽에 둘까요?"라고 질문.

보통은 정면의 뤼미르가 마지막에 "엄마……" 하고 중얼거리는 부분에서 포커스를 그녀에게 옮겨야 할 테지만……

이 뒤에 이어지는 장면이 그날 한 연기의 대사를 다시 한 번 확인하는 파비안느라면 파비안느에게 남기고, 침실의 뤼미르라면 뤼미르에게 옮겨야.

그래, 찍고 나서 판단하자고 만만하게 생각했는데 여기서 결단을 내렸어야 했나.

촬영중 얻은 아이디어(대개 실패하지 않는다)를 존중해 파비안느에게 남기기로.

테이크 9
테이크 10
여기에 이르러 두 사람이 놀라운 집중력으로 연기. 이전과는 전혀 딴 사람 같다. 연기를 마친 두 사람도 그걸 아는 것 같았다. 컷백과 다른 각도에서 잡은 두 사람의 뒷모습도 일단 찍었지만 아마 이 최종 테이크로 가게 될 듯.

11/27

세트 촬영. 오늘은 어머니가 열일곱 살이 된 에이미를 칠 년 만에 찾아오는 장면. 에이미는 어머니에게서 도망치듯 일어나 문을 열고 자기 방으로. 뒤에 남은 어머니와 아버지.

그것을 지켜보는 뤼미르.

여기서 뤼미르는 에이미를 눈으로 좇으며 옆방 세트로

『藜（仮）』 スタッフ・キャストのみなさま

短い秋があっという間に過ぎ去って、雪の心配をする季節が突然やって来ました。是枝は今日、厚手のセーターとくつ下と、帽子を買いました。

さて、家での撮影も無事に終って、いよいよ、来週からはエピネでの撮影がはじまります。もう、終盤戦ですね。今のところ、本当に素晴らしいキャスト、スタッフ、そして天気にも恵まれて、監督はとても満足のいく毎日を送っています。ありがとうございます。寒さのせいで少し腰を痛め、毎朝スタッフに心配されて情けないのですが、何とか ゴールまで 走りきりますので 引き続きよろしくお願いします。

2018年 11月25日　　是枝 裕和

さて、この 週末も 編集をしたり、エピネの下見に行ったりして、脚本も少し又 書き直しました。びっくりしないように大きなところだけ 前もって お知らせします。

・雨の藜の案景は 撮らないことに決めました。編集でカットの並びをちょっと変えたのですが、今、撮れているもので充分です。

・スリー橋の ミシェル モーガンの アパートの案景は 是非 お願いします。

・到着直後の役だった ジャルロットの 思い出のシーンは 天気のつながりを考えて 20日の朝に変更。ベッドの中のカットが追加になります。

・エピネの 事務+撮打ち を テラスである 会議室から 元試写室に変更。合わせて、テラスのシーン も、建物B階入口 近くの 喫煙所に変えました。悩みましたが Betterな 選択だと思っています。合わせて 階段 → 中庭 に変更しました。

◎ シーン27の案景を カットし、会話のいくつかを別シーンに 分散しました。

◎ "藜"のかわり、と まっては なんですが、子供部屋のシーンをひとつ 追加しています。リュミールと ジャルロット、◎と娘のシーン。6日の ラストに入る役です。リュミールが 母に翻弄された だけではない…という 変化を "嘘"/演技 を通して 母になげ返すシーンになっています。どうぞ よろしくお願いします。

이동하는데, 여기도 비노슈 씨의 강한 시선이 두드러진다고 할지, 그녀의 감정이 완전히 장면을 지배하고 만다. 눈앞에서 전개되는 모녀의 충돌에 자신과 어머니의 충돌을 겹쳐 본다는 것을 똑똑히 알 수 있다. 이게 그녀의 힘일 것이다. 이 작품에서는 다수의 장면에서 에이미가 뤼미르로 보인다든지, 죽은 사라로 보인다든지, 피에르와 샤를로트가 과거의 피에르와 뤼미르로 보인다든지, 행크와 샤를로트가 피에르와 뤼미르로 보이도록 하고 있다. 그런 만큼 각 장면의 대사는 단순한데, 세트에서 영화 내 영화 촬영이 시작된 뒤로는 대부분의 장면이 그런 식이라 이런 무언의 장면에서 정말 큰 도움이 된다.

11/29

촬영소에서의 대본 리딩 장면.

지각하는 마농을 기다리는 파비안느와 아나. 아나 역에 사니에 씨를 캐스팅한 것은 내 독단. '밸런스라는 게 있는데'라고 크리스에게 혼났지만, 두 사람이 함께 있는 장면을 꼭 보고 싶었다. 사니에 씨는 성품이 아주 서글서글해서 그냥 있는 것만으로도 분위기가 좋아지거니와, 연기는 정말로 적확하며 대사도 완벽하게 외우고 어디서 웃음을 자아내야 할지 확실하게 파악하고 있다. 얼마나 도움이 되는지 모른다.

사니에 씨가 일본어를 가르쳐달라고 하기에 촬영 때문

에 식사 시간을 넘겼을 때 하는 말을 알려주며 장난쳤다. 일본에 왔을 때 쓰면 다들 엄청 웃을 것이라고. 귀가 밝아 금세 익혔다. 좋은 배우는 다들 그렇다.

전에 배두나 씨[228]와도 비슷한 경우가 있었다. 때리는 시늉을 한 뒤 손으로 얼굴을 감싸며 '얼굴은 때리지 마요. 난 여배우니까'라고 말하는 장난. 현장에서 그런 장난을 치고 놀 수 있다는 것은 촬영이 순조롭다는 증거다.

대본 리딩 장면. 에피네에 견학하러 왔을 때 테라스가 붙은 2층 방이 마음에 들어 여기서 찍자고 제안했는데, 조감독 니콜라가 '여기서는 낮에만 촬영할 수 있다. 창이 많아 조명도 무리. 다른 장소라면 한나절 여유가 생기는데'라고 하는 말을 듣고 납득. 마농을 발견해야 하니 테라스는 유리창으로 밖이 내다보이는 흡연실로(카트린 씨가 얼마나 좋아하던지), 대본 리딩 장소는 밤낮이 관계없는 예전 시사실로 변경했다.

파비안느가 눈앞의 마농에게 과거의 사라를 겹쳐 보며 두려워하는 장면. 정면에서 마주하기가 겁나는 (약해빠진) 파비안은 대사도 다 외우지 못했는데, 마농은 이미 완벽하게 외워왔다는 대비.

일단 안약을 준비해 테이크 1, 2. 감정은 완벽하게 표현하는데 눈물이 나지 않는다. 역시 무대 출신에게는 이렇게 토막토막 끊어서 촬영할 때 한번 단절됐던 감정으로 몇 분 만에 돌

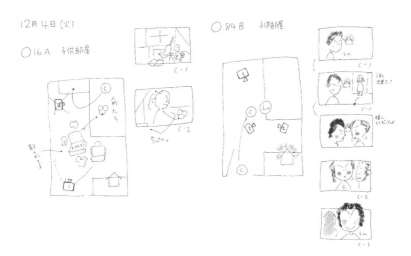

아가는 것은 익숙하지 않아 쉽지 않을지도 모른다. 삼 초 만에 눈물을 흘릴 수 있다는 오타케 시노부 씨[229]나 미야자와 리에 씨[230]는 예외라고 생각하는 게 낫다.

테이크 3. 숏 직전. 카트린 씨가 마농에게 다가가 귓가에 뭐라 속삭이고는 원래 위치로 돌아옴. 그 순간 마농의 표정이 확 변했다. 촬영중 그때까지 억눌렀던 감정이 단숨에 흘러넘친 듯한 표정, 말. 눈물, 떨리는 입술.

컷 하고 에리크에게 확인하기 전에 오케이. 멋없는 일인 줄 알면서 마농에게 "아까 뭐라고 한 거예요?" 하고 묻자 "'괜찮아. 몇 번이고 상대해줄 테니까'라고 하셨는데 그보다 문득 여기(위팔)에 손이 닿은 게 컸어요"라고. 뭔가 손에 넣은 것 같은 개운한 표정으로 웃는다. 역시 카트린 씨는 굉장하다.

12/4

어머니와 포옹하고 난 뒤 뤼미르의 장면. 자신이 시나리오를 쓴 '연기'를 이용해 뤼미르가 파비안느에게 능동적으로 다가간다는 아이디어를 얻어 시나리오를 수정. 허구가 실제 인생에 스며나오는 것은 파비안느가 한 번 한 적 있는데, 이번에는 뤼미르가 그렇게 한다. 어머니와 과거가 서로 '연기'를 이용해 화해를 연출하는 것이다. 그리고 그 사이에는 샤를로트가 있다. '진실'이라는 게 뭔지 알 수 없게 된다.

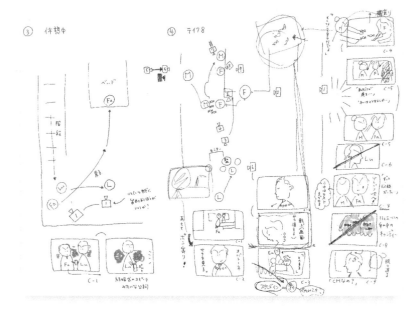

"이 장면이 들어가는 걸로 뤼미르가 구제되고 또 성장하네요" 하고 후쿠마 씨가 칭찬해주었다. 아닌 게 아니라 큰 발견이었다. 어머니의 '연기'를 '연기'로 갚아준다.

이 주일쯤 전 촬영중에 얻은 아이디어인데 다른 장면과의 일관성을 생각해 알리지 않았다.

이 장면을 살리려면 행크가 우는 뤼미르를 침대로 데려가는 장면을 컷해야 한다.

나머지는 편집할 때 판단하자.

뤼미르가 개고 있던 샤를로트의 스웨터에 세트 촬영에서 생일에 사용했던 크래커의 은색 종이가 붙어 있다가 침대에 흩어진다는 묘사를 추가. 이 장면은 뤼미르에게 '생일' 같은 의미가 있으므로. 십중팔구 알아차리는 사람이 거의 없겠지만 나만을 위한 작은 포인트다.

12/5

중간 뒤풀이. 카트린 씨, 비노슈 씨, 사니에 씨, 마농 씨모두 참가해서 온화한 분위기로. 절대 불만이라는 말은 아닌데이런 때 나오는 음식이 늘 햄과 치즈, 기껏해야 파테. 다시 말해차고 마른 음식뿐이다. 그리고 와인. 따뜻한 음식을 낸다는 인식이 없다. 물론 치즈와 햄은 일본에서 먹는 것과는 비교도 안될 만큼 맛있거니와, 휴게실에 늘 놓여 있는 프랑스 빵과 버터

(가염)도 더 가져다 먹고 싶을 만큼 맛있기는 하지만……. 찜이나 튀김이 조금은 있으면 좋겠는데. 문화의 차이려나.

도중부터 여자 촬영 조수들의 주도로 댄스 타임. 파비안은 움직임이 얼마나 거침없는지 과연 대단하다 싶다. 평소 온화하게 앉아 있고 놀 줄 모를 듯한 음향 감독 장피에르가 190센티미터의 장신으로 제작부 여자 조수를 리드해 멋지게 춤추었다. 나도 이런 남자가 되고 싶었는데. 이런 때도 문화의 차이 이상으로 '춤'이라는 문화를 접하지 못한 내 반평생을 약간 서글프게 돌아보게 된다.

12/8

파비안느가 NG를 연발한 뒤 세트 구석에서 마농의 망령을 보고 신들린 것처럼 연기하는 장면. 세트에서의 중요한 클라이맥스를 촬영하는 날.

이번에도 카트린 씨는 지각했는데, 어젯밤 집에서 넘어진 듯 분장실에 들어온 카트린 씨의 얼굴은 오른쪽 눈 언저리가 푸르스름하게 변색되어 있었다. 오른쪽 엄지발가락도 찧었는지 심하게 부어 신을 신는 것도 여의치 않은 것 같았다. 의도한 것은 아닌데 캐릭터의 상황과 카트린 씨에게 벌어진 사고가 겹쳐지고 말았다.

오늘 촬영은 중단할까…… 하고 수석 조감독 니콜라와

의논하고 있으려니 본인이 하겠다고 한다는 메시지가 분장실에서 전달됐다.

일단 분장으로 되도록 멍을 감추고 찍어보기로 했다. 카메라가 돌아가기 시작하자마자 카트린 씨의 표정을 보며 '아, 이건 특별한 컷이 되겠는데' 하고 확신했다.

가장 중요한 컷에서, 믿기지 않는 집중력으로, 그것도 테이크 1로 그야말로 신들린 것 같은 원 컷을 얻었다. 걸린 시간은 대략 일 분 사십 초.

컷을 하자 본인도 만족했는지 사뭇 기쁘게 웃었다. 이날은 다들 "오늘 카트린 씨가 정말 대단했어" 하고 감탄하는 말을 주고받으며 세트를 떠났다.

12/10

촬영 사십일 일째. 이제 사흘 남았다.

극중극의 클라이맥스.

일흔여덟 살 생일을 맞은 에이미가 "엄마 딸이라 행복했어요……"라고 상냥한 거짓말을 하는 장면. 파비안느가 마농에게 촉발되어 멋진 연기를 한다. 시나리오에서는 애드리브로 "아침까지 뭘 할까"라고 어머니에게 묻자 파비안느가 "바다에 가고 싶어. 드빌 바다로"라고 사라와 지키지 못한 약속을 극중에서 지키려 하는 장면으로 만들었다. 현실(과거)과 허구의 횡

단. 어디까지 전달될까? 솔직히 이날 그 뒤 집으로 돌아온 다음의 가장 큰 클라이맥스를 앞두고 있었던 터라, 극중극은 완전히 오프로 하고 분장실 장면으로 건너뛰어 뤼미르가 "훌륭하던데, 엄마 연기……"라고 말하는 것도 편집으로 처리할 수 있게 찍을 생각인데, 물론 지금부터 연기할 배우에게는 비밀이다.

하지만 배우는 지금부터 연기할 장면은 편집에서 잘리겠지, 하고 어렴풋이 느끼면서 연기하는 경우도 많다고. 감독만 작품의 전체상을 보지 못한다는 한심한 상황도 종종 있다.

레스토랑 밖에서 춤을 춘 다음 날 아침. 안마당에서 노는 행크와 샤를로트를 유리창 안에서 바라보며 파비안느와 뤼미르가 말을 주고받는 장면.

"어제 몇 번 했니?" 하고 어머니가 섹스에 관해 묻고는 "잘해?" 하고 덧붙인다.

딸도 "연기보다는"이라 대답하고 어머니는 "자크(남편)는 요리 실력이 더 낫지"라고 하며 함께 웃는다.

시나리오에서는 사실 그 뒤로 더 이어진다.

뤼미르 "마흔 넘어서 낳으니까 애 키우는 게 힘들어요. 좀 더 일찍 낳을걸."

파비안느 "난 좀 너무 일렀을지도."

뤼미르 "그래요?"

파비안느 "아직 엄마가 될 각오가 안 돼 있었거든……."

뤼미르 "낳지 않는 편이 나았어요?"

파비안느 "그런 말은 아니야."

뤼미르 "……."

파비안느 "그런 생각은…… 해본 적 없어."

뤼미르 "……."

대본 리딩 때도 아주 좋았다. 다만 연기를 통해 밤에 모녀는 일시적으로 화해하는데, 이 부분이 들어가면 아침부터 너무 무거워지지 않을까 싶어서 컷 후보에 올려놓고 있었다.

하지만 하기 전에 빼면 비노슈 씨가 "찍어보고 생각하죠? 배우 입장에선 해놓고 싶은데요"라고 할 게 뻔하다. 카트린 씨는 기본적으로 어떤 장면을 빼면 좋아하고 비노슈 씨는 곤혹스러워한다. 이런 대비가 재미있다.

촬영이 끝나자 카트린 씨가 다가왔다.

"방금 장면 쓸 거야? 화해가 좀 이르지 않아?"

"그렇죠. 제 생각도 그렇습니다. 일단 찍어는 본 건데요……."

그렇게 대답하자 납득한 듯 경쾌하게 떠났다.

재미있는 것은 이다음이다.

뒷날 텐트에서 식사를 하는데 비노슈 씨가 "감독님, 그 테라스 장면 말인데요……"라고 하기에 약간 긴장.

"편집에서 남을지 안 남을지를 두고 카트린 씨랑 내기했거든요. 카트린 씨는 안 남는다는 쪽에, 난 남는다는 쪽에. 그러니까 정해지면 가르쳐줘요."

　다시 말해 카트린 씨는 내 뜻을 확인하고 나서 비노슈 씨에게 내기를 제안한 것이다.
　이런 장난기라고 할지, 말이 좀 그렇지만 살짝 교활한 부분도 매력적으로 보이는 것은 내가 이미 그녀의 팬이기 때문일까.

　　12/11

　오늘은 마농에게서 도망친 파비안느가 촬영소 안마당에서 있던 차에 올라타 농성하는 장면. 낮 장면이니 16시까지 끝내야 한다. 컷 수는 일곱이지만 파비안느의 대사가 꽤 많다. 그렇건만 오늘도 지각. 조감독 니콜라는 걱정스러워 보인다.
　'집에서는 벌써 출발했다는 것 같다.'
　'어젯밤에 늦게까지 술을 마셨다는 듯.'
　그런 불확실한 정보가 스태프 사이를 정신없이 오갔다.
　보통은 삼십 분 정도 늦게 도착하니 거기까지는 평소 같으면 예상 범위 내.
　나와 레아 씨가 분장실로 불려가, 록 음악을 크게 틀어놓고 가운으로 갈아입어 분장을 시작하는 카트린 씨와 아침(낮) 미팅. 바닥에 앉은 레아 씨에게 "그런 데에 앉지 말고 소파에 앉지?"라고 하더니 이어서 "그 블루베리 맛있어. 시장에서 사왔거든. 먹어. 이것 좀 봐, 이 팩. 금이 들었거든. 영화 속에서 쓰는 것보다 고급이라고. 〈버닝〉[231]은 봤어? 훌륭하던데. 그 사람, 그 밖에 또 어떤 작품을 찍었어?"라고.

이날은 시나리오 내용에 관한 이야기는 없음. 나도 바로 현장으로 돌아왔다.

12/12

신 54. 대기실에 있는 파비안느와 뤼미르의 장면.
거기에 마농이 얼음을 가지고 등장하는 장면으로 크랭크업.
연기할 때 어머니를 떠올렸느냐고 묻는 뤼미르에게 파비안느는 "기억은 믿을 게 못 돼. 자꾸 변하니까"라고 대답한다.

이 한마디에 마이스너가 메소드를 부정한 '연기론'을 반영해봤다.

연기에 대하는 자세의 우열을 가리려는 것은 아니고 그저 차이를 넌지시 묘사하고자 한 건데 어떨지? 샤를로트가 어른이 되고 나서 문득 그것을 떠올려 '배우'로서의 자기 연기에 활용할 것이다. 클레망틴 본인도 이번 촬영을 경험하면서 장래의 꿈 몇 가지 중 하나로 '배우'를 추가한 모양이다. 이쪽은 훗날 두 훌륭한 여배우와의 공연을 어떻게 돌아볼까. 상상하는 것만으로도 즐겁다.

촬영은 무사히 끝났다. 마지막 날은 여배우들에게 꽃다발을 증정하고 기념사진. 일본과 똑같다.

외국에서의 '항해'는 일단 끝을 맺었지만 사실은 아직 절반밖에 못 왔다. 편집 작업이 남아 있으니 긴장을 조금도 늦출 수 없다. 그래도 기분 좋은 성취감에 젖어 있는 것은 좋은 현장이었기 때문일 것이다.

모두의 만족감을 배신하지 않을 작품으로 완성해야 할 텐데.

189 〈더 문〉

〈더 문〉 2009년, 영국. 감독 덩컨 존스, 출연 샘 록 웰, 도미니크 매켈리곳, 카야 스코델라리오. 혼자 달로 날아간 우주 비행사가 우연한 사고 뒤 불가해한 현상을 겪는 SF 미스터리.

190 〈괴물〉

〈괴물〉 1982년, 미국. 감독 존 카펜터, 출연 커트 러셀, A. 윌포드 브림리, 리처드 다이사트. 남극의 얼음 속에 묻혀 있던 그로테스크한 에일리언이 되살아나 인간을 습격하는 SF 호러. 1951년 〈괴물〉의 리메이크.

191 〈사랑의 은하수〉

〈사랑의 은하수〉 1980년, 미국. 감독 자노 슈와르크, 출연 크리스토퍼 리브, 제인 시모어. 시공을 초월한 애달픈 연애를 그린 SF 판타지 드라마. 원작 소설인 〈시간 여행자의 사랑〉의 작가 리처드 매시슨이 시나리오를 담당했다.

192 〈방파제〉

〈방파제〉 1962년, 프랑스. 감독 크리스 마르케, 출연 엘렌 샤틀렌, 다포 아니시. 제3차 세계대전 뒤 인류가 멸종을 앞둔 세계. 주인공은 과거의 수수께끼를 파헤치기 위해 시간여행을 거듭해 기억 속에 생생하게 남아 있던 여자와 재회한다. 예술의 향기가 감도는 SF 단편영화.

193 〈타임 패러독스〉

〈타임 패러독스〉 2014년, 오스트레일리아. 감독 마이클 스피어릭, 피터 스피어릭. 출연 이선 호크, 세라 스눅. 한 청년이 시공 경찰관을 만나 과거 세계에서 복수를……. 원작은 로버트 A. 하인라인의 단편소설 〈너희 좀비들〉.

185 〈알파빌〉

〈알파빌〉 1965년, 프랑스, 이탈리아. 감독 장뤼크 고다르, 출연 아나 카리나, 에디 콘스탄틴. 사람들이 개인적인 감정과 사고를 빼앗기고 전자 지령기의 통제를 받고 있는 미래 도시 알파빌이 무대. 과학 문명에 대한 경종을 울리는 SF 영화.

186 〈잠자는 미녀〉

〈잠자는 미녀〉 2012년, 이탈리아, 프랑스. 감독 마르코 벨로키오, 출연 토니 세르빌로, 이자벨 위페르, 마야 산사. 존엄사 문제에 직면한 세 쌍의 사람들 각각의 갈등을 그린 인간 드라마. 이탈리아에서 존엄사를 둘러싼 논쟁이 벌어진 것을 배경으로 제작됐다.

187 〈네버 렛 미 고〉

〈네버 렛 미 고〉 2010년, 영국, 미국. 감독 마크 로마넥, 출연 캐리 멀리건, 앤드루 가필드, 키라 나이틀리. 타인에게 장기를 제공하는 존재로 양육된 소년소녀. 잔인한 운명을 짊어진 그들의 덧없는 청춘 이야기. 원작은 노벨상 수상 작가 가즈오 이시구로의 동명 소설.

188 〈엑스 마키나〉

〈엑스 마키나〉 2015년, 영국. 감독 알렉스 갈런드, 출연 알리시아 비칸데르, 도널 글리슨, 오스카 아이작, 소노야 미즈노. 알렉스 갈런드의 감독 데뷔작. 인공 지능 실험을 담당하는 젊은이가 아름다운 여성형 로봇과 커뮤니케이션을 하는 사이에 성가신 사태에 말려드는 SF 미스터리.

194 〈부드러운 살결〉

〈부드러운 살결〉 1964년, 프랑스 감독 프랑수아 트뤼포, 출연 장 드사이, 프랑수아즈 도를레아크, 넬리 베네데티. 처자식이 있는 중년 남자가 젊은 미녀와 사랑에 빠져 시작하는 이중 생활을 스릴 있게 그린 작품.

195 알랭 레네

알랭 레네(1922-1914). 영화감독. 프랑스 반 출생. 전후 프랑스 영화계를 대표하는 거장 중 하나. 사색적이며 예술성이 높은 작품으로 유명하다. 대표적은 〈밤과 안개〉 〈히로시마 내 사랑〉 〈지난해 마리앙바드에서〉 등 다수. 에리크 고티에는 레네 감독의 〈와일드 그래스〉(2009년)에서 촬영감독을 맡았다.

196 크랭크업

영화에서 모든 촬영을 종료하는 것.

197 도를레아크

프랑수아즈 도를레아크(1942-1967). 배우. 프랑스 파리 출생. 아역배우로 활동을 시작. 대표작은 〈부드러운 살결〉 〈궁지〉 등. 친동생인 카트린 드뇌브와 〈로슈포르의 연인들〉 등에 함께 출연. 스물다섯 살이라는 젊은 나이에 교통사고로 타계.

198 산세바스티안 영화제

정식 명칭은 '산세바스티안 국제영화제'. 스페인 바스크 지방 기푸스코아 주 산세바스티안에서 매년 열리는 스페인 최대 국제영화제. 고레에다 감독은 2018년까지 아홉 작품을 출품했다. 2018년, 고레에다 감독은 배우 또는 감독에게 수여되는 가장 명예로운 상 '도노스티아 상'(평생 공로상)을 수상.

199 하시즈메 이사오 씨

하시즈메 이사오(1941-). 배우. 일본 오사카 부 출생. 1974년 무대 〈스카팽의 간계〉로 연극계 스타가 됨. 무대, TV드라마, 영화 출연 다수. 영화 〈동경가족〉으로 제37회 일본 아카데미상 남우주연상 수상. 고레에다 감독 작품 〈진짜로 일어날지도 몰라 기적〉 〈태풍이 지나가고〉에 분카쿠자 부속 연극 연구소 동기생인 기키 기린과 함께 출연.

200 노다 히데키 씨

노다 히데키(1955-). 극작가, 연출가, 배우. 일본 나가사키 현 출생. 1976년 극단 '유메노유민샤'를 결성. 제3차 연극 붐을 선도하는 존재가 됨. 1992년 극단을 해산한 뒤 연극 프로듀스 유닛 '노다 지도(NODA MAP)'을 수립. 대표작은 〈소년 사냥〉 〈위작 활짝 꽃 핀 벚나무 아래〉 등.

201 〈위작 활짝 꽃 핀 벚나무 아래〉

노다 히데키가 사카구치 안고의 단편소설 〈활짝 꽃 핀 벚나무 아래〉와 〈요나가 아가씨와 미미오〉를 바탕으로 쓴 희곡. 1989년 초연 이래 전설적 작품으로 평가받는다. 2018년 9월, 일프 우호 160주년을 기념해 파리에서 열린 이벤트 '자포니슴 2018'의 일환으로 국립 샤이오 극장에서 상연됐다.

202 후카쓰 씨

후카쓰 에리(1973-). 배우. 일본 오이타 현 출생. 1988년 〈1999년 여름방학〉으로 영화 데뷔. 대표작은 영화 〈춤추는 대수사선 THE MOVIE 2 레인보우 브리지를 봉쇄하라!〉 〈아수라〉 〈악인〉 〈해안가로의 여행〉 등, TV드라마, 무대에서도 폭 넓게 활약. 〈위작 활짝 꽃 핀 벚나무 아래〉에서는 쓰마부키 사토시, 아마미 유키, 후루타 아라타 등과 함께 메인 캐스트로 출연.

203 몽수리 공원

파리 14구 남단에 있는 파리 3대 공원 중 하나.
1869년 나폴레옹 3세와 센 주지사가 조성했다.

204 카락스

레오스 카락스(1960-). 영화감독. 프랑스 쉬렌 출
생. 〈소년, 소녀를 만나다〉(1984년)으로 '고다르의
재래'라는 평판을 얻었다. 대표작은 〈나쁜 피〉〈퐁
네프의 연인들〉〈폴라 X〉 등.

205 〈퐁네프의 연인들〉

〈퐁네프의 연인들〉 1991년, 프랑스. 감독 레오스
카락스, 출연 쥘리에트 비노슈, 드니 라방. 카락스
감독이 자신을 투영한 노숙자 청년과 실명의 공포
를 안고 있는 미술학도의 순애를 그렸다.

206 〈르몽드〉

프랑스를 대표하는 신문(석간). 1944년 창간.

207 모로코의 마라케시 영화제

정식 명칭은 '마라케시 국제영화제'. 2001년부터
모로코 마라케시에서 개최. 아프리카, 아랍권 영
화제로서는 최대급이라고 일컬어진다.

208 카나리아 제도의 영화제

스페인 카나리아 제도에서 개최되는 '라스팔마스
국제영화제'.

209 이이지마 나미 씨

이이지마 나미(1969-). 푸드 스타일리스트. 일본
도쿄 출생. 〈카모메 식당〉, TV드라마 〈심야 식당〉
등의 푸드 스타일링으로 유명. 영화 및 드라마,
CM, 광고 등에서 폭 넓게 활약. 저서는 '호보닛칸
이토이 신문'에서 연재한 레시피를 모은 'LIFE' 시
리즈, 영화 속 음식 이야기를 담은 에세이 《맛있는
이야기》 등.

210 가와우치 린코 씨

가와우치 린코(1972-). 사진가. 일본 시가 현 출생.
2002년 사진집 《얕은 잠》《불꽃》 등으로 기무라
이헤이 사진상 수상. 젊은 세대에게도 인기가 있
는 동시에 국제적으로 높은 평가를 받고 있다. 고
레에다 감독 작품 〈아무도 모른다〉에서 스틸을
담당.

211 미국 아카데미상

1929년에 시작된, 3대 영화제보다도 역사가 오
래됐으며 주목도가 높은 영화제. 기본적으로는
'미국 영화'의 제전. 수상자에게 주는 금색 오스카
상에서 '오스카'라고도 불린다. 고레에다 감독 작
품 〈어느 가족〉은 2019년 외국어영화상 후보에
올랐다.

212 곤도 류토 씨

곤도 류토(1976-). 영화 촬영감독. 일본 아이치 현
출생. 1998년 대학 재학중 〈귀축 대연회〉에 촬영
조수로 참여한 이래 영화를 비롯해 CM, PV 등 영
상 제작에 다수 참가. 〈어느 가족〉으로 제42회 일
본 아카데미상 최우수 촬영상을 수상.

213 분부쿠

고레에다 히로카즈를 중심으로 설립된 영화, TV,
CM 등 영상 작품을 기획, 제작하는 제작자 집단.
니시카와 미와, 스나다 마미, 히로세 나나코 등이
소속.

214 니시카와 미와

니시카와 미와(1974-). 영화감독. 일본 히로시마
현 출생. 대학 재학중 고레에다 감독 작품 〈원더
풀 라이프〉에 스태프로 참가. 프리랜스 조감독으
로 활동하다가 2002년 〈뱀딸기〉로 오리지널 각
본, 감독 데뷔. 대표작은 〈유레루〉〈우리 의사 선
생님〉〈아주 긴 변명〉 등.

215 〈인사이드 아웃〉

〈인사이드 아웃〉 2015년, 미국. 감독 피트 닥터, 출연 에이미 폴러, 필리스 스미스, 루이스 블랙, 민디 케일링, 빌 헤이더. 어느 소녀의 머릿속을 무대로 '기쁨' '버럭' '까칠' '소심' '슬픔' 같은 감정이 펼치는 드라마. '슬픔' 역의 일본어 더빙을 맡은 오타케 시노부의 호연도 화제가 됐다.

216 카메라 포지션

촬영할 때 카메라의 위치, 설치 장소. 카메라 앵글을 포함할 때도 있다.

217 컷백

대화하는 두 사람을 찍을 때, 두 사람을 번갈아 촬영하는 수법. 둘 이상의 장면을 번갈아 잇는 편집 방법.

218 필름 테스트

영화 촬영에 앞서 필름의 특징을 파악하기 위해 하는 테스트 촬영.

219 퍼포레이션

사진이나 영화용 필름 양쪽 가장자리에 일정한 간격으로 뚫린 네모난 구멍. 영사할 때 영사기에 필름을 보내기 위한 것이기도. 영화에 사용하는 35밀리 필름은 프레임 하나 옆에 퍼포레이션 네 개가 있다.

220 블로 업

화면을 확대하는 것.

221 DCP

디지털 시네마 패키지. 디지털 데이터에 의한 상영 방식. 요새는 극장에서 영사기 대신 DCP를 사용한다. 필름으로 촬영한 영상도 DCP용 프로젝터로 영사할 수 있도록 데이터화할 때의 표준 규격

으로 개발됐다.

222 특기부

특수 기계부. 영상을 촬영할 때 크레인 등 촬영용 특수 기계의 조작을 담당하는 전문 부서.

223 〈가을의 마티네〉

〈가을의 마티네〉 2019년 11월 1일 개봉, 일본. 감독 니시타니 히로시, 출연 후쿠야마 마사하루, 이시다 유리코. 고뇌하는 천재 기타리스트와 여성 저널리스트의 사랑을 그린 애달픈 러브스토리. 원작은 히라노 게이이치로의 동명 장편소설.

224 〈그렇게 아버지가 된다〉

〈그렇게 아버지가 된다〉 2013년, 일본. 감독 고레에다 히로카즈, 출연 후쿠야마 마사하루, 오노 마치코, 마키 요코, 릴리 프랭키. 육 년간 키워온 아이가 병원에서 뒤바뀐 타인의 아이라는 것을 알게 된 부부 두 쌍의 갈등을 그린 가족 드라마. 제66회 칸 국제영화제 심사위원상 수상.

225 노란 조끼

2018년부터 시작된 프랑스의 대정부 항의 활동. 연료세 인상을 계기로 시작해 세제 개혁의 부담 증가와 가계 지출 증가에 대해 항의. '노란 조끼'는 프랑스에서 운전자가 의무적으로 소지해야 하는 형광 노란색 조끼에서.

226 야마자키 유타카 씨

야마자키 유타카(1940-). 영화 촬영감독. 1965년 기록 영화 〈육필 우키요에의 발견〉으로 카메라맨으로 데뷔. TV 다큐멘터리, 기록 영화, CM, 드라마, 극장용 영화 다수의 촬영감독을 맡았다. 고레에다 감독 작품으로는 〈아무도 모른다〉 〈하나〉 〈걸어도 걸어도〉 〈진짜로 일어날지도 몰라 기적〉 등에 참가. 2010년 〈토르소〉로 감독 데뷔.

227 메이킹

영화의 촬영 현장, 제작 현장의 무대 뒤를 기록한 사진 및 영상. 특전 영상으로 수록하거나 홍보에 사용한다.

228 배두나 씨

배두나(1979-). 배우. 한국 서울 출생. 1999년 일본 영화 〈링〉의 한국 리메이크 판에서 박은서(사다코) 역으로 데뷔. 고레에다 감독 작품 〈공기 인형〉에서 주연을 맡았다. 다른 대표작은 〈고양이를 부탁해〉 〈괴물〉 〈도희야〉, 드라마 〈센스 8〉 등.

229 오타케 시노부 씨

오타케 시노부(1957-). 배우, 방송인, 가수. 일본 도쿄 출생. 고등학교 시절에 〈청춘의 문〉으로 영화 데뷔. 〈사건〉 〈아아, 노무기 고개〉 〈검은 집〉 〈철도원〉 등 대표작 다수. 고레에다 감독 작품으로는 〈바닷마을 다이어리〉에 출연. TV드라마와 무대에서도 폭 넓게 활약하며 일본을 대표하는 배우 중 하나.

230 미야자와 리에 씨

미야자와 리에(1973-). 배우. 일본 도쿄 출생. 열한 살에 모델 데뷔, 연예 활동을 시작. 대표작은 〈우리의 7일간 전쟁〉 〈황혼의 사무라이〉 〈아버지와 산다면〉 〈종이 달〉 〈행복 목욕탕〉 등 다수. 고레에다 감독 작품으로는 〈하나〉에 출연.

231 〈버닝〉

〈버닝〉 2018년, 한국. 감독 이창동, 출연 유아인, 스티븐 연, 작가를 지망하는 청년이 우연히 소꿉친구와 재회하면서 시작되는 환상적인 미스터리 드라마. 원작은 무라카미 하루키의 단편소설 〈헛간을 태우다〉.

끝맺으며

　지금 이 글을 쓰는 것은 2019년 8월 25일. 영화 〈파비안느에 관한 진실〉은 완성되어 내일모레 베네치아 영화제 상영을 위해 다시 '항해'를 떠난다.

　사실은 크랭크업에서부터 편집, 믹싱을 거쳐 완성에 이르기까지 육 개월 동안 촬영 전, 촬영중 이상으로 많은 일이 있었다. 그중에는 다른 사람을 신뢰할 마음을 잃을 것 같은 에피소드도 있었고, 영화를 믿어보고 싶어지는 에피소드도 있었다. 그 이야기는 다음 기회에 할까 한다. 어쨌거나 〈진실〉이 납득할 수 있는 형태로 완성된 것만은 분명하다.

　이 이야기에 대한 구상을 처음 얻은 것은 십육 년 전이고, 지금 같은 어머니와 딸의 이야기라는 형태로 수정된 것도 일지에 썼듯이 벌써 사 년 전이다.

　그렇기에 처음부터 갖고 있었던 '보고 난 느낌이 산뜻한 영화'라는 생각과 작년 이 작품 준비중에 돌아가신 기키 기린 씨와는 직접적으로 아무 관계도 없다.

　그런데도 이 영화가 찬가가 되기를 강하게 원한 것은, 그럼으로써 내가 기키 씨라는 영화 만들기의 파트너를 잃은 상실감에 사로잡히고 싶지 않다는 마음에서였으리라는 것을 일 년 지난 이제 깨달았다.

기키 씨에게 바친다고 하면 "창피하니까 하지 마"라며 웃을 테고 확실히 그런 것과는 좀 다르다 싶지만, 이 영화를 가장 보여주고 싶은 사람이 누구냐고 묻는다면 기키 씨의 이름을 분명 맨 먼저 들 것이다.

이룰 수만 있다면 또 함께 초밥이라도 먹으면서 기키 씨가 약간 심술궂게 "드뇌브 씨는 그래서 어땠어?"라고 물으면 기다렸다는 듯 현장에서 있었던 여러 에피소드를 이야기하고 싶었다.

작가 후기   추운 2월의 도쿄에서

〈파비안느에 관한 진실〉이 완성된 뒤, 내 작품 제작 과정은 조금 복잡해졌다. 주된 원인은 '코로나'다.

사카모토 유지 씨[232]의 각본으로 준비중이던 영화가 배급사의 판단으로 일단 연기되어 그동안 스트리밍 드라마의 쇼러너[제작 현장 책임자]를 맡았다. 다음에 찍을 예정이던 한국에서의 기획 준비를 앞당겨 먼저 시작하려 했는데, 당초 쇼러너 역할만 담당하려던 스트리밍 드라마의 무대가 되는 교토 화류가를 취재하면서 크게 관심을 갖게 된 것은 좋은 의미로 오산이었다. 게다가 '가능하면 한 회만이라도 좋으니 연출해달라'는 넷플릭스의 요청에 응하는 형태로 연출을 맡게 됐지만 이건 예상 범위 내의 변경이다. 그 때문에 코로나에도 불구하고 일본과 한국을 오가며 매우 바쁘게 생활해야 했다.

하지만 그렇게 해서 완성된 두 작품에 불만이 남았느냐 하면 그렇지도 않고, 오히려 활기차게, 평소 이상으로 즐겁게 하루하루를 보냈으니 스스로 생각해도 놀라운 일이다.

〈브로커〉는 2020년 시나리오 헌팅과 프리프로덕션에 이어 두 달 반간 촬영했다. 그 뒤 엄동설한의 서울에서 진행한 촬영 후의 포스트프로덕션을 합치면 팔 개월 이상 한국에서 지낸 셈이다. 한국에 관해 제법 많이 안다고 자부해도 될 것이다.

자부하지는 않지만.

일본에 돌아온 뒤 이런저런 인터뷰에서 이야기했으니 이미 어디선가 보고 들었을지 모르지만 그때 체험을 여기서 다시 한 번 정리해보려 한다. 일본의 촬영 현장과 어디가 가장 다른가?

뭣보다도 합리적이다. 좋은 뜻으로나 나쁜 뜻으로나. 몇 년 전 근로 여건이 개선되면서 주 오십이 시간이라는 근로 시간을 엄수하고 촬영을 마치고 나면 그다음 시작하기까지 열두 시간을 비워야 한다. 매주 주휴일이라는 게 요일로 정해져 있어, 그날은 미팅을 포함해 어떤 업무도 할 수 없다. 스태프는 병원 예약 등 사전에 일정을 계획할 수 있다는 뜻이다.

실제 촬영 일수는 약 사십오 일이었다. 〈어느 가족〉과 큰 차가 없지만 다 합해서 두 달 반 걸렸으니 사십오 일 일하고 삼십 일 쉰 셈이다. 일을 너무 많이 하는 감독(고레에다 본인)이라면 그 사이에 영화를 한 편 더 찍을 수 있지 않나 생각하게 되는 촬영 상황이었다.

십 년쯤 전에는 한국의 촬영 현장도 일본처럼 장시간 노동이 당연했다. 원래부터 상하관계가 엄격한 나라다 보니 군대식의 갑질도 만연했던 모양이다. 현장의 그런 분위기가 단숨에 쇄신됐다. 갑질은 단번에 레드카드, 퇴장이다. 뭣보다도 이런 엄격함, 신속함을 배워야 한다고 생각한다.

여담이지만 부산 국제영화제[233]에 처음으로 초대되어 한국을 찾았던 이십오 년 전, 시내 카페에서 마신 커피는 어디나 홍차처럼 연한 게 맛이 전혀 나지 않았다. 처음에는 주문에 착오가 있었나 싶었을 정도다. 그런데 지난 십 년 사이에 커피 문화가 빠른 속도로 침투, 정착하면서 맛이 상당히 변했다. 커피를 좋아하는 사람 입장에서는 반가운 일이지만, 쇄신이 빠르다는 것은 당연히 변화에 따라가지 못하는 사람은 도태된다는 뜻이다. 한국 사회 전반에 대해 같은 말을 할 수 있는 모양이다. 새로운 영화 기술에 따라오지 못하는 세대의 스태프는 나이 50대에 보수파라는 딱지가 붙어 현장에서 사라지고 말았다.

〈브로커〉의 촬영감독 홍경표 씨[234]는 작년에 환갑을 맞이한 60세로 나와 동갑인데, 일선에서 활약하는 카메라맨 중에서는 가장 나이가 많다고 들었다. 감독도 상황은 마찬가지로, 60대에 현역으로 활발하게 활동하는 사람은 거의 없다고 한다. 일본의 경우 60대면 감독도 카메라맨도 아직 중견이라는 느낌으로 위를 보며 안심했던 터라, 만약 내가 한국에서 경력을 쌓아 감독이 됐다면 어땠을까 싶어 오싹했다.

한국은 노인에게 친절하지 않은 사회라고 한다. 회사에 취직해도 40대가 되면 소수의 출세 후보와 그 외로 명확히 갈린다. 그리고 '그 외'는 명예퇴직을 해서 창업한다. 그러다가 실패하면 〈오징어 게임〉[235]이 기다리고 있다. 이건 농담 반 진담 반인 듯, 한국에서 그 드라마가 히트를 친 것은 현실 사회가 항상 〈오징어 게임〉 같기 때문이라는 설명을 듣고 묘하게 납득하고 말았다. 모든 일에는 양면이 존재한다. 한국의 영화 산업은 젊은 에너지로 가득하다는 밝은 면에만 시선이 가기 일쑤이지

만, 그에 가려진 그림자 부분도 분명하게 인식해두어야 실상을
파악할 수 있겠다는 생각이 들었다.

　　현장에서 한 경험은《영화를 찍으며 생각한 것2》라도
나오게 되면 그때 다시 자세히 쓰기로 하고, 여기서는 한 가지
만 써보기로 한다.
　　본문에도 등장하는 슈퍼 통역 레아 씨 덕에 프랑스 촬영
현장에서는 커뮤니케이션에 스트레스를 느낄 일이 거의 없었
다는 것은 앞서 언급했다. 카메라맨 에리크가 이따금 스태프에
게 한 모욕적인 발언은, 레아 씨가 스스로 판단해 통역하지 않
은 터라 필요 이상으로 감정이 어지럽혀지는 일이 없어 고마웠
다. 고맙습니다, 레아 씨.
　　또 두 프로듀서(뮈리엘과 마틸드)가 서로 얼굴도 보고 싶지
않다며 벌인 어린애 같은 대립은 후쿠마 씨가 중간에서 모조리
흡수해주었다. 분명 남은 알지 못할 스트레스도 있었을 텐데도
항상 감정적으로 대하지 않고 냉정하고 온화함을 유지하는 모
습에 머리가 수그러졌다. 아니, 손을 모아 합장했다. 진짜로. 고
맙습니다, 후쿠마 씨.
　　이번 촬영도 레아 씨와 마찬가지로 슈퍼 통역에, 순수하
고 느긋해 존재만으로 분위기가 누그러지는 연지미 씨가 준비
부터 완성까지 함께해준 덕을 크게 봤다. 코로나 탓에 후쿠마
씨는 원칙적으로 촬영 현장에 있을 수 없었지만, 감독 조수를
맡은 손 씨가 워낙 거물이었고 조감독 후지모토 씨[236]가 한일

공동 작품 경험이 풍부한 덕엔 한국에서의 촬영은 큰 문제 없이 진행됐다.

감독 조수 손 씨가 어떻게 거물이었는가 하면…… 그녀는 조선학교를 나온 자이니치 3세고 아버지도 조선학교 교사라는 배경을 갖고 있다. 내 〈브로커〉 프로젝트를 누구보다도 먼저 알아차리고 '날 끼워주지 않으면 후회할걸요'(실제로 그렇게 말했다는 뜻은 아니고) 하는 고자세로 참가를 열망했다. 매우 훌륭한 아이디어를 열 번에 한 번 꼴로 말하는 터라 칭찬했는데 아주 불만스러워 보이기에 이유를 물었더니 채택률이 낮다는 것이다. "니시카와 씨의 〈멋진 세계〉[237] 땐 열 번에 세 번은 채택됐다고요." 바로 니시카와 씨에게 확인하자 "아뇨, 그런 적 없는데요"라고 단호하게 부정했다. 손 씨에게 그 사실을 알리니 "살짝 부풀렸어요"라고 실토했다.

내가 육필로 수정한 대본을 정서하는 작업은 그녀 담당인데, 완성된 원고를 보면 곳곳의 여백에 말풍선으로 '재미있다'느니 '이해가 안 된다'느니 써놨다. "손 씨, 고맙긴 한데 뗄 수 있게 포스트잇에 써주겠어?"라고 설명하자 왜 그런지 또 불만스러워 보였다. 게다가 '어라? 이런 수정을 했던가?' 싶은 부분이 간간히 보여, 입력을 잘못 했나 하고 수정 전 원고와 비교하니 역시나 대사의 표현이 달랐다. "손 씨…… 여기 말인데……"라며 두 곳을 비교해서 보여주자, "아…… 알아보시겠어요? 감독님은 역시 다르네요"라고 대답했다. 자기 멋대로 고쳐 나를 시험한 모양이다. 그 뒤로 대본 수정에는 항상 최대한 경계 태세를 유지했다.

뭣보다도 대단하다고 생각한 것은, 내가 콘티를 그리고 연출하고 촬영을 마치자 다가와 자기 대본에 기입한 컷 나누기를 보여주며 "보세요, 감독님. 저도 똑같이 생각했거든요"라고 했을 때였다.

처음 크랭크인 했을 때는 '컷 나누기가 뭔지 통 모르겠다'며 표정이 어두웠던 게 거짓말처럼 후반에는 상당한 수준으로 발전했다. 습득이 빠른 것에 솔직히 놀랄 때도 많았던 터라 '좋아졌네'라 말하려 하자, "감독님, 제 거 보고 베낀 거죠?"라며 놀렸다. 물론 그런 적 없다.

이내 연출에 관한 조언도 빠른 속도로 적확해져 "방금 그 장면, 제가 연출했다고 다른 사람들한테 말해도 돼요?"라는 농담이 꽤 진실에 가까운 장면도 작품 내에 몇 곳 남아 있다. 마지막 날 차 안에서 "감독님한테 배울 건 이제 다 배운 것 같아요"라며 명랑하게 결별 선언을 하기에 "손 씨, 그런 말은 내가 하는 게 도리일 것 같은데"라고 어쨌거나 인생의 선배로서 조언해주었다.

조감독 후지모토 씨는 준비부터 촬영, 완성 그리고 칸 영화제에 이르기까지 아주 적당한 거리를 두고 작품에 함께해주었다. 실은 촬영 둘째 날, 작은 문제가 발생했다.

쏟아지는 빗속에 이지은(아이유) 씨[238]가 연기하는 소영이 베이비 박스에 아기를 맡기러 오는 장면이었다. 비 오는 장면을 좋아하는 촬영감독 홍경표 씨가 테스트 때부터 신나게 비를 내리게 하는 바람에 12톤을 준비한 살수차의 물이 본 촬영 전에 부족해지면서 촬영이 상당히 지연되고 말았다. 두 컷 정도 남았을 때 현장을 맡은 프로듀서가 나 없이 촬영 종료를 결정했다. 훗날 혹시 촬영하더라도 소영은 얼굴이 보이지 않으니 대역을 쓰자고 일방적으로 선언했다. 그때까지도 한 컷 찍을 때마다 '여기는 대역을 써도 되지 않나' '테스트에 비는 필요 없지 않나' 하고 나와 홍 씨에게 압력을 가하는 터라 홍 씨는 노골적으로 불만스러운 표정이었다. 나도 '뒷모습으로 연기하니까'라고 버텼지만 '한국에서 이런 장면은 일반적으로 더미^{dummy}를 쓴다'며 밀어붙였다.

    홍 씨에게 몰래 확인하자 "봉준호[239]도 이창동[240]도 더미는 안 쓴다고요"라고 단호하게 말했다. 나도 두 사람의 방침에 따르기로 한 참에 벌어진 일이었던 터라, 후지모토 씨가 불러 미팅에 참가했을 때는 내 입으로 말하기는 뭐하지만 오랜만에, 진짜로 오랜만에(정확히는 이십칠 년 만에) 노여움에 목소리가 부르르 떨렸다.

    '먼저 그런 이야기는 내가 있을 때 하는 게 도리다. 이 작품은 특별한 캐스트와 특별한 스태프가 특별한 영화를 만들기 위해 모인 줄 알았는데 착각이었다. 크랭크업 직전이었다면 또 몰라도 촬영 이틀째에 두 컷 남았는데, 프로듀서가 감독의 의견도 묻지 않고 중단이니 더미니 결정하는 현장인가' 하고 따졌다.

    아주 큰 목소리는 아니었지만 확실하게 노여움에 목소

리가 떨렸다. 옆에서 내 말을 통역하던 후지모토 씨도 떨리는 목소리였기 때문이다. 그 덕분에 나 자신은 조금 흥분을 가라앉힐 수 있었다. 그 정도로 험악했던 순간은 그때가 처음이자 마지막이었고 그 뒤로는 촬영 종료까지 기본적으로 평화롭게 진행됐다. 그렇기에 이 타이밍에 한 번 충돌해두는 게 필요했다고 나중에 와서는 생각했지만, 그날은 자기혐오에 빠져 아주 기분이 울적했다. 감독은 화를 내더라도 감정을 드러내지 말고 연출로서 의도적으로 화내는 것이어야 한다.

그래도 이 대립이 있은 뒤 후지모토 씨, 홍 씨와 조금 거리가 좁아진 듯했던 것도 사실이니, 늘 생글생글 웃기만 하는 것은 역시 좋지 않다고 생각했다.

나중에 몰래 홍 씨에게 "이런 때 한국어로 뭐라고 욕해요?"라고 묻자 "너 미쳤냐?"라고 가르쳐주었다. 일본어로는 뭐가 딱 맞는지 모르겠지만 의역하자면 '이게 지금 잠꼬대하나'려나.

실제로 말할 기회는 다행히 〈브로커〉 촬영중에는 찾아오지 않았다. 앞으로도 없기를 바라지만, 한국 사람이 없는 현장에서 몰래 중얼거려보고 싶은 마음도 살짝 없지는 않다.

프랑스와 크게 다른 점 중 하나는 프랑스어와 한국어 문법의 차이였다. 나는 일본어만 할 줄 아니 양쪽 모두 언어를 이해하지 못하는 셈인데, 프랑스에서 가장 어려웠던 것은 편집이었다. 두 인물이 대화하고 있을 때 어디서 컷 해서 상대방의 얼굴을 잡아야 부자연스럽지 않을지 도무지 알 수 없었다. '거기선 컷 하지 않죠'라는 조언에 따르는 수밖에 없었다. 그런 문제가 한국어에는 없었다. 기본적으로 문법이 일본어와 비슷한지라 어순도 일치한다. 그러면 편집 지점에 고민하지 않아도 된다. 이 차이는 아주 컸다고 생각한다.

나 자신에게 일어난 큰 변화를 실감한 것은 한국에서 촬영을 마치고 일본으로 돌아와 교토에서 〈마이코네 행복한 밥상〉[241]의 촬영을 시작한 2021년 8월이었다.

우즈마사에 지은 게이코와 마이코가 생활하는 야카타 세트가 주된 촬영 현장이었는데, 한 장면에 등장하는 인물이 가장 많을 때는 어머니 역 마쓰자카 게이코, 아즈사 씨 역 도키와 다카코, 마이코인 쓰루코마와 기쿠노, 고토노, 아즈사 씨 딸 료코, 그리고 스미레와 기요, 합해서 여덟 명에 이르렀다.

여기서만 하는 말인데, 나는 한 장면에 여섯 명이 넘으면 모든 인물의 연기를 판단하지 못한다. 왜 여섯 명인가 하면 학창시절 배구부에서 세터였기 때문이 아닐까 나 혼자 생각하고 있다. 상대편의 블록을 곁눈으로 확인하며 다른 다섯 명을 어떻게 움직일지 생각하는 게 세터의 역할이다. 그렇게 뛰어난 선수는 아니었지만 나를 포함해 여섯 명까지는 유기적으로 시야에 넣어 판단할 수 있다. 하지만 그 이상은 무리라 나중에 모니터를 보며 판단하는 수밖에 없었다. 그런데 어떻게 된 영문인지 여덟 명인데도 괜찮았다. 뿐만 아니라 각 배우의 연기 디테

일이 상당히 자세하게, 입체적으로 망막에 도달하는 느낌이었다. 솔직히 '어라? 성장했나?' 생각했다.

아마 이건 프랑스와 한국에서 연출할 때 언어 외의 정보로 연기의 좋고 나쁨을 파악할 필요가 있었던 탓에 이전과는 다른 식으로 눈과 귀와 두뇌를 써야 했기 때문일 것이다. 그 영향으로, 자연스레 이해할 수 있는 일본어 대사와 연기를 연출할 때 '여력'이 있었다는 뜻인지도 모른다. 렌즈의 해상도나 카메라의 화소 수가 높아졌다 하는 느낌이었다. 여기에는 나도 놀랐고, 반가운 변화였다. 지금이나 그렇지 이내 사라질 능력이리라고 생각하지만, 그 이듬해 2022년에 찍은 〈괴물〉[242] 때도 감각으로는 아직 남아 있었다.

데뷔 이래 약 십오 년간 기본적으로 극장 공개용 영화만 찍던 때는 영화 제작은 마라톤이라고 생각했다. 42.195킬로미터를 완주하고 나면 체력도 기력도 바닥나 쓰러지는 느낌이다. 그러던 게 2012년 〈고잉 마이 홈〉[243]이라는 연속 드라마를 혼자 끝까지 감독한 뒤 변화했다. 연속 드라마는 트라이애슬론이었다(해본 적은 없지만). 트라이애슬론을 한 번 경험하고 나니 장편 영화 한 편을 찍는 게 중거리 달리기로 바뀌었다. 1만 미터 정도려나(달려본 적은 없지만). 바꿔 말하면 달리면서 페이스 배분을 생각하고 조금씩 조정해가며 주위를 둘러볼 수 있는 여유가 생긴 것이다. 따라서 이번에 내게 생긴 변화는 인생에서 두 번째라는 뜻이 된다. 아직도 성장이 가능하구나 하고 진심으로 생각하고 있다. 겸손 같은 게 아니라 재능이라고는 체력밖에 없는 감독이라고 스스로 생각하지만, 개선할 수 있는 부분은 아직 여럿 있구나, 주어진 것을 100퍼센트 다 쓰지 못하고 있구나 하는 느낌이다. 이 느낌이 있는 한 타성적으로 영화를 만들지는 않을 것 같다.

　　2022년 봄, 연기됐던 신작 영화 촬영이 시작됐다. 아직 완성 전인 이 영화 〈괴물〉에 관해 여기에 쓰는 것은 약간 시기상조일 것 같으니 언급 정도만 하고 넘어가자. 기획이 시작된 것은 코로나가 세계를 뒤덮기 전이었으니 2019년이었을 것이다. 각본을 직접 쓰지 않고 다른 사람에게 부탁한다면 누구에게 부탁하겠느냐는 질문에 늘 사카모토 유지 씨의 이름을 들었던 터라, 사카모토 씨가 감독 후보로 나를 거론했다는 기획을 거절할 리 없었다. 뭣보다도 롱 플롯이 매우 만만치 않고 재미있었다.

　　캐스트는 사카모토 팀과 고레에다 팀의 하이브리드 같은 형태다. 스태프는 기본적으로 사 년 전 〈어느 가족〉 때의 스태프를 계승한다. 가장 오래 함께 일한 사람은 헤어 메이크업을 담당하는 사카이 무쓰키 씨[244]. 〈원더풀 라이프〉로 처음 만났다. 녹음을 담당하는 도미 씨[245]는 조수 시절부터 따지면 〈아무도 모른다〉부터. 의상 디자인을 맡은 구로사와 가즈코 씨[246]는 〈하나〉부터. 조명 담당 오시타 씨[247]는 〈걸어도 걸어도〉. 여기까지는 고참들이다. 조감독 모리모토[248]는 〈그렇게 아버지가 된다〉 때는 아직 서드였는데 그새 치프가 됐다. 이제 슬슬 졸업해 감독으로 넘어갈 시기다. 대학에서 가르쳤던 제자인

반세 씨[249]는 제작 실습이 인연이 되어 진로를 바꾸고 〈어느 가족〉 때부터 어시스트 프로듀서로 고레에다 팀에 합류했다. 칠년째인 이번 작품에서는 프로듀서다. 의도한 것은 아닌데 친숙한 얼굴과 참신한 얼굴, 나이 많은 세대와 젊은 세대가 균형을 이루는 혼성팀이 만들어졌다.

그중에서도 이번 촬영에서 의지가 된 사람 중 하나가 제작 담당 고토 이치로다. 〈바닷마을 다이어리〉 때부터 참가했다고 기억하는데, 〈어느 가족〉에서 시바타 가 가족이 사는 집을 찾아낸 사람이 이치로 군이다. 각본을 읽고 자기 나름대로 이미지를 떠올려 '이런 건 어떨까요?' 하고 감독에게 제안하는 게 주된 업무인데, 물건에 따라 각본이 달라지는 경우도 있다. 〈어느 가족〉 때도 "이 집이면 주위 아파트에 가려져서 스미다 강 불꽃놀이가 소리만 들리겠는데요"라고 이치로 군이 한마디 한 것에 촉발되어, 보이지 않는 불꽃놀이를 다함께 올려다본다는 아이디어를 얻었다. 이치로 군이 하는 일이 얼마나 중요한지 잘 알 수 있을 것이다.

또 이건 비밀인데 이번 각본에 화재 장면이 있어서 소방서의 협조가 꼭 필요했다. 그런데 로케이션 헌팅차 찾아간 지역(아직 비밀이다)은 좌우지간 어떻게 부탁을 했기에 이렇게까지 협조적인가 싶을 정도로 전면적인 협조 태세라 소방차에 사다리차까지 출동해주기로 되어 있었다. 그런 때도 이치로 군은 결코 '어때요, 대단하죠?' 하는 언동은 하지 않고 어디까지나 조용히, 맡은 일을 했을 뿐이라는 표정으로 구석에 서 있다. 뭐랄까, 신뢰할 수 있다. 딸이 결혼하겠다고 이런 남자를 데려오면 어떤 부모든 안심하고 떠나보낼 수 있지 않을까 싶은, 이 업계에서는 찾아보기 힘든 인간이다.

팀 컬러라는 것은 이렇게 팀을 구성하는 한 명 한 명의 개성이 모여 정해지고 또 변화를 거듭하게 마련이다. 따라서 본래는 스태프가 달라지면 고레에다 팀의 색이 달라지고 거기서 태어나는 영화도 달라질 터다. 그렇다면 거의 외국 스태프만으로 찍은 〈파비안느에 관한 진실〉과 〈브로커〉는 작풍이 이전과 확연히 달라졌어도 이상할 것 없다.

딱히 작품을 통해 실험한다는 생각은 없지만, 내 영화가 지니는, 내 영화가 지닌다고 사람들이 생각하는 '고레에다다움' 이란 무엇인가? 그건 내가 나고 자란 나라와 모국어인 일본어에서 벗어나도 남는 건가? 그런 물음을 가슴에 품고 착수한 것이 〈파비안느에 관한 진실〉이고 〈브로커〉였다. 두 작품 모두 본 사람들이 서로 상반되는 감상을 말했다. 엔드 크레디트를 보지 않았다면 고레에다 씨 작품인 줄 몰랐을 것이라는 의견과, 어디를 어떻게 봐도 고레에다 씨 영화였다는 의견. 후자가 더 기쁘냐고 한다면 꼭 그렇지도 않다. 나다움이라는 것은 별것 아니다. 그게 작품 안에 남아 있다 할 때, 그건 내가 일본인이라는 데서 비롯되는 건가? 아니면 고레에다 개인의 세계관, 인간관, 영화관에서 비롯되나? 어느 쪽이든 나 자신을 그렇게 좋아하지 않는 터라 나를 닮지 않았어도 재미있는 편이 낫다. 닮았는데 재미없는 게 가장 나쁘다. '다움'은 호흡 같은 것이라고 누가 말했다. 그렇다면 그건 편집의 리듬일까.

한층 커진 그런 물음을 양팔로 끌어안고 〈괴물〉에 임했다. 거기에 하나의 대답이 있는지도 모른다. 왜냐하면 이번에는 내가 각본을 쓰지 않았기 때문이다. 저 유명한 사카모토 유지가 쓴 대사를 내가 연출하는 것이다. 여느 때 같으면 아역 배우들에게는 각본을 주지 않고 줄거리도 말해주지 않은 채 촬영을 시작하는데, 이번에는 사전에 대본을 주고 리딩도 하고 리허설 같은 것도 했고 역을 이해할 수 있도록 여러 분야의 전문가를 데려다 강연도 했다. 평소와는 180도 다른 접근 방식으로 인물을 만들어봤다. 그런데도 〈괴물〉이 고레에다의 감독 작품이 됐을까, 안 됐을까. 고레에다 작품 같지 않지만 아주 재미있다는 게 내심 제일 기쁜 감상일 것도 같은데, 아직 완성 전이니 지금 단계에서는 뭐라 말할 수 없다.

이 뒤 어디로 갈지는 아직 아무것도 정하지 않았다. 〈마이코네 행복한 밥상〉 말고 영화로는 오 년 만에 일본에서 영화를 제작하는 것이니, 홈그라운드로 돌아왔다는 기분은 솔직히 있다. 전부터 국내에서 해보고 싶었던 기획도 서랍 안에나 책상 위에나 수두룩하게 있다. 원작이 있는 작품의 영화화 제안도 국내외에서 들어온다. 솔직히 복 받았다고 생각한다. 누구에게 고맙다고 해야 하는 걸가. 아무튼 남보다 튼튼하게 낳아준 부모님에게 손을 모아 감사드리기로 하자.

그런 상황이다 보니 되레 다음 한 발짝을 어느 쪽으로

내디딜지 선택의 여지가 너무 많아 못 정하겠다. 공부도 하고 싶다. 사치스러운 고민이다. 향후 십 년, 십오 년을 생각했을 때 제작의 필드를 어떻게 할지도 생각해야 한다. 스트리밍 쪽으로 중심축을 옮기면 여러 의미에서 더 편해지는 것은 틀림없다. 스트리밍 서비스의 성공은 크리에이터에게는 작품을 발표할 플랫폼이 늘어난 셈이니 대환영이다. 극장 공개라는 형태에 대한 집착만 버린다면. 그게 간단하지 않아서 그렇지…….

영화는 변한다. 계속해서 달라진다. 당연히 만드는 방식도 달라진다.

1995년에 공개된 데뷔작 〈환상의 빛〉은 필름 편집이었다. 스타인벡이라는 크고 무겁고 시끄러운 기계를 썼다. 불편했다. 그래서 좋았다. 〈원더풀 라이프〉는 텔레비전 프로그램처럼 VHS 테이프로 편집했다. 세 번째 작품인 〈디스턴스〉는 넌리니어(AVID) 편집이었다. 편리하고 언제든 변경하는 게 가능해 '잠정'이라는 말을 떼어낼 수 없게 됐다. 촬영은 〈파비안느에 관한 진실〉까지는 〈세 번째 살인〉만 빼고 모두 필름으로 작업했다. 〈마이코네 행복한 밥상〉과 〈괴물〉은 디지털로 변경했다. 약 삼십 년 사이에 이만큼 달라졌다. 그래도 변하지 않을 영화의 원초적 형태와 바야흐로 영화라 부를 수 없게 될 '영화' 사이를 오가면서 나는 영상 만들기를 계속하게 될 것이다.

앞으로 십 년은 영화에게도 영화감독에게도 기로가 될 것이라 생각한다. 〈프롤로그〉에서 잠깐 언급한 코펜하겐에서의 회고전에서 〈원더풀 라이프〉를 상영했다. 35밀리미터 필름 상영이었다. 마지막 십오 분밖에 보지 못했지만, 이때 스크린에 투사된 영상을 내 영화라는 것도 잊고 넋놓고 보고 말았다. 필름의 입자감(이건 디지털로 사후에 가공하려면 할 수 있다)은 물론이고 영사의 흔들림에 감동하고 말았다. 디지털 상영의 경우 화면의 프레임은 물론 전혀 흔들리지 않지만, 필름 상영이면 아무래도 흔들리게 된다. 그걸 마이너스로 여겨왔을 텐데, 전체 윤곽이며 포커스가 부드럽게 흐려져 하나로 싸여 전달됐다. '선명하지 않은 포커스는 필름이면 맛(강조)으로 치고 넘어갈 수 있지만, 디지털의 경우에는 단순히 기술적 실수로만 보인다'는 말을 젊은 카메라맨에게 들은 적이 있는데, 매우 납득했다.

아니, 오히려 경악했다.

'영화'가 이렇게 단기간에 달라졌다는 것, 양쪽 모두에 내가 아무렇지도 않게 '영화'로 관여했다는 것에.

상영이 끝나고 상영 기사가 내려와 "어땠어? 좋았지?" 라며 악수를 청했다. 그래, 영화제에는 매번 이 의식이 있었다. 영화 만들기에서 사라진 필름을 교체하는 시간, 무거운 기재, 상영에서 사라진 필름을 교체하는 수고, 필름 교체를 표시하기 위해 필름에 각인되던 마크. 그것들이 영화 및 영화 만들기의 시간과 공간을 일종의 '축제'로 바꿔주었다고 생각한다. 그런 것이 한꺼번에 사라졌다. 뿐만 아니라 이제 영화관의 어둠까지 사라져가고 있다. 내게는 종이가 아니면 책이 아닌 것과 마찬가지로, 영화관을 잃으면 영화는 영화가 아니게 될 것 같다.

《영화를 찍으며 생각한 것》의 서문에서 나는 영화에 대해 갖는 감정이 '두려움'과 '동경'이라 썼다. 아마 그 감정은 변하지 않을 것이다. 하지만 현 시점에서는 어디까지 그 변화와 함께 갈지, 어느 지점에서 멈춰 서서 떠나보낼 건지 아직 정하지 못했다.

과거의 영화와 미래의 영화. 어쨌거나 현재의 분단된 상황을 전보다 더 재미있어하고 싶다.

2023년 2월 1일
고레에다 히로카즈

주
—

232 사카모토 유지 씨

사카모토 유지(1967-). 각본가. 일본 오사카 출생. 23세 때 각본을 담당한 텔레비전 드라마 〈도쿄 러브스토리〉가 크게 히트. 대표작은 드라마 〈콰르텟〉〈오마에다 도와코와 세 명의 전남편〉, 영화 〈꽃다발 같은 사랑을 했다〉 등.

233 부산 국제영화제

1996년에 창설됐고 한국 부산에서 매년 열리는 국제영화제.

234 홍경표 씨

홍경표(1962-). 촬영감독. 한국 경상북도 출생. 〈기생충〉〈유랑의 달〉〈태극기 휘날리며〉〈마더〉〈버닝〉 등 다수 작품의 촬영을 담당.

235 〈오징어 게임〉

2021년, 한국. 넷플릭스에서 공개된 서바이벌 드라마. 거액의 상금을 둘러싼 경쟁에서 탈락한 이는 가차없이 목숨을 잃는다.

236 후지모토 씨

후지모토 신스케(1979-). 일본 이시카와 현 출생. 〈야수〉〈비몽〉〈아가씨〉〈아이 엠 어 히어로〉 등 한국 영화, 한일 합작 영화에서 폭 넓게 활동하고 있다.

237 〈멋진 세계〉

〈멋진 세계〉 2021년, 일본. 감독 니시카와 미와,

출연 야쿠쇼 고지, 나카노 다이가. 사키 류조의 《신분장》을 원안으로, 인생의 태반을 어둠의 세계와 교도소에서 보낸 남자를 그렸다. 제56회 시카고 국제영화제에서 관객상과 최우수 연기자상(야쿠쇼 고지) 등 2관왕에 올랐다.

238 이지은(아이유) 씨

이지은(1993-). 싱어송라이터, 배우. 한국 서울 출생. '국민 여동생'이라 불릴 만큼 절대적인 인기를 자랑한다. 고레에다 감독은 코로나 시기에 집에 있을 때 〈나의 아저씨〉를 보고 아이유의 팬이 됐다고 한다.

239 봉준호

봉준호(1969-). 영화감독. 한국 대구 출생. 〈플란다스의 개〉로 처음 장편영화 감독을 맡고 각본도 담당. 〈기생충〉은 한국 영화사상 최고의 흥행 수익을 기록했으며 제92회 아카데미상에서 작품상, 감독상, 각본상을 수상.

240 이창동

이창동(1954-). 영화감독. 한국 대구 출생. 〈오아시스〉로 제59회 베네치아 국제영화제 은사자상을 수상. 팔 년간의 침묵 끝에 무라카미 하루키의 단편소설 〈헛간을 태우다〉를 영화화한 〈버닝〉을 발표.

241 〈마이코네 행복한 밥상〉

2023년, 일본. 넷플릭스의 스트리밍 드라마. 종합 연출 고레에다 히로카즈, 출연 모리 나나, 데구치 나쓰키, 하시모토 아이, 마쓰자카 게이코. 원작은 고야마 아이코의 동명 만화. 마이코가 되기 위해 아오모리에서 교토로 온 기요와 스미레의 모습을 맛있는 음식을 통해 그린다.

242 〈괴물〉

〈괴물〉 2023년 6월 공개 예정인 일본 영화. 감독 고레에다 히로카즈, 각본 사카모토 유지, 음악 사카모토 류이치. 2023년 4월 현재, 제76회 칸 국제영화제 경쟁 부문에 정식 출품이 결정되어 있다. 〈브로커〉에 이어 이 년 연속으로 고레에다 작품이 선출되는 쾌거를 달성.

243 〈고잉 마이 홈〉

2012년에 방영된 텔레비전 드라마. 감독, 각본 고레에다 히로카즈, 출연 아베 히로시, 야마구치 도모코, 미야자키 아오이.

244 사카이 무쓰키 씨

헤어메이크업. 〈아주 긴 변명〉 〈어느 가족〉 〈멋진 세계〉 〈한 남자〉 등을 담당.

245 도미 씨

도미타 가즈히코. 녹음 기사. 〈세 번째 살인〉 〈어느 가족〉 〈블루, 페인풀 앤드 브리틀〉 〈마이코네 행복한 밥상〉 등을 담당.

246 구로사와 가즈코 씨

구로사와 가즈코(1954-). 영화 의상 디자이너. 구로사와 아키라의 딸. 〈꿈〉 〈황혼의 사무라이〉 〈걸어도 걸어도〉 〈그렇게 아버지가 된다〉 〈태풍이 지나가고〉, 텔레비전 드라마 〈기린이 온다〉 등 다수의 작품을 담당.

247 오시타 씨

오시타 에이지. 조명 기사. 〈걸어도 걸어도〉 〈우리 의사 선생님〉 〈공기 인형〉 〈소나티네〉 〈차가운 열열대어〉 〈옆얼굴〉 〈마이코네 행복한 밥상〉 등을 담당.

248 모리모토

모리모토 쇼이치. 〈세 번째 살인〉 〈어느 가족〉 〈우는 아이는 없지만〉 〈마이 스몰 랜드〉 등에서 조감독을 맡았다.

249 반세 씨

반세 메구미. 〈우는 아이는 없지만〉 〈마이 스몰 랜드〉 등에서 프로듀서를 맡았다.

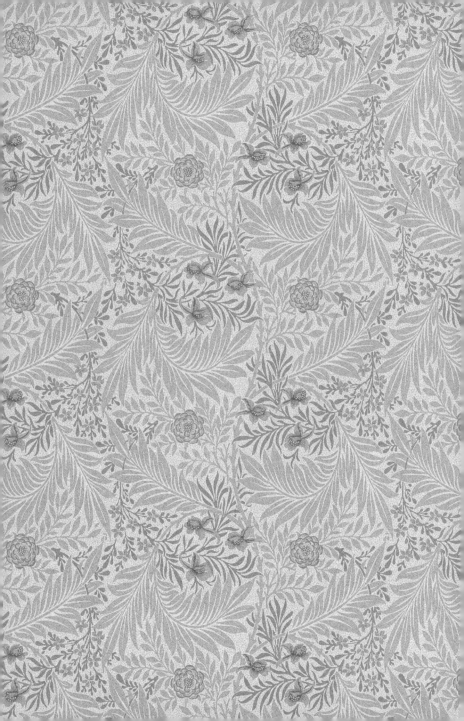

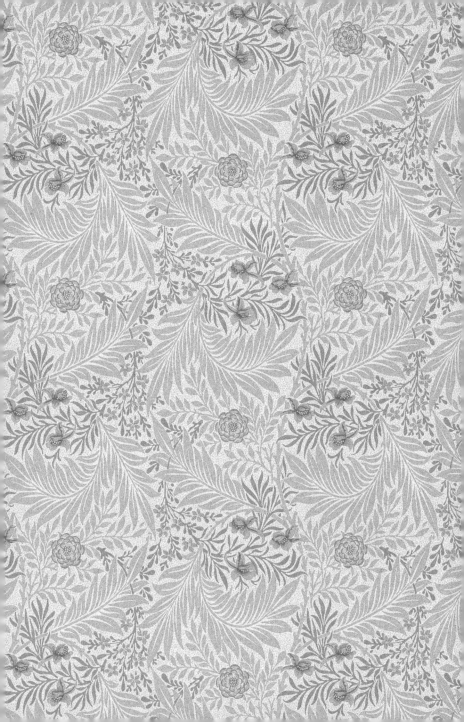

옮긴이 **권영주**

서울대학교 외교학과를 졸업하고 동 대학원에서 영문학을 전공했다. 온다 리쿠의
《나와 춤을》《유지니아》《육교 시네마》등을 옮겼으며, 《삼월은 붉은 구렁을》로 일
본 고단샤에서 주최하는 제20회 노마문예번역상을 수상했다. 무라카미 하루키의
《오자와 세이지 씨와 음악을 이야기하다》《애프터 다크》《잠》, 모리미 도미히코의
《다다미 넉 장 반 신화대계》, 미야베 미유키의 《세상의 봄》, 미쓰다 신조의 《미즈치
처럼 가라앉는 것》, 오가와 사토시의 《거짓과 정전》 등 다수의 일본 문학은 물론,
《데이먼 러너언》《어두운 거울 속에》 등 영미권 작품도 활발하게 소개하고 있다.

영화가 태어나는 곳에서

1판 1쇄 인쇄 2025년 4월 28일 **1판 1쇄 발행** 2025년 5월 15일
지은이 고레에다 히로카즈 **옮긴이** 권영주
펴낸이 박강휘
편집 장선정 **디자인** 윤석진
마케팅 박유진 이헌영 **홍보** 박상연 이수빈

발행처 김영사
주소 경기도 파주시 문발로 197(문발동) 우편번호 10881
등록 1979년 5월 17일 (제406-2003-036호)
주문 및 문의 전화 031)955-3200 **팩스** 031)955-3111
블로그 blog.naver.com/viche_books
트위터 @vichebook **인스타그램** @drviche @viche_editors
ISBN 979-11-7332-182-5 03830
책값은 뒤표지에 있습니다.

비채는 김영사의 문학 브랜드입니다.